근데 사실 조금은
굉장하고 영원할 이야기

근데 사실 조금은
굉장하고 영원할 이야기

성석제 산문집

문학동네

3부 실례를 무릅쓰고

4부 여행 뒤에 남는 것들

1부

소설
쓰고
있다

나의 스승 알파칸

 내가 한글을 배운 건 만화 덕분이었다. 예닐곱 살쯤 되었을 때 아홉 살 위인 형님이 방학을 맞아 집에 오며 만화책을 한 권 사왔다. 물론 본인이 읽으려는 건 아니었고 미취학 아동에서 초등학교 저학년까지가 읽을 만한 내용이었다.

 책 제목은 정확히 기억나지 않는다. 주인공 이름은 아직 외우고 있다. '알파칸'이다. 알파칸은 외계의 악당들을 물리치고 지구를 지키는 중요한 사명을 가진 로봇이었다. 무척이나 재미있을 것 같은데 글자를 모르니 자세한 내용을 모를 수밖에 없어 답답했다. 다시 방학 때가 되어 돌아온 형은 한글과 숫자가 적힌 공책을 사들고 와서 한글과 숫자를 쓰고 읽는 방법에 대해 아주 짧은 시간 동안 설명했다. 나는 엄청난 열의와 집중력을 가지고 그 가르침을 받아들였다. 그날 당장 나는 만화 속의 글자를 떠듬떠듬 읽게 되었는데 부우웅, 슝, 콱, 으아악

하는 의성어, 의태어가 유난히 많았다는 기억이 남아 있다. 글자를 알게 되자 막연히 그림을 볼 때보다 훨씬 더 만화가 재미있고 깊은 뜻을 품고 있는 것처럼 여겨졌다. 무슨 깊은 뜻? 세계 평화를 위해서라면 내 이 한몸 다 바쳐 싸우고 또 싸우다 우주의 먼지로 사라지는 것까지 감내해야 한다는 것. 그뒤로도 만화는 내가 이전까지의 껍질을 벗고 한 단계 위로 변신할 때마다 내 곁에 있었다.

중학교 1학년 때 나와 조부모를 제외한 가족들이 모두 서울로 이사를 갔다. 고향집, 마을, 학교에서 간섭하는 사람은 아무도 없었고 공부를 하든 놀든 자든 혼자 결정해야 했다. 그때 나는 즐거움과 지식, 향상심을 동시에 충족시켜줄 수 있는 문화적 매체로 만화를 선택했다. 하루 십원을 내면 만화방이 문을 닫을 때까지 무제한으로 만화를 읽을 수 있었다. 초등학교 시절 무협지를 읽느라 바빠 또래 친구들처럼 만화를 읽을 겨를이 없었고 만화가 가지고 있는 마력을 맛볼 수도 없었던 터였다. 무협지를 읽을 때처럼 속성으로 짧은 기간 동안 수천 권의 만화를 읽어댔고 시간과 힘과 용돈을 몽땅 만화에 쏟아부었다.

그 당시 만화가 가운데 오래도록 기억에 남은 작가가 김현이다. 곧 무너질 것 같은 부실한 고층 아파트에 사는 사람들이 나오는 만화를 그렸는데 아파트가 바람결에 한쪽으로 기울 때마다 아우성을 치며 균형을 잡기 위해 반대편으로 달려가는, 종이인형처럼 윤곽마저 희미하게 표현된 주민들의 사정이 애처로우면서도 얼마나 희극적인지 읽는 내내 웃음을 멈출 수 없었다. 간식 겸 식사로 먹던 꽈배기가 입에서 튀어나올 정도였다. 그때까지 내가 접한 소설, 영화, 드라마, 이야기, 교과서 등등의 서사가 들어 있는 분야에서 장르를 막론하고 내 존재의 뿌리까지 흔들리게 할 정도로 웃긴 사람은 김현뿐이었다. 나중에는 그저 김현이라는 이름만 들어도 웃음이 터져나왔는데 대학에 들어가서 문학평론가 김현의 이름을 알게 되기까지 그 증세는 남아 있었다. 문학평론가 김현은 "만화는 그 자체의 고유한 형식의 예술"이며 "만화도 때로는 엄숙한 것이 될 수 있다"고 천명한 바 있다.

고등학교 시절 지하철로 통학하던 나의 세계관을 획기적으로 확장시킨 만화가는 고우영이었다. 『임꺽정』『삼국지』『수호지』『일지매』『서유기』 등 그의 저작은 시대를 뛰어넘는 하나의 문화 현상으로 자리잡았던 터였다. 대학시절 단행본으로 만난 김수정의 『○달자의 봄』, 그의 작품 「아기공룡 둘리」를 보기 위해 읽은 잡지 『보물섬』 또한 내 관점을 다양하고 풍성하게 해주었다. 회사 생활을 할 때, 휴가 때나 연휴에는 으레 만화방에 가서 한국 작가들의 작품과 세계적인 명작을 보면서 놀라기도 하고 감탄하기도 했다.

지금의 나는 누구인가. 이제 한 껍질을 또 벗었다 치고 어디로 갈 것인가. 심심한데 알파칸처럼 지구나 구하러 가볼까. 그런 생각이 들 때마다 공중을 올려다본다. '만화방'이라는 글자가 어디에 있나 찾기 위해.

맛있는 책, 일생의 보약

사방이 산으로 둘러싸인 곳에서 태어나 아침에 눈을 떠 저녁에 감을 때까지 늘 산을 보아야 하는 곳에서 중학교 1학년까지를 보내고 2학년 봄, 서울의 남쪽 관악산이 올려다보이는 중학교로 전학을 했다. 담임 선생님은 미술 과목 담당이었는데 특별활동으로 산악반을 맡고 있기도 했다. 매주 화요일 6교시, 일주일에 단 한 시간 활동하는 그 '특별'한 '활동'은 내 취향과는 아무런 상관없이 시간 내내 산과 학교 사이를 뛰어 오가는 산악반으로 정해졌다.

3학년이 되면서 비로소 내가 좋아하는 특별활동을 선택할 기회가 왔다. 나는 산악반의 경험에 비추어 되도록 몸을 많이 움직이지 않는 특별활동반을 점찍었는데 그게 바로 도서반이었다. 도서반 담당 선생님은 특별활동의 첫날 도서반원이 할 일에 대해 아주 짧고 쉽게 설명해주었다.

"여러분 곁에는 책이 있다. 그 책 중에서 자기 마음에 드는 책을 골라서 읽고 수업이 끝나는 것을 알리는 종소리가 나거든 가면 된다."

그리고 선생님 본인이 마음에 드는 책을 골라서 자리를 잡고 읽는 것으로 시범을 보여주었다. 나는 책을 고르러 가는 아이들의 뒤를 따라 가서 한자로 제목이 쓰여 있어 아이들이 거의 손을 대지 않는 책 가운데 하나를 꺼내 들었다.

그 책은 '한국고전문학전집'이라는 묵직한 제목 아래 편집된 수십 권의 시리즈물 가운데 한 권이었다. 반드시 읽어야 한다는 것을 강조하는 고전 대부분이 그렇듯 표지는 사람의 손을 거의 타지 않아서 깨끗했다. 지은이는 박지원, 내가 처음으로 펴든 대목은 소설 「허생전」이었다.

나이가 두 자리 숫자가 되면서 무협지에 빠지기 시작해 전학오기 전 국내 출간된 대부분의 무협지를 읽었다고 해도 과언이 아니었던 내게, 한문 문장을 번역한 예스러운 문체는 별 거부감이 없었다. 오히려 옆자리나 앞자리의 아이들이 읽고 있는 현대소설이 가볍게 느껴질 정도였다. 내용 역시 익숙했다. 허생이라는 인물은 깊고 고요한 곳에 숨어 실력을 쌓은 뒤에 일단 세상에 나갈 일이 생기자 한바탕 멋지게 세상을 뒤흔들어놓고서는 다시 제자리로 돌아온다. 무협지에서 흔히 볼 수 있는 방식이었다.

「허생전」 다음에는 「호질」 「양반전」도 있었다. 책이 꽤 두꺼웠으니 박지원의 저작 가운데 상당수가 책에 들어 있었을 것이다. 그런데 그 책의 주인공들은 내가 읽었던 수천 권의 무협지의 주인공과는 달라도 많이 달랐다. 무협지를 읽고 나면 주인공 이름 말고는 기억에 남는 게 없는데 박지원 소설은 주인공이 다음에 어떻게 되었을지 궁금해지고 내가 주인공이 되었더라면 어떻게 했을지 자꾸만 생각을 하게 만들었다. 한두 번 씹으면 단맛이 다 빠져버리는 무협지와는 달리 그 책의 내용은 읽을수록 새로운 맛이 우러나왔다. 보석처럼 단단하고 품위 있는 문장은 아름답기까지 했다. 책을 읽으면서 내 정신세계가 무슨 보약을 먹은 듯이 한층 더 넓어지고 수준이 높아지는 듯한 느낌이 들었다. 일주일에 단 한 시간, 단 한 권의 책을 거듭 펴서 읽었을 뿐인데도.

중학교 3학년 1학기 특별활동 시간에 나는 몇백 년 전 글을 쓴 사람의 숨결이 글을 매개로 코앞에서 느껴지는 경험을 처음 해보았다. 무엇보다 중요한 것은 그것이 무척 재미있었다는 것이다. 읽으면 피와 살이 되는 고전, 맛있는 고전, 내가 재미를 들인 최초의 고전이 우리의 조상이 쓴 것이라는 데서 나오는 뿌듯함까지 맛볼 수 있었다.

3학년 2학기가 되었을 때 특별활동 시간은 없어졌다. 내가 1학기의 특별활동 시간에 읽은 것은 박지원의 책이 전부였다. 하지만 내가 지금 소설을 쓰고 있는 것은 바로 그 책 때문이라고 생각한다. 특별하지 않은 특별활동 시간에 읽은 아주 특별한 그 책이 내 일생을 바꾸었다.

누구에게나 그런 일이 일어날 수 있다. 모르고 지나갈 수도 있다. 어떤 책을 계기로 인간의 지극한 정신문화, 그 높고 그윽한 세계에 닿고 그의 일원이 되는 것은 겪어보지 못한 사람은 알 수 없는 행복을 안겨준다. 이 세상에 인간으로 나서 인간으로 살면서 인간다운 삶을 살고 드높은 가치를 추구하는 길을 책이 보여준다. 책은 지구상에서 인간이라는 종만이 알고 있는, 진정한 인간으로 나아가는 통로이다. 그래서 사람들은 말하는지도 모른다. 책 속에 길이 있다고.

세상에서 가장 지적인 쇳덩어리

내가 타자기의 자판을 처음 두드리기 시작했던 때, 그 순간 내 내면의 우주에서 울려퍼지던 금속성의 천둥소리를 지금도 잊을 수가 없다. 내 존재는 그때 그 순간 이전으로 결코 돌아갈 수 없는 결정적인 변화를 겪었다. 내 언어는 공중에 흩어지는 무상한 말言의 세계에서 기록으로 남는 글文의 세계로 전환했다.

그전에 나는 교내 신문사에서 현상 공모하는 문학상의 시 부문에 응모한 적이 있었다. "상을 탈 만한 라이벌들은 다 졸업하고 없으니 네가 응모하면 당선은 따놓은 당상"이라는 친구 K의 감언이설에 넘어간 결과였다. 그의 충고에 따라 나는 그동안 출간된 동서고금의 수많은 시집을 '독파'했고 나 자신도 자연스럽게, 저절로 그들과 비슷한 수준의 시를 쓰게 되리라 믿었다.

일찍이 한 선현이 "어떤 책이든 백 번을 읽으면 저절로 이해하게 되니 뜻한 바를 이룰 수 있을 것이리라"고 하지 않았던가. 초중고 시절 무수한 시험을 치르면서 내가 몸소 깨달은 바, 시 또한 책에 든 글일진대 읽고 또 외울 정도가 되면 풀지 못할 문제는 없다는 것이었다. 시라는 건 읽고 쓰면 그만인 단순한 과정의 결과물이 아니겠는가. 그런데 그건 내 일방적인 생각일 뿐이었다. 그때까지 출간된 웬만한 시집을 다 읽었건만 시는 쓰이지 않았다. 가망도 없는 일이었다. 그래서 나는 "내게는 시를 쓸 재능이 없으며 시 쓰는 것을 포기했다"고 선언을 해버렸다. K 외에는 아는 사람이 거의 없었지만. 어쨌든 마음은 후련했다.

1984년 11월 초의 어느 아침, 나는 오전 수업에 들어가려고 학교로 가다가 갑자기 길거리에서 뭔가가 투명한 차단막 같은 걸 들어 길을 막는 것을 느꼈다. 나는 부지불식간에 막 문을 연 지하 다방으로 들어갔고 종업원이 바닥 청소를 하는 동안 제법 긴 시를 하나 썼다. 나는 생애 처음 쓴 그 시를 원고지에 옮겨 그날 오후 대학 신문사에 투고했다. 그날이 마감이었다.

11월 초순에 결과 발표가 났다. 세계 문학사에서 유례를 찾기 힘든, '당선작이 있는 가작'이었고 나는 당선자가 아니었다. 복학생으로서 후배들 얼굴 보기가 창피해 전공필수 과목 수업만 몰래 다녔다. 시상식에 가지 않은 건 당연했다.

겨울방학 동안에 고향 친구가 서울 구경을 하러 왔다가 학교에 들렀다. 서울의 대학에서 발간되는 신문이 어떤 수준인지 알고 싶다 해서 신문을 얻으러 교내 신문사에 갔다가 낯이 익은 교직원으로부터 왜 문학상 시상식에 오지 않았느냐고, 상금과 상패를 받아가라는 말을 들었다. 가작에도 상금이 있었다! 당선작 상금 15만원의 절반에서 반올림한 8만원.

그 상금으로 산 게 타자기였다. 세계 최강대국 미국의 무기를 생산하던 레밍턴 총포사에서 만든 전동타자기. 타자를 하지 않을 때에도 레밍턴 타자기의 전동 모터에서는 탱크의 캐터필러처럼 "클클클클" 하는 소리가 났다. 한 줄을 다 쓰고 리턴키를 누르면 종이를 감는 장치가 "콰쾅" 하는 웅장한 소리를 내며 원래 자리로 돌아갔다.

병원에 다니는 누나에게서 엑스레이 필름의 부산물인 두루마리 종이를 무한 공급받아 아무 글자나 닥치는 대로 쳐댔다. 타자 연습, 낙서, 편지, 일기, 해몽, 그리고 시 비슷한 것, 산문 비슷한 것, 소설 비슷한 것을. 두루마리가 한 가마니 가까이 되자 타자기는 고장이 났다. 한글 자판은 떨어져나가고 검은색 리본이 망가져서 붉은 글자만 찍혔으며 종내에는 모터에서 흰 연기가 솟아올랐다.

그 타자기로 쓴 글이 내 밑천이다. 뒤죽박죽 방향도 없고 말도 안되는 것이라 해도 할 수 없다. 그게 나다. 나보다 훨씬 먼저 우주의 일부로 환원된 그걸 믿고 나는 지금도 아무 글이나 쳐댄다.

지도와 소설

호르헤 루이스 보르헤스라는 이름을 처음 들은 것은 내가 소설을 쓰기 전인 1994년이었다. 나보다 서너 해 먼저 소설을 쓰기 시작했고 번역을 하고 있던 친구가 흥미로운 이야기를 해주었다.

"보르헤스가 쓴 소설에는 1:1 축척의 세계지도가 나온다. 그 지도는 당연히 세계만한 크기로서 이불처럼 세계의 표면을 완전히 덮을 수 있다."

삶의 실물 크기 지도라고 할 만한 소설을 쓰게 되면서 나는 자연스럽게 보르헤스의 지도를 떠올리게 되었다. 찾아서 읽어볼 생각은 하지 않았다. 자칫 보르헤스의 훌륭한 관점과 결론에 영향을 받거나 오염이 될지도 모른다는 생각을 했기 때문이다. 처음 그 이야기를 들었을 때로부터 이십여 년의 세월이 흐른 뒤인 최근에야 나는 그 소설을 읽게 되었고, 그중에 이런 대목이 있었다.

"지도학교들은 왕국과 똑같은 크기에 완전히 왕국과 일치하는 왕국 지도 하나를 만들었다. 지도 연구에 덜 중독되어 있던 다음 세대들은 그 널따란 지도가 쓸모가 없다고 생각했고, 약간은 불경스럽게도 그 지도를 태양과 겨울의 자비에 내맡겨버렸다. 동물들과 거지들이 득실거리고 있는 지도의 폐허들은 남서부의 사막에서 허물어져가고 있다."(「과학에 대한 열정」 『칼잡이들의 이야기』, 황병하 옮김, 민음사, 1997)

말할 것도 없이 지도에나 소설에나 역사성, 정치성, 이념성, 예술성, 과학성, 기호학·언어학적 특성이 들어 있다. 지도학교가 만든 실물 크기의 왕국 지도가 쓸모없음을 깨닫고 자연 속에 방치한 후세대는 장자가 말한 '쓸모없음의 쓸모無用之用'라는 개념을 몰랐을 것이다. 상관없다. 그들은 누더기가 된 지도에서 살아가는 동물과 거지들이 그렇듯 소설 속에서 나름의 삶을 꾸려갈 것이다. 이처럼 보르헤스의 소설이 내 삶에 끼어든 과정 역시 하나의 지도로, 소설로 번역될 수 있다.

미셸 우엘벡의 소설 『지도와 영토』(장소미 옮김, 문학동네, 2011)에는 '지도가 영토보다 흥미롭다'는 언급이 나오고, 또다른 소설 『어느 섬의 가능성』(이상해 옮김, 열린책들, 2007)에는 "20만 분의 1 지도, 특히 미슐랭 지도에서는 온 세상이 행복해 보인다. (……) 1:1 축척에서는 딱히 즐거울 게 없는 정상적인 세상이다. 그런데 거기서 더 확대하면 우리는 악몽 속으로 뛰어들게 된다"라는 문장이 들어 있다. 우엘벡이 보르헤스의 소설을 읽었는지는 모르겠지만, 내게는 그의 문장이 '소설이 삶보다 흥미롭다'라든가 '삶의 세부를 소설의 렌즈로 확

대해보면 악몽을 만나게 된다'라는 식으로 번역돼 읽힌다.

1995년 이후 나는 보르헤스식으로 말하자면 하나의 '지도학교'로 서 내가 경험하고 알고 있는 삶에 1:1로 대응하는 허구(이야기)로서 의 소설, 혹은 지도를 만들어왔다. 하지만 정작 내 삶의 실물 크기 지 도—자연인으로서의 내가 아닌 소설 쓰는 인간으로서의 나—를 자세 하게 그려본 적은 없었다. 막상 내 삶의 외피에 내시경이 들어갈 만한 작은 구멍을 내어 안을 들여다보려고 하면 단숨에 쭈그러져버리는 풍 선처럼 내 삶에 별스러운 흥밋거리가 없을 거라고 여겼기 때문이다. 하지만 이따금 내 삶의 지도 위 나의 행로가 궁금해지기는 했다.

좋다. 애초에 내가 무엇 때문에 어떤 과정을 거쳐 소설을 쓰려고 했 는가를 되짚어보는 게 '내 소설의 지도'를 그리려 할 때 첫 단추를 꿰 는 일이 될 것이다. 그런데 내게는 솔직하게 드러내놓고 말할 만한 강 렬한 '무엇'이 없다. 하지만 엄청난 원고료를 미리 받았다든가 하는 피치 못할 이유로(도스토옙스키가 처형장의 총구 앞에서 무기력하게 서 있었던 것처럼) 기어이 그걸 밝혀야 한다면, 나는 이렇게 말할 수 밖에 없다.

"누가 써보라고 해서요."

그 '누가'가 누구인지는 중요하지 않다. 지도에 있는 모든 세부가 현실의 지점에 대응하듯 내게 소설을 써보라고 했던 그 누군가가 그 때 그 말을 내게 한 것뿐이니까. 기록상으로, 그리고 형식적으로 내가 소설을 쓴 것은 대학 3학년 때인 1985년이지만, 그건 누가 써보라고 한 게 아니기 때문에 나는 그게 내 첫 소설이라고 생각하지 않는다. 교내 문학상의 상금에 현혹되어 도서관에서 급조해낸 '문장 덩어리'

라고 여긴다.

"소설은 수없이 많은 문제를 가진 긴 문장이다"라는 말을 어디서 들은 적이 있는데, 내가 쓴(혹은 미지의 심사위원의 비위에 맞춰 제작한) '소설 형식의 문장 덩어리'는 문제가 많은 정도가 아니라 문제 그 자체라 할 수도 있었다. 소설을 쓰게 된 불순한 동기(한 학기 등록금의 절반쯤 되는 상금을 노린)를 능가하는 문제는, 그런 엉터리로 상금까지 타먹고는 그다음에라도 신명을 다해 열심으로 소설을 써볼 생각을 하지 않았다는 것이다. 상금으로 최신판 세계문학전집을 사 읽으면서 삶의 질을 이기적으로 고양하긴 했다.

이듬해인 1986년 6월에 나는 어느 문학 월간지에 응모한 작품으로 신인상을 받고 시인이 되었다. 문학이 내 인생에서 가장 중요한 가치로 떠오르는 순간이었다. 문학의 늪에 빠져 익사 직전의 상태에 있던 친구들처럼 문학을 위해 목숨을 바칠 정도는 아니었지만 손목시계나 신분증은 바칠 수 있을 것 같았다. 술집에서 제정신을 잃고 시신詩神을 외쳐 부르는 데 상당한 비용이 들었다. 문학, 특히 시에 목숨을 바치고도 남을 친구들은 한둘이 아닌데 술을 마시면 술값을 내야 한다는 현실감각을 지닌 이들이 지금처럼 많지는 않았다.

그리고 나는 취직을 했다. 내가 다녔던 회사는 당시 정권에서 추진한 '아파트 이백만 호 건설'과 밀접한 사업을 영위하고 있었다. 달콤한 꿀술과도 같은 고도성장기의 한국경제가 주는 취기에 중독되어 살았다. 내가 직접 건설한 건 아니지만 아파트 이백만 호 가운데 하나를 분양받았고 중고차를 샀다.

일 년에 십여 편의 시를 써서 발표했고 1991년에 첫 시집을 냈으며 시집을 내기 전보다 많은 청탁을 받았다. 1993년, 입사 이후 매년 천 퍼센트 가까운 상여금을 주는 그 좋은 회사를 그만두고 그냥 대책 없이 놀기로 마음먹은 것은 내 인생에도 한두 번은 기적이 일어날 수 있다는 증거라 할 수 있다. 또한 기적은 현세에 일어나야만 의미가 있다는 증거이기도 하다.

그로부터 일 년 남짓의 시간이 흐른 뒤 나는 책 한 권 분량의 '문장 덩어리'를 최신의 워드프로세를 이용, 정리하고 어느 출판사의 편집자에게 보냈으며 책으로 출판하고 싶다는 회신을 받았다. 그 문장 덩어리는 시를 쓰는 중에 남은 부산물 같은 것이었는데, 막상 그 문장 덩어리가 인쇄 직전의 상태로 가공되었을 때 그것을 무엇으로 분류할 것인가가 나와 편집자 사이에 작은 논란거리가 되었다. 에세이도 아니고 시사 칼럼도 아니며 '시 부산물 모음'이라는 새로운 용어는 서점이나 도서관에 받아들여질 것 같지 않았다. 그런 대화를 곁들여 편집자와 내가 두는 바둑을 옆에 서서 구경하고 있던 출판사 직원이 "소설이라고 하면 초판은 팔릴 가능성이 있다"고 조언하는 바람에 그 책의 표지 위쪽에 있던 내 이름 뒤에 '소설'이라는 단어가 추가되었다.

그 책이 서점의 소설 코너에 자리를 잡게 되었지만 누구도 그걸 써보라고 한 적이 없기 때문에, 나는 그 책을 나의 첫번째 소설이라고 생각하지 않는다. 그런데 그 책의 표지에 '소설'이라는 말이 들어가 있었던 까닭에 나를 소설 쓰는 사람으로 오해한 어떤 문학잡지 편집자가 내게 소설 청탁을 해왔다. 그 청탁을 받고 마치 누가 소설을 써보라고 하기를 오매불망 기다리고 있었던 것처럼 머뭇거림 없이 쓴 소설이 1995년 여름에 발표한 단편 「내 인생의 마지막 4.5초」다. '내가 소설을 쓰고 있다'는 자각을 수반한 최초의 소설이었다. 깡패 하나가 자동차를 탄 채 다리에서 떨어져서 수면에 도달해 죽기까지 4.5초간의 상황을 묘사한 그 소설의 분량은 백이십 매를 넘겼고, 번역된 외국소설에나 달려 있을 각주까지 주렁주렁 달려 있었다. 소설에 뜻을 두고 일찍부터 공부를 했더라면 있을 수 없는 변칙, 반칙이었다. 소설을 만만하게 봤다기보다는 계속 소설을 쓸 것이라고는 생각하지 않았기 때문에 기왕 쓸 거 내 마음대로 하고 싶은 대로 해보자는 생각이 강하게 작용한 결과였다. 그 생각은 후일 '소설의 경계는 빅뱅 이후 팽창하는 우주처럼 광속으로 계속 넓어져가고 있으므로 어떻게 써도 경계에까지 가닿지 못할 것인데 그렇다면 소설가로서 살아가는 동안 못 저지를 변칙, 반칙, 파괴 행위는 없다'로 꼴을 갖추었다.

그런데 '눈을 감고 마구잡이로 주먹을 휘두르는' 초짜 권투선수 같은 나의 행태가 그 소설을 본 일부 독자, 일부 편집자, 일부 평론가 들의 눈길을 끈 모양인지 계속해서 소설 청탁이 들어왔고 그 청탁에 응하다보니 어느새 책 한 권 분량이 넘었고 책을 내고 또 청탁이 증가하는 악순환(?)이 계속되었다. 정신을 차리고 보니 1990년대가 지나 21세기가 되어 있었다.

고맙게도 소설을 써보라는 그 누군가의 요구나 권유는 최근까지 계속되었다. 어쨌든 내 이름 뒤에 '소설가'라는 생경한 호칭이 처음 붙게 된 1995년 이후 나는 다시는 시인으로 돌아갈 수 없게 되었고 시를 쓸 수도 없게 되었다. 한 인간이 자전거를 타는 방법을 배워 익히게 되면 두뇌의 기능 연결 방식에 영구적인 변화가 일어나고 다시는 그걸 배우기 전의 상태로 돌아갈 수 없게 되는 것처럼. 어떤 소설을 쓰든 마찬가지였다. 싫든 좋든 나는 그 소설을 쓴 작가로 기억되었고 그 소설을 쓰기 전의 상태로 돌아갈 수 없었다.

소설은 이토록 비가역적이고 결정적이다. 시는 그렇지 않았다. 되풀이해서 말하자면 내가 싫어하든 좋아하든 간에. 물론 싫어하지는 않는다.

생각하니 '내 소설의 지도'는 아직은, 또는 영영 안 그리는 게 나을 것 같다. 그럼에도 이 지도에 들어 있는 나의 삶을 직역하자면, 나는 소설가이다. 어떻든, 나는 쓸 것이다.

영원한 어른의 아이

　어린 시절 사내아이에게 아버지는 절대적인 권력자이면서 동시에 극복해야 할 대상이기도 하다. 사춘기의 어느 때 문득 아버지의 키가, 손아귀 힘이 나만 못하다는 것을 느끼고는 연민과 함께 허탈함에 아들은 집밖으로 나간다. 그때부터 더 강한 아버지, 영원히 무너지지 않을 아버지를 찾아나서게 된 건 아니었을까. 아버지의 이데아 같은 존재를, 아니 세상에 편재하는 아버지 같은 속성을 찾게 된 건 아닐까.
　내게는 외삼촌이 두 분 있는데 그중에서도 큰외삼촌은 정신적으로는 언제나 아버지 같은 존재였다. 소설을 쓰게 된 삼십대 중반은 물론 반백의 나이가 넘기까지.

　—외삼촌, 저 왔습니다.
　—야야, 너는 서울에서 글을 쓰고 산께 이런 이야기를 알란가 모

르겠다만, 너 혹시 니 외숙모 집안 반남 박씨 문중에 박태보 선생 이야기 들어봤나?

─반남 박씨가 양반이라는 이야기는 들어봤어도 사람 이름은 모르겠는데요. 왜 그러세요?

─그 어른이 호가 정잰데, 정할 정定, 재계할 재齋 하는 거기라. 조선 숙종 임금 때 기사환국이 되고 인현왕후를 쫓아내는 걸 반대하는 상소를 올렸다가 친국을 받고 돌아가신 분이시라. 나도 해방 연후에 중고등학교에서 학생들을 가르쳐봤지만 우리 교과서에는 우리가 어떤 사람이고 어떤 걸 중요하게 생각하는 사람이냐 하는 그런 이야기가 없었어. 정재는 인현왕후가 속한 노론이 아니고 소론이지마는 당파하고는 전혀 관계없이 자기 옳은 거를 옳다고 죽을 때까지 주장을 한 분이라. 네가 이런 분에 대해 잘 연구해서 글을 써봐라.

─아이구, 제가 이런 걸 어떻게요. 저 그런 글 쓰는 사람 아니에요.

─뭐라고?

─저 그렇게 교훈적인 글 쓰는 인간이 아니고요. 제 글은 착하고 유익한 거하고는 거리가 멀어요. 이런 분 이야기는 소설 말고 다른 식으로 생각해봐야지요.

─단편소설 「집필자는 나오라」
(『참말로 좋은 날』, 문학동네, 2006)에서

이 소설 속의 해설자인 외삼촌의 주장을 요약하면 '자기 생각에 옳은 것을 옳다고 죽어라 하고 주장을 하다 정말 죽기까지 한 사람은 옳다'는 것이다. 소설의 해설자이면서 '소설 유발자'인 외삼촌은 장편소설 『인간의 힘』(문학과지성사, 2003)에도 등장한다. 거기서의 결론은 '인간이 스스로의 내적 충동과 결정에 의해 어떤 일을 하는 최선을 다할 때 그것만으로 충분히 훌륭한 인생이다'라는 것이다. 조선 중기에 네 번이나 가출을 단행한 한 선비의 일생을 두고 왜 그랬는가를 묻지 않고 어떻게 했는가, 곧 그 과정의 핍진함과 진실됨을 궁금해하는 식이다.

내가 외삼촌의 해설이 나오는 두 편의 소설을 쓰면서 인간을 인간답게 하는 미덕으로 숭상하게 된 개념은 '성의'다. 성실, 성심, 정성과 같은 항렬의 친인척이다. 성의는 유교의 대표적 경전인 『대학』의 핵심을 이루는 덕목이기도 하다.

언젠가 이 어른이 대학 1학년 때인가 강의실로 나를 찾아왔다. 강의실이든 교실이든 그 밖의 복도에서 유리창 너머로 아들을 찾는 남자를 한 번도 본 적이 없던 나는 백발이 성성한 외삼촌을 보고는 무척 놀랐다. 놀라서 밖으로 나온 나를 보는 외삼촌의 얼굴에는 웃음이 가득했고 어딘지 모르게 장난기가 느껴졌다.

"어떻게 오신 거예요?"

"교문 통해 왔지."

"정문요? 아니면 동문? 북문?"

"그게 내가 소싯적에 출입하던 문이란다. 입구에서 수위가 무슨 일로 왔느냐고 묻더구나. 그래서 내가 여기 이 학교를 6·25 전에 졸업한 사람인데 오랜만에 조카를 만나러 왔다고 했다."

"와, 외삼촌이 40년대 학번이었어요?"

"뭐 그때는 학번이나 이런 게 없었고 해방 후 교원 양성 과정에 있었느라. 어쨌든 내가 이 대학 출신이라는 건 맞다."

여기서 '어떻게?'는 '교문을 통해서'라는 동문서답이 되었다가 결국 '젊은 시절 다녔던 학교에 한번 가보고, 보고 싶은 생질도 만나고'라는 목적을 해명하게 된다. 이처럼 딴 데를 쳐다보며 말하거나 엉뚱한 곳을 들렀다 오는 방식은 의외로 삶의 이면과 세부를 파악하는 데 유용할 수 있다. 외삼촌과 나는 이런 데서 호흡이 잘 맞는 것 같았다.

오십대에 외삼촌이 낙향을 하신 이후 나는 주로 외가로 가서 외삼촌을 뵈었다. 만날 때마다 마주앉아 오랜 시간 대화를 나누었다. 외가에 전해내려오는 이야기와 가계, 한문학, 고향의 가문과 인물, 역사에 관한 것들이었다. 실용성, 곧 실제로 오늘날의 생활과 경제와 출세에 써먹을 것은 별반 없었다. 그냥 대화 자체가 소중했다. 대화의 실속은 대화 그 자체였던 것이다.

외삼촌의 호는 '차군재此君齋'인데 '차군'은 대나무를 일컫는 말이다. 5세기경에 중국의 유의경이라는 인물이 쓴 『세설신어世說新語』에 나오는 고사 가운데 '눈 속에서 대안도를 방문하다'라는 게 있는데 그 고사의 주인공이 왕휘지로 '서예의 성인'이라고 일컬어지는 왕희지의 다섯번째 아들이다.

어느 날 한밤중에 왕휘지는 자신이 살던 산음 땅에 내리던 큰 눈이 그치고 휘영청 달이 빛나는 것을 보면서 시를 읊다가 섬계에 사는 친구 대안도가 보고 싶어졌다. 그는 하인을 불러 호수 건너편에 있는 대안도의 집에 갈 수 있도록 배를 내어 노를 젓게 했고 그 배를 타고 대안도를 찾아갔다. 어둠과 추위, 바람을 뚫고 어렵사리 대안對岸에 닿아서 친구 집 문전에 다다른 왕휘지는 갑자기 그냥 집으로 되돌아가자고 했다. 이유를 묻는 사람에게 왕휘지는 "내가 친구를 보려고 하는 마음의 흥이 일어서 갔다가 그의 집 앞에서 그 흥이 다하였으니 굳이 친구를 만날 필요가 있겠는가" 하고 대답했다. 왕휘지는 집 주변에 대나무를 심어놓고 '저분此君'이라고 부르며 사랑했는데 외삼촌 또한 집 주변에 대나무를 심고 스스로가 거처하는 곳을 '대나무집(차군재)'이라고 불렀으며 그것을 아호로 삼았던 것이다. 외삼촌은 어느 날 그 일에 관해 이렇게 논평했다.

"그런데 그놈의 대나무가 심은 지 얼마 가지 않아서 다 얼어 죽었지 뭐냐. 기후가 안 맞아서 그런 건 줄도 모르고 몇 번 더 심었다가 다 죽는 바람에 포기했다. 결국 대나무는 없고 내 호만 하나 남았구나. 시골 늙은이가 하는 일이 이렇다."

이따금 외삼촌은 전화를 걸어 과제를 내주곤 했는데 어떤 옛날 기록(『조선왕조실록』 혹은 개인 문집)에 이런저런 내용이 있는지 조사를 해달라, 어떤 자료를 구해 오라는 부탁이 대부분이었다. 그 역시 오늘날에는 별다른 쓸모가 없어 보였다. 이러한 과제의 가장 큰 쓸모는 내가 외삼촌을 위해 무엇인가를 찾을 수 있게 해준다는 것이었다. 내가 외삼촌을 위해 할 수 있는 일이 있다는 게 자랑스러우면서 때로는 외삼촌이 그런 느낌을 내게 주기 위해 과제를 내느라 고심을 하시는 게 아닌가 의문을 가지기도 했다. 둘 다 고마운 일이지만.

나에게 아버지나 할아버지 같은 어른들은 대개는 술꾼이었다. 아니면 도취와 몰입 중독자들. 외삼촌은 술꾼 중에도 대왕이라 할 만했다. 회혼을 훌쩍 넘기도록 해로해온 외숙모의 증언은 "평생 밥 한 끼마다

소주를 맥주잔으로 한 컵씩, 하루 기본으로 세 컵을 마시고 저녁에는 원하는 만큼 드셨다. 시골로 오신 이후로 매일 오후에 친구들 만나러 오토바이를 탈탈 끌고 면에 나가면 술이 있는 한 자리가 끝나지 않았으나 술 취해 오토바이를 처박은 적이 없다"는 것이었다.

담배, 바둑과의 관계도 모두 자연스러웠다. 술과 마찬가지로 열다섯 살이면 어른 대접을 받던 시절, 바로 그 나이 때부터 함께해왔기 때문이다. 그러다 십여 년 전, 심혈관계에 병이 생기는 바람에 술과 담배를 모두 하루아침에 끊어야 했다. 그러고 나니 대추 같은 안색과 흰 머리카락이 보기 좋게 조화를 이루어 신선처럼 보이기도 했었다.

외삼촌은 술, 담배를 끊고 나서 난데없이 전에는 본 적 없던 TV일일드라마에 빠져 지냈다. 그것도 딱 하나에만 관심이 있었다. 하루 한 번 9시 뉴스 하기 전 보청기와 리모컨을 손에 쥐고 텔레비전 앞에 바짝 붙어앉아 있던 호기심 어린 외삼촌의 얼굴이 잊히지 않는다.

이번 여름 외삼촌은 아침부터 오후까지 마당에서 잔돌을 골라내는 일을 되풀이했다. 식구들이 일사병을 걱정해서 돌아가며 만류했지만 듣지 않았다. 근 한 달에 걸쳐서 잔돌을 골라낸 뒤에 그 돌을 모아서 물 내려가는 길을 만들었다고 했던가. 그러던 어느 날 외삼촌은 쓰러지고 말았다. 그때 외숙모는 말복을 맞아 마을 노인들과 함께 음식 대접을 받으러 갔고 아들과 며느리는 30여 미터 떨어진 아래채에서 바삐 일하고 있었으니 외삼촌 주변에는 몇 시간 동안 인기척이 끊어졌다. 외삼촌은 올봄에 옮겨 심은 석류나무 가지를 자르고 다듬기 위해 나선 길이었다. 나무는 손가락보다 약간 굵은 정도였고 겨우 뿌리를 내린 정도라 굳이 전지를 할 이유는 없었다. 마당의 잔돌을 골라낼 필요가 없던 것처럼. 그것도 한여름 대낮의 뜨거운 태양 아래에서, 여든 살이 훨씬 넘은 노인이.

"아, 제발이지 자네 어른이 환갑 바라보는 자식 며느리와 육십 년 넘게 살아온 마누라한테 좋은 일 하느라고 이 뜨거운 대낮에 마당에 모자도 안 쓰고 나서셔가지고 무슨 일을 하신다고 하지 말았으면. 자네 외삼촌이 이 더운 날 한낮에 가위를 들고 나서서는 어린 석류나무 가지를 붙잡으니 나무가 가늘고 힘이 없어 휘청휘청 굽더라지. 외삼촌이 나무에 매달려 이리저리 전지를 해보려는데 갑자기 어지럽고 하늘이 깜깜해지더라네. 그래서 그만 넘어져버렸다는군. 불행 중 다행으로 머리 쪽이 나무 그늘 속으로 들어갔다고. 일어날 기운이 없어서 얼굴을 땅에 대고 누워 있다가는 슬며시 잠이 들었다고 하시네. 그렇게 한잠을 달게 자고 눈을 뜨니까 아까 그대로인데 무슨 생각이 들었던가 하면 아, 내가 아직 죽지 않았구나…… 몸을 일으켜 마당 한구석 의자에 한참 앉아 있노라니 그때 마음이란 아, 좋구나, 살아 있다는 것은…… 그뒤에 내가 집에 와서 송어회 싸온 걸 조금 드리니 아무 말 없이 잡수시대. 그리고 또 한 점 더 달라고, 한 점 더 달라 하시고."

내가 외숙모에게 이야기를 듣는 동안 외삼촌은 내가 사간 복숭아 한 조각을 천천히 썹어드셨다. 그리고 또 한 조각을 더 달라고 해서 말없이 드시고는 자리에 누우셨다. 그러다 주무시는가 싶은데 내 눈시울이 뜨거워졌다. 그 모습이 너무나 자연스러워서, 어쩌면 돌아가신 뒤에도 같은 모습일 것 같아서.

외삼촌은 언제까지고 내 앞에 계실 것이다. 돌아가시더라도 마찬가지일 것이다. 박지원처럼, 홍명희처럼, 할아버지와 아버지처럼. 나는 아직도 그 어른들이 넌지시 지켜봐줄 아이일 뿐이다. 내게는 아직도 넌지시 지켜만 봐줄 아이가 없는데.

이화령 남쪽, 각서리

자전거를 타고 이화령 고갯길을 올라가고 있었다. 어느덧 들판에는 오곡백과가 익는 고소한 냄새가 감돌기 시작했다. 세상천지가 온통 생명에게는 극락정토 같은데 나 혼자 지옥 같은 길을 가고 있었다. 누가 그러라고 하지도 않았는데.

내 몸은, 제 맘대로 자전거를 타고 정상까지 한 번도 쉬지 않으면서 이화령을 주파하리라 결정한 주인을 원망하듯 기회만 생기면 옆으로 쓰러지거나 바닥에 자빠지려고 했다. 평지에서 자전거를 오래 타다보면 어느 순간부터 아무 감각도 느껴지지 않고 보탬도 뺄 것도 없는 일종의 법열에 빠지게 되는데 고개를 올라가는 길은 그와 반대로 '놓이는 걸음걸음'이 언제나 각성 상태다. 머릿속으로는 어떻게 하면 이 어려운 상황을 빨리 모면할까 잔꾀에서 천하지대계까지 궁리를 해내고 그러는 사이사이에 육체는 적응하려고 안간힘을 쓴다. 생각이 꼬리에

꼬리를 물고 순간마다 감각은 예민하게 갱신된다. 하지만 통속적인 법열이 그렇듯이 억지스러운 각성 또한 영혼의 소비재에 불과하다. 편의점이나 약국에서 손쉽게 살 수 없다는 게 다를 뿐.

이화령 동쪽으로 나란한 3번국도, 중부내륙고속도로에서 내리달리는 차들이 짐승의 호곡 같은 소리를 내뿜고 있다. 길바닥과 바퀴가 만나면서 거대한 이빨을 갈 듯 드르륵거리는 소리를 내는데 그건 씩씩대는 내 숨소리에 비할 바 없이 섬뜩하고 인공적이다. 그런 중에도 무엇인가 끊임없이 뒤통수를 뒤로 잡아당기는 듯했다. 이 산중에 웬 물귀신인가, 아니면 산신령인가. 이화령이니 여신일까? 아무리 미모가 출중한 여신이 쉬었다 가라고 유혹한다 한들 나는 결코, 돌아보지 않을 것이다. 돌아보면 쓰러지고 말 것이고 쓰러지면 망부석, 아니 우스운 돌무더기가 되리라.

이화령은 경북 문경과 충북 괴산 사이에 있는 해발 548미터의 고개이다. 원래는 고개가 가파르고 험하여 호랑이 같은 산짐승의 피해가 많으므로 여러 사람이 '어울려' 함께 넘어갔다 하여 '이울이재'라 불리다 이화령梨花嶺으로 표기됐다 한다. 또는 고개 주위에 배나무가 많아서 배꽃이 많이 피었던 고로 그 같은 이름으로 불리게 됐다는데 내 눈에는 배나무가 한 그루도 보이지 않았다. 여신이나 배나무가 있고 없고 간에 어떻든 나는 가기로 마음먹었고 정상에 이르기까지 결코 페달질을 멈추지 않을 것이며 내 존재 가운데 마음이 아닌 다른 부품들이 앙탈을 부려도 소용이 없을 것이라고 맹세했다.

처음 자전거를 타고 이화령을 넘은 것은 2001년쯤이었다. 그때는 자전거가 자동차와 함께 도로를 달린다는 게 운전자들에게는 상식 밖의 일이었기 때문에 상식 없는 인간으로 꽤나 많은 지탄을 받았다. 그 지탄은 차 안에서 욕을 하는 것으로 그치지 않고 고막을 터뜨릴 듯한 경적과 급출발과 급정거, 급가속에 따른 폭풍 같은 먼지, 가끔은 자전거를 갓길 바깥으로 밀어붙이는 과감한 운전 방식으로 나타났다.

서러웠다. 나도 운전을 하는 사람이지만 헬멧과 선글라스 외에는 별다른 보호 장구도 없이 자전거를 타고 국도와 지방도를 따라가는 것이 그토록 괘씸한 일이 될 줄은 몰랐다. 내가 호랑이 수염을 잡아뽑는 철없는 아이로 보이기라도 했단 말인가, 자기들은 호랑이들이고? 서로의 인식 차이가 가져올 수 있는 치명적인 사고에 신경쓰느라 정신이 없어서 이화령을 어떻게 넘었는지 기억도 잘 나지 않는다. 제정신이 아니었다는 건 확실하다(다녀온 뒤에야 '자전거 라이더의 두개골은 수박 껍질보다 약하다'는 경구를 접했다).

두번째로 넘었을 때는 이른바 '4대강 자전거도로'가 개통된 뒤였다. 하루 수백 대의 차량이 오르내리던 이화령 고갯길은 3번국도와 중부내륙고속도로의 관통 터널에 자동차 도로로서의 기능을 내주고 난 뒤 갑자기 한적하고 고요해졌다. 그 길 옆으로 페인트로 줄을 치고 자전거 그림을 그려놓는 간단한 방식으로 자전거와 차가 화해롭게 공존하는 도로로 만들었다. 한강 출발점에서 낙동강 하구까지 연결되는 자전거도로 가운데 가장 억지스럽지 않게, 손을 많이 대지 않고 만든 자전거도로였다. 간섭하지만 않는다면 곧 길과 길, 자연과 인공이 뒤섞일 것처럼 보였다. 도로 옆으로 키 큰 나무들은 울창했고 숲의 깊은 그늘에서 뿜어져나오는 바람은 차가웠다.

세번째로 갈 때 남쪽에서 올라가겠다고 마음먹은 것은 다분히 즉

흥적이었다. 자전거를 고속버스 짐칸에 싣고 고향에 가서 그리워하던 친구들을 만났고 자전거를 타고 북진하면서 이곳저곳 닥치는 대로 들러볼 생각이었다. 별생각 없이 문경까지 와서 문경새재 아래의 숙박업소에서 하룻밤을 자고서는 아침 7시에 문을 연 식당에 갔다. 흰 머리와 수염이 멋진 학골선풍鶴骨仙風의 식당 주인이 내게 자전거를 타고 서울로 가는 중이냐고 물었다. 그렇다고 하자 그는 요즘 한동안 줄을 짓다시피 하며 오가던 자전거길 종주자들이 가물에 콩 나듯 확 줄어들었다고 했다.

"한국 사람들은 화르르 끓어올랐다가도 잘 식으니까 또 그카나 싶지. 자장구 타고 서울 부산을 왕복할 정도로 미친 사람이 사실 몇이나 되겠소. 그런 사람들은 하매 어지가이 왔다가서 그런가도 싶구마는."

주인이야말로 달관한 사람 같았다. 유치원 다니는 그의 손녀가 그로 하여금 세상사의 시비를 초월한 신선이 되는 것을 보류하게 하고 있었다. 손녀를 볼 때마다 그의 눈이 가늘어지고 입술이 벌어졌으며 주름으로 웃음의 물결이 일렁거렸다. 산채비빔밥을 밥 한 톨 남기지 않고 먹고는 물을 보충한 뒤 이화령 고갯길로 접어들었다. 한 바퀴, 한 바퀴를 마음속으로 세어가며 고개를 올랐다.

길에는 인적이 없었고 차도 보기 어려웠다. 바람에 떨어진 마른 오리나무 열매, 거위벌레의 숙련된 솜씨로 잘려 떨어진 참나무 가지가 바닥에 널렸다. 고갯길의 절반쯤, 그러니까 비고比高로 200미터쯤 올랐을까. 체온이 급격히 상승하고 게을렀던 근육이 밑천을 드러내며 지옥이 시작됐다. 흥청망청했던 며칠간에 대한 반성, 영육이 물러터지게 즐겼던 고향의 음식들에 대한 기억이 "흥이 다하면 쓰라린 고통이 시작되리라"라는 사춘기 시절 경구를 던져왔다. 그런다고 어떻게 할 수가 있는 것도 아니었다. 가고 또 갈 수밖에.

나는 멈추었다. 멈추지 않을 수 없었다. 그 바람에 자전거에서 내려야 했다. 그런 채로 귀를 기울였다. 분명히 어디선가 닭 소리가 들린 것 같았다. 이윽고 명백히 개가 고개를 높이 들고 멍멍멍 하고 짖는 소리가 들려왔다. 어느 사이엔가 차 소리는 끊겨 있었다. 자전거를 바닥에 기대놓고 천천히 길을 따라 걸어올라갔다. 길이 꺾이는 곳에 집이 나타났다. 길가에 꽃밭을 만들고 접시꽃과 과꽃과 나리, 천인국을 심고 완상할 줄 아는 사람의 집이었다. 호박, 들깨, 박하, 취나물도 심겨 있었다. 어디선가 물이 떨어지는 소리가 들렸다. 산에서 집으로 직결된 작은 수로에서 나는 소리였다. 지붕이 낮은 집은 햇빛 속에 정적을 흠뻑 머금고 누워 있었다. 차를 타고 오갈 때는 물론, 바쁘게 지나갈 때는 한 번도 보지 못한 집이었다.

그건 황량지몽黃粱之夢에 나오는 베갯속 세상과도 달랐고 복사꽃이 흘러내려오는 별유천지도 아니었다. 내 소설 속의 무대, 풍요로운 육체, 영감의 텃밭이 되어줄 곳이었다. 집주인은 주인공이 되어줄 것이고.

나는 그곳을 『투명인간』(창비, 2014)이라는 장편소설 속에서 "고향에서 좌절한 인텔리겐치아 가장이 가족을 이끌고 몇날 며칠을 발이 부르트도록 걸어서 구름도 울고 넘는 고개 너머에 있는 심심산골 화전민 마을에 정착한 자리"로 묘사했다. 소설 속 마을 이름인 개운리는 내가 나서 중학생이 되기까지 자란 고향 마을 이름이기도 하다. 높은 고개 때문에 뭔 현상이 자주 일어나 늘 비가 뿌렸다가 '개어서' 이름이 '개운'이 되지 않았을까 짐작하는데 지나가던 어느 노승이 구름이 개는開雲 것을 보고 그리 이름을 지어주었다는 뻔한 전설이 있었다.

내가 멈추었던 곳의 실제 지명은 '각서리各西里'로 고갯마루에 거의 다 가서였다. 각서리는 원래 여러 성씨의 사람들이 모여 살아서 '각씨各氏골'이라는 이름이었고 문경새재 성곽의 서쪽에 있는 마을이어서 '곽서동郭西洞'이라고도 했다 한다.

어쨌든 심심산골 개운리에 목숨을 의탁한 한 식구는 가장과 그의 아내, 노모, 그리고 하나뿐인 장골의 아들인데 그 아들이 같은 화전민 마을의 처녀를 맞아 3남 3녀를 낳고 3대가 한 집에서 살아가게 된다. 개운리 산골짜기에 풍요로운 건 구름, 그리고 아이들뿐이었다. 유학까지 다녀온 지식인인 조부는 독학으로 약초를 공부해서 웬만한 병은 아이들이 채취해온 약초로 치료한다. 동네 최초로 송아지를 들여와서 농사에 이용하게 하고 장차 대학에 진학하게 될 맏손자의 등록금까지 조달하게 된다. 아이들은 초보적인 수렵, 채취, 어로 기술을 배우고 본능에 의지해 자연이 베풀어주는 다디단 열매와 단백질을 얻어서 나눠먹고 서로를 돌보고 가르친다. 계곡물을 막아 얼린 얼음판에서 형님과 아저씨들이, 참전한 월남에서 보내온 스케이트를 타기도 한다. 그곳은 아이들에게 심신의 잔뼈를 굵게 만든 요람이고 언제 어디서건 삶을 돌아보게 만드는 출발점이고 세상의 원형이며 죽을 때까지 함께할 마음의 정처였다. 또한 내게도 정처가 없을 때 절로 발길이 향하는 곳이 되어주었다.

언덕받이 양지바른 곳에 띄엄띄엄 서 있는 집들의 주인은 한때 다락논이었을 땅에 사과나무를 심고 고추를 심고 약초를 심었다. 꿩이 솔솔 기어다닐 커다란 솔밭의 소나무 줄기가 붉었다. 키 큰 미루나무가 몇 그루 여기저기 서 있었다. 지금 미루나무는 보기도 힘들어졌지만 한때는 우주의 어느 곳을 가리키는 신목처럼 여겨졌다. 어린 시절 학교에서 받아온 미루나무 묘목을 식목일에 '가정 실습' 숙제로 심었던 나는 소설에 덧붙여 써넣었다.

"고향 마을 산 중턱에 서 있는 키 큰 미루나무들이 지금쯤 바람에 흔들리고 있겠구나. 그 많은 나뭇잎들이 차르르 하고 흔들리는 소리를 듣다보면 여기가 천국이 아닌가 싶기도 했지."

홍명희와 나

내가 태어나 읽은 소설 가운데 가장 좋아하고 흠모하는 소설 『임꺽정』의 작가 벽초 홍명희와 나는 같은 유전자를 공유하고 있다. 다 같은 호모 사피엔스이고 배달민족이며 소설가라는 직업이 같다는 걸 이야기하는 게 아니다. 실제로도 나는 그와 친인척 사이다.

그는 조령 북서쪽 충청도 괴산이 고향이고 나는 조령 남쪽 경상도 상주가 고향이다. 지도를 이용해 벽초 홍명희의 생가와 내가 태어나 자란 집까지의 거리를 계산하면 70킬로미터 남짓 된다. 물론 거리가 가깝다고 다 친인척이 되는 건 아니지만.

예전에는 혼인을 하는 데 당색이 크게 작용했다고 한다. 우리 집안은 영남에서는 드문 서인하고도 노론 집안이다. 이유는 잘 모르겠지만 사실이 그렇다. 그래서 벽초 홍명희가 태어나 자란 20세기 초까지만 해도 결혼을 할 때 같은 노론 집안끼리만 결혼을 했다. 상주에서는 내 외가인 인천 채씨, 상산 김씨 일부만 노론이었으므로 몇 개의 성끼리 겹쳐서 혼연을 맺곤 했다. 내 할머니의 성은 양주 조씨인데 경상도 선산(지금의 구미)이 고향이다. 거기 역시 노론이었던가보다. 내 할아버지와 혼인을 한 걸 보면 그렇다. 할머니의 여동생인지 언니인지가 괴산 근처 풍산 홍씨 집안으로 시집을 갔다. 거기서 아들을 낳았는데 그 아들은 내 아버지와 이종사촌이다.

어느 날 내 아버지의 이종사촌 중 한 사람이 나를 만나자고 했다. 그는 범상치 않은 사연이 있어서 1950년대인가에 미국으로 이민을 갔다고 했다. 이민을 가기 전의 젊은 시절과 6·25, 이민을 가서 겪은 신고간난에 대해 써왔다는 원고가 이불 싸는 보따리로 하나였다.

"조카가 소설가라니까 한번 찾아와봤소. 한번 읽어보고 재미가 있거든 어디서 출판을 할 수 있는 데를 알아봐줬으면 해서."

일흔 살이 넘은 분인데도 눈매에 소년 같은 장난기가 남아 있었고 잠깐 읽어본 원고 역시 재기발랄했다. 추후에 원고를 집에 가지고 와서 읽어본 결과로는 그때까지 내가 읽어본 아마추어의 소설 가운데 가장 흥미진진했고 프로와 아마추어를 가리지 않고 말한다 해도 다섯 손가락 안에 꼽힐 만큼 재미있었다. 다만 그 소설은 국내의 출판사에서 출간되기는 쉽지 않을 내용이었다. 얼마 뒤에 그를 다시 만났을 때 나는 내가 읽고 느낀 그대로 솔직히 이야기했다. 그는 파란만장한 스스로의 삶과 격변하는 역사의 부침 속에서도 본능에 따라 욕망을 추구하는 인간의 모습이 많은 사람들에게 읽히지 못한다는 것을 무척이나 아쉬워했다. 나는 그가 보따리를 들고 일어서기 전에, 어떻게 이렇게 길고 실감나고 압도적으로 재미있는 글을 쓰게 됐느냐고 묻자 그는 자신이 벽초 홍명희와 인척간이라 그런 모양이라고 했다.

"나하고 벽초하고 십일촌인가 그렇거든. 그러니 자네도 벽초하고 피가 닿을 것이네."

"십일촌요? 십일촌을 뭐라고 부르나요?"

"글쎄. 당숙이 오촌이니까 재당숙, 재재당숙 지나 삼당숙인가? 만난 적은 없고 그렇다는 말만 들었지. 그 양반이 워낙 집에서 일찍 떠나셨고 조선 팔도가 당신 집인 것처럼 돌아댕겼으니까. 우리 집안 집성촌이 전라도 나주, 충청도 천안 어디에도 있고 경기도 고양에도 있고 했다니께 사회운동, 독립운동한다 뭐 한다 하면서 일본 경찰한테 쫓겨다닐 때 여기저기 가서 숨어 계시기도 하고 그랬다는구만. 홍길동이 따로 없지."

"홍길동이 그 홍씨 집안이에요? 그래서 벽초가 소설가가 됐나요?"

"홍길동이야 소설이니 꼭 그렇지는 않겠지만서도."

"참 저는 선생님을 뭐라고 불러야 할까요?"

"나도 모르겠네. 그냥 아저씨라고 허든가."

나는 최근까지도 그분을 어떻게 불러야 하는지 잘 모르고 있었다. 이따금 생각날 때마다 알 만한 사람에게 물어봤는데 아는 사람이 없었다. 지금 마음먹고 찾아보니 그는 내게 '진이종숙'이다. 진이종숙의 삼당숙은 또 뭐라고 불러야 하는지 알 수가 없다. 어쨌든 벽초와 내가 인척간이라는 건 맞다. 인척간이다보니 팔이 안으로 굽어서가 아니라 그 사실을 알기 전부터 나는 현대문학(우리나라뿐 아니라 현생 우주의 현대문학 전체를 통틀어)에서 가장 높은 소설적 성취를 이룬 분으로 벽초를 꼽곤 했다.

처음 임격정을 대면한 건 그보다 십수 년 전인 이십대 중반의 어느 겨울이었다. 문학과 철학과 지식에서 아득하고 자족적인 한 경지를 이뤘다는 전설에 감싸여 있는 어떤 선배가 사는 집에 들렀다. 집으로 가는 길에 갈아탈 버스를 잘못 알고 내렸고 그 바람에 차비가 모자라게 생겼는데 근처에 아는 사람이라고는 그 선배밖에 없었으니 그리 갈 수밖에 없었다.

어두컴컴한 방안에 혼자 앉아 무엇인가를 들여다보고 있던 선배는 내가 집에 갈 차비를 좀 빌려달라고 하자 아래층으로 내려갔다. 아마도 부모에게 돈을 얻으러 간 모양인데 이야기가 잘 안 되는 모양이었다. 혼자 앉아 무료해하던 나는 거기까지 온 값을 할 게 없나 찾다가 십여 권이나 되는 소설 한 질을 발견했다. 그래서 주섬주섬 책을 가방에 집어넣고 용을 써가며 주둥이를 오므리고 있는데 선배가 지폐를 한 장 손에 쥐고 방으로 들어왔다.

그는 짜증스러운 어조로 "그 책이 뭔 줄이나 알고 훔쳐가려는 거냐?" 하고 물었다. 나는 요즘 읽고 있는 게 미하일 숄로호프의 『고요한 돈 강』과 리처드 버튼의 『아라비안나이트』 같은 권수 많은 걸 자랑하는 책이라고, 이 소설이 짝이 될 만하겠다고 둘러댔다. 그러자 그는 "그 소설 쓴 사람이 북한에서 부수상인가 지냈단다. 책이 금서가 돼서 지하에서 복사본으로 돌고 있는 거다. 가다가 경찰한테 걸리거든 절대 내 이름 대지 마라. 나도 너를 모르는 놈이라고 할 거니까" 하고 돈을 주고는 어서 가라는 시늉을 했다.

그 책 때문에 경찰에 잡혀가지는 않았지만 읽기도 전에 스릴과 호기심을 미리 맛볼 수 있었다는 점에서 그 소설은 좀 특별했다. 저자의 이름이 벽초 홍명희였다.

　임꺽정은 로빈 후드나 활빈당 같은 멋진 의적이 아니다. 힘이 장사이며 화적떼 두목으로 저 하고 싶은 대로 하며 멋대로 살아가는, 하늘이 내린 무식한 불한당에 자기중심적인 인간의 욕심을 적나라하게 보여준다. 도둑에 강도질은 기본, 맘에 들지 않으면 아무에게나 욕설을 퍼붓고 두들겨 패고 뼈마디 부러뜨리기는 다반사다. 털끝처럼 작고 짧은 순간에 민중의 기대에 부응하는 전설의 영웅다운 기상을 보여줄까 말까 하는데 그것조차 확실하지 않다. 그런데 내게는 바로 이 '조명발'과 '분장발', 가식과 미화가 없는 작가의 태도가 가장 마음에 들었다.

　인간이 만들고 마음으로 낳은 물건이 너무나 천연스러워서 '천의무봉'이라는 표현을 할 수 있다면 '말하는 짐승'이라는 인간의 본질에 대해 보태거나 빼지 않고 재현한 『임꺽정』이야말로 그에 해당한다. 이기적이지 않으면 살아남지 못한다는 자연과 환경, 사회의 요구에 정직하게 대응하는 인간이 기득권층, 상위 1퍼센트에게는 불온하고 불순하고 부당하게 취급받는다. 이러한 것을 올바른 제도라 여기고 순순히 기다리라고 할 때 기다려야 한다는 고정관념을 깨뜨리는 것, 앞장서서 문을 활짝 열어젖히는 존재가 진짜 영웅이다.

　『임꺽정』을 이끌어가는 에너지는 접신한 것 같은 이야기의 신명이다. 읽는 사람 역시 흥이 나고 열이 올라 감성과 현존의 엉덩이가 같이 들썩거린다. 조선의 양반과 도둑, 백성의 일상이 극세화처럼 그려지고 어디서 들은 듯한 옛날이야기와 전설, 우리말, 토박이식 문장이 끊임없이 토출하는 샘물처럼 이어지고 있었다. 그리고 웃겼다. 홍명희는 가장 엄숙하고 비극적이며 눈물나는 순간에도 어딘가에서 웃음기를 발견해내고야 마는 우리 민족 고유의 유전자를 가진 사람이었다. 결국 고리타분한 옛날이야기 같으면서도 무슨 틀, 형식 같은 건 한걸음에 뛰어넘어버리는 혁명적인 스타일에 우리말과 이야기, 민중성의 보물창고이기까지 한 엄청난 소설이라는 것을 알 수 있었다.

몇 달 뒤 학교에서 만난 선배는 뭔가 비밀을 공유한 사람들끼리만 알 수 있는 약간의 친절함을 가지고 "그 소설 어땠느냐?" 하고 물었다. 나는 처음에는 안 읽히더니 어느 순간 그 나름의 어법에 익숙해지니까 손에 침을 바를 새도 없이 책장이 넘어가더라고 대답했다. 90년대 해금이 되어 정식 출판된 『임꺽정』을 다시 읽기도 하고 훗날 홍명희 『임꺽정』의 미완성 부분을 손자인 홍석중이 덧붙여 완성했다는 판본을 구해 읽기도 했다. 새로 읽을 때마다 어디서 시작하든 끝까지 읽지 않고는 배길 수 없었다. 내게 『임꺽정』은 손에 잡을 때마다 새롭게 되살아나고 되살아날 불로불사의 소설이다.

『임꺽정』은 한 작가가 일평생 한 번 올라볼까 말까 한 거벽이다. 소설가 홍명희는 두 번 다시 오지 못할 기회를 움켜잡았다는 점에서 행운아인 동시에 등불을 켜고 깨어 있던 자였다. 소설가의 후배이자 인척에게는 그런 기회, 그런 거벽, 그런 선배 모두가 존재한다는 게 크나큰 자산이며 긍지의 원천인 동시에 부담이다. 『임꺽정』이 있는 한 우리 문학은 다른 나라의 어떤 문학적 기반도 부러움으로 곁눈질할 필요는 없을 것이다.

따뜻한 쌀국수의 기억

박완서 선생님은 1931년생 양띠로 내 어머니와 동갑이다. 그러니 선생님의 나이('연세'라는 표현은 어쩐지 쓰고 싶지 않다)를 문단의 어느 어른보다 더 정확히 알고 있을 수밖에 없다. 어쩌다 뵙던 선생님의 모습과 어머니와 관련된 기억이 겹치는 경우가 많았다.

어머니는 생명을 낳아 기르는 존재이다. 신고간난으로 말하자면 이 일에 비길 세상사가 많지 않을 것이다. 시대에 따라 어머니의 성격도 변화했겠고 가족마다 어머니의 역할이 달랐겠지만 어머니의 어머니다움이라는 건 분명히 있다. 내게 가장 강하게 각인된 어머니의 모습은 원칙주의자라는 것이었다.

내가 고등학교에 막 입학하고 나서의 일이다. 두 시간 가까이 걸리는 학교까지 늦지 않게 가기 위해서는 새벽잠과 아침식사 가운데 하나를 선택할 수밖에 없었다. 물론 나는 대부분의 동급생들처럼 아침을 굶으려고 했다. 밥 먹는 건 입술이나 혀 같은 수의근을 움직이는 행위이지만 잠은 불수의근이 관장하고 있으니까, 통제 불능인 불수의근에게 선택이 가능한 수의근이 양보해야 한다는 게 내 생각이었다. 또 지각을 하게 되면 학교 정문에서 '골고다언덕'이라고 불리는 험준한 언덕배기를 오리걸음으로 다리 근육을 단련(학생부 주임 선생님의 관점과 달리 내 판단으로는 혹사)하며 올라가게 되어 있기도 했으므로 '그 수의근' 고생 안 하도록 '이 수의근'들이 배려하는 게 도리일 것 같았다.

하지만 어머니의 생각은 달랐다. 당신이 나보다 훨씬 더 일찍 새벽에 일어나서 준비한 아침을 먹지 않고 간다는 것은 있을 수 없는 일이라는 것이었다. 그렇게 아침부터 부모의 성의를 무시하고 복장 터지게 만든 뒤에 학교를 가서 뭘 하겠느냐, 그렇게 배운들 어디 쓰겠느냐, 인간으로서 기본이 갖춰지겠느냐는 말도 들었던 것 같다. 지각을 하면 벌이 기다리고 있다는 내 말에도 어머니는 꿈쩍도 하지 않았다.

"밥 먹고 가서 지각해. 늦었으면 벌을 받는 게 당연하지. 벌 받기 싫으면 일찍 일어나든가."

그 원칙은 내 나이 서른 살이 넘어서 예비군 훈련에 갈 때까지도 지켜졌다.

우리집에도 선생님의 팬이 많아서 『그해 겨울은 따뜻했네』나 『나목』 같은 소설이 내 눈에도 자주 눈에 띄었다. 고등학교 3학년 때 마지막 시험을 앞둔 일요일 오전에 선생님의 소설을 읽기 시작한 적이 있었는데 해가 저물고 날이 캄캄해진 뒤 마지막 장을 넘길 때까지 손에서 놓을 수가 없었다. 어느 월간 문예지에 선생님의 장편소설 『미망』이 연재되었을 때도 비슷한 느낌이었다. 읽기 시작하면 손에서 놓을 수 없다? 그래서 시험공부에 차질이 생긴다고? 그러면 공부를 게을리한 데 대한 점수를 받으면 된다…… 선생님은 혹시 그런 원칙을 가지고 계셨던 건 아닐까.

선생님은 대부분 소설의 주인공으로 동시대를 살아가는 여성을 선택했는데 나는 그들의 삶에 관해 자세히 아는 바가 없었다. 그런 나까지 흡인하는 소설의 힘, 그건 구석구석 한 치의 소홀함도 없는 세밀함과 작가로서의 엄밀함, 지독함과 연결된다. 그러면서 꿰맨 자국이 보이지 않게 소설 속의 현실과 현실 속의 소설 같은 일이 자연스럽게 연결되어 있었다. 그러니 힘없는 고등학생이 어쩌겠는가. 만사 제쳐놓고 소설을 읽을 수밖에. 다행스럽게도 그때의 시험 점수는 내 인생에서 별다른 문제가 되지는 않았고, 한참 뒤에 치러야 할 중요하고 결정적인 시험에 대비한 공부를 미리 시작한 셈이 되었다.

해방과 6·25 때 처녀 시절을 보낸 어머니 세대는 엄청난 역사적 격동과 그에 따른 개인적인 고난, 황당무계한 일을 수없이 당했을 것이다. 그 와중에도 가족의 삶을 보존했다. 살려냈다. 양육했다. 나는 당대의 험난한 풍속과 삶을 철두철미하게 재현하면서 인간 내면의 허위성과 속물성을 가차없이 드러내는 '박완서표' 소설에서 작품을 산출하는 작가로서의 위대한 모성을 느꼈다. "당대의 작가를 읽지 않고는 당대의 소설을 쓸 수 없다"는 선생님의 어록도 기억에 선명하게 남아 있다. 선생님은 특히 젊은 후배 작가들과 친하고 개방적이었고 자주 만나 격려를 해주셨는데(주로 술과 음식을 사주는 방식으로) 나는 멀찌감치서 되도록 눈에 띄지 않으면서 술만 축내는 일이 많았다.

언젠가 선생님이 있는 여행단에 끼어 대엿새간 베트남과 캄보디아를 여행한 적이 있다. 그때 사십대였던 나를 포함 네댓 명은 낮에는 병든 닭처럼 골골거리다가 화려한 밤생활에—그래봐야 술, 술, 술이었지만—심혈을 기울이며 젊음을 탕진하고 있었다. 선생님은 누구보다 일찍 일어나 앞장서서 바쁜 일정을 소화해냈다. 점심이나 저녁 때 곁들이는 한두 잔의 반주도 마다하는 법이 없었고 기력이 넘쳐 보였다. 그러면서 모든 일정이 끝나고 밤이 되면 다음날 아침까지 모습을 뵐 수가 없었다. 일상에서 낭비라고는 조금도 느껴지지 않았다.

여행이 거의 다 끝나갈 무렵이었다. 전쟁통에도 모습을 보전한, 베트남 하노이에서 가장 오래되고 유명한 프랑스 음식 전문점에 간 적이 있었다. 일생에 몇 번 맛보지 못할 대단한 성찬이 나왔다. 냉방이 잘되다못해 추위까지 느껴지는 널찍한 홀에 앉은 우리에게 열몇 가지의 음식이 정연한 순서에 따라 제공되었다. 모든 면에서 완벽한 만찬이었다.

그런데 나는 뭔가 배고픔과 관계없는 이상한 허기를 느끼고 있었다. 그보다 두어 해 전 베트남에 왔을 때 뒷골목 허름한 식당에서 내 엉덩이보다 훨씬 작은 의자에 앉아서 먹던 쌀국수를 먹어보고 싶다는 갈망에 사로잡혀 있었던 것이다. 물론 음식점에서의 식사가 끝난 뒤 혼자라도 잠시 쌀국수를 먹으러 가면 되겠지만 위에 빈자리가 남아날 것 같지 않았다. 한국에 가면 베트남 쌀국수는 널려 있으니 그렇다고 그 자리에서 끝장을 봐야 할 일은 아니었다.

뭘 어쩌겠다는 게 아니라 그냥 그런 이야기를 옆자리의 누군가에게 했다. 이윽고 식사가 거의 끝나갈 무렵에 주방장이 직접 쌀국수가 가득 담긴 냄비를 들고 나타났다. 프랑스 음식 전문점 메뉴에 쌀국수가 있을 리 없었지만 쌀국수를 먹어보고 싶다는 어떤 손님의 간곡한 요청에 따라 주방장이 직접 식당 뒷골목의 식당에 가서 재료를 구해다 디저트 대신으로 조리해 왔다는 것이었다. 박수와 함께 탄성이 일었다. 고개를 돌려보니 선생님은 내게서 몇 사람 건너 떨어진 자리에서 미소를 짓고 있었다. 지금도 내 뇌 깊숙한 기억 회로에 저장되어 있는, 세상에 다시 없을 따뜻한 쌀국수의 맛을 보게 해준 분이 바로 박완서 선생님이라고 나는 믿고 있다.

몇 해 전 선생님이 돌아가셨지만 지금도 선생님은 늘 내게는 몇 사람 건너 저편에서 엷게 미소를 띠고 있는 것처럼 느껴진다. 그 거리는 멀지도 가깝지도 않다. 내가 가서 인사를 드리면 반갑고 따뜻하게 맞아주실 것 같긴 하다. 언젠가처럼 "아유, 어머니는 그때처럼 잘 계신가요?" 하시면서. 선생님은 바로 그런 분이다. 그럼에도 지나치게 가까이 가게 되지는 않는다. 나라는 미욱스러운 인간은 그런 성벽을 아직도 가지고 있으니까.

이 세계의 진미

　중국은 내가 세계 어느 나라보다 자주 갔던 나라다. 최초로 해외여행을 한 나라 역시 중국이다. 한중간에 국교가 수립된 때가 1992년 8월인데 1994년 5월에 홍콩을 통해 기차를 타고 처음 중국에 입국한 것을 시작으로 1990년대에만 세 번쯤, 2000년대 들어서도 네댓 번은 간 것 같다. 혼자인 경우가 꽤 있었고 그에 따라 고생은 좀 되었으나 수많은 이야기들이 기억에 남게 되었다. 어떤 목적이 있어서라기보다는 자유롭고 자발적으로 여행을 했을 때 더욱 풍요로운 경험을 했던 것 같다.

　중국을 그토록 자주 간 이유는 어릴 때부터 책과 문자(한자)를 통해 중국이라는 나라가 익숙해졌기 때문이다. 다양한 문화와 오랜 역사, 세계 어느 나라보다 많은 인구가 만들어내는 흥미로운 이야기를 초등학교에 입학하면서부터 접하기 시작했고 열 살 무렵부터 빠져든 무협지의 세계는 또다른 평행우주의 진경을 보여주었다. 중국에 처음 갔을 때의 일차 목적지가 일반인들에게는 그다지 잘 알려져 있지 않은 웨이양岳陽이었던 것도 무협지에서 '중양절에 만나는 장소'로 자주 언급되는 동정호 호변의 악양루가 거기에 있었기 때문이다.

2012년 북경도서전에 한국이 주빈국으로 선정되고 한국의 시인, 소설가, 평론가 등이 한국문학을 소개하기 위해 갔을 때 나도 거기에 끼어 있었다. 북경도서전에서 인상적인 것은 '크다'는 것이었다. 도서전 장소가 북경 시내에서 떨어진 널찍한 곳에 있었고 전시장의 규모는 걸어다니며 돌아보는 것을 지레 포기할 정도로 컸으며 주빈국인 한국관의 서가 또한 책으로만 채우기에는 너무 광활해 보였다. 어쨌든 그 장소의 한가운데에 설치된 무대에 한국과 중국의 작가들이 올라가 혼자, 혹은 여럿이 함께 낭독회를 가졌고 내게도 한 차례 기회가 돌아왔다. 작품 낭독이 끝나고 청중의 질의를 받는 시간이 됐을 때 한 청중이 질문을 던졌다.

"지금 우리가 살고 있는 현실은 대체로 고달프고 모순적이며 감당하기 버거운 일로 슬퍼질 때가 많다. 그런데 왜 작가들은 그런 현실에 처한 독자들에게 위로가 되고 고통을 잊게 해주는 소설을 쓰지 않고 현실 속에서 힘겹게 살아가는 사람들의 모습을 보여주는 소설을 쓰고 있는가. 돌아가면서 대답해주기 바란다."

상당히 길고 열정적인 질문이었지만 통역자가 전해준 요지는 그러했던 것 같다. 다행히 그 질문에 첫번째로 대답할 사람은 내가 아니라 중국의 젊은 여성 작가였다. 작가는 질문을 한 독자보다 더 열정적이고 길게 대답을 했는데 내가 통역을 통해 알아들은 말은 대략 이런 것이었다.

"세상에는 많은 작가가 있다. 어떤 작가는 아픈 현실을 소설로 세세하게 표현하는 데 전력을 다하고 그를 통해 세상을 바꾸는 것을 작가의 사명으로 생각한다. 어떤 작가는 삶의 고단함을 위로하는 소설을, 또는 소설 그 자체의 재미에 푹 빠지게 해주는 작품을 쓰기도 한다. 물론 어떤 때는 현실적인 작품을, 어느 때는 인생을 긍정하는 작품을 쓰는 작가도 있으며 일관되게 한 가지 성향을 추구하는 작가도 물론 있다. 독자는 그런 작가들의 많은 작품 가운데서 자신이 읽고 싶은 것을 골라서 읽으면 된다. 굳이 자신의 마음에 들지 않는 작품을 힘들여 읽을 필요도 의무도 없다. 나라는 작가는 어느 때 나 자신이 쓰기로 한 작품을 최선을 다해 쓸 뿐이고 그다음에는 내가 쓰고자 하는 그다음 작품을 쓰는 데 모든 노력을 쏟아부을 뿐이다."

여러 나라에서 수십 차례의 낭독회를 가졌지만 어떤 곳에서도 이런 질문과 대답이 오가는 것을 본 적이 없었다. 막상 내게 그 질문이 던져지면 어떻게 대답해야 할지 고민할 필요도 없게 자리 운도 좋았다. 내가 대답할 차례가 되었을 때 나는 "제 생각도 앞서 답변하신 분과 같습니다" 하고 구렁이 담 넘어가듯 쉽게 넘어갈 수 있었다.

북경도서전에서 얻은 최대의 과실은 바로 그 질문이었다. 북경도서전에서 돌아와서도 몇 년 동안 그 질문은 계속해서 내 머릿속을 맴돌았다. 그 질문에 대한 답변에 해당하는 성향이 서로 다른 소설을 쓰려고 했고, 전에는 없던 구체적인 독자의 형상이 떠올라주었기 때문에 소설을 쓰는 데 도움이 되었다.

2015년 8월, 중국 상하이도서전에서 '작가와의 만남' 행사를 가졌을 때 나는 또 같은 질문이 날아올 것에 충분히 대비하고 있었다. 그런데 상하이도서전은 출판과 저작권에 중점을 두는 북경도서전과는 달리 책과 독자 위주로 운영된다는 설명대로 구름 같은 인파가 모여들었고 그 바람에 청중들과 수준 높은 질의와 응답을 주고받을 시간이 거의 없다시피 했다. 얼마나 사람이 많았던지 남자 화장실 앞에 수십 미터씩 줄을 설 정도였다. 어렵사리 남자 화장실에 진입해보니 그 규모가 동시에 백 명은 수용할 정도였으니 내가 그때까지 가본 화장실 가운데 세계 최대였다.

어쨌든 '작가와의 만남'이 시작되고 작가 소개와 간단한 인사가 끝나자마자 사인이 시작됐다. 중국의 독자들은 작가의 친필 사인이 든 책을 값지게 생각하고 그 사인이 가능하다면 자신이 알아볼 수 있는 문자이기를 바라는 듯했다. 자신의 이름을 써달라는 사람보다 한자와 한글로 내 이름을 써주기를 바라는 사람이 압도적으로 많았다. 소설을 문화 '상품'이라 한다면 작품이 아니라 작가를 소비하는 셈이었다. 어떤 사람은 한꺼번에 열 권이 넘는 책을 책상에 쿵, 소리가 나게 내려놓고 사람 좋은 웃음으로 사인을 청함으로써 '타의 모범'이 되었다. 따라서 다른 어떤 도서전에서보다 사인을 하는 데 에너지와 재능을 총동원해야 했다. 그 결과는 '손목터널증후군'이 염려될 정도의 손목 통증이었다. 한 시간이라는 한정된 시간 동안 프로그램을 마쳐야 다른 작가의 다음 프로그램이 진행될 수 있었기 때문에 어느 순간부터 사인본을 원하는 사람이 있음에도 불구하고 책 판매를 중단했다. 그전에 내 이름을 한자로 쓸 때 획수가 많고 복잡하다는 생각을 별로 하지 않았는데 그날 그 시간만큼은 내 이름을 지어준 할아버지가 이런 날이 올 줄 알았을지 궁금했다.

그 이후에도 여러 차례 '작가와의 만남'이 있었는데 한 낭독회에서 마침내 어떤 남성 독자가 질문을 해왔다.

"왜 한국은 중국이나 일본, 인도와 같은 아시아권에 속해 있는 나라이면서 중국, 일본, 인도처럼 노벨문학상 수상자를 배출하지 못했나요?"

그때 나는 이렇게 대답했던 것 같다.

"그걸 왜 저한테 물어보시나요? 노벨 씨나 노벨문학상 심사위원들에게 물어보시지 않고."

단조로운 질문과 대답을 끝으로 낭독회가 끝난 데 비해 음식은, 상하이의 음식은 다채롭고 진기하고 화려했다. 상하이의 요리사들은 수많은 지역, 수많은 시대, 수많은 나라의 빼어난 식단을 자신들의 것으로 만드는 데 천재적인 재능을 가지고 있는 것 같았다. 그 음식 가운데 내 마음을 결정적으로 빼앗은 것은 중심가의 타이완 음식 전문점에서 골라서 먹은 '짜장면'이었다. 물론 그 음식의 이름은 짜장면이 아니었고 이름 아래에 '국수에 콩 소스를 곁들여 볶은 걸쭉한 양념장을 끼얹어 먹는 것'이라는 설명과 함께 직감적으로 '이건 짜장면이다'라는 느낌이 오는 그림이 그려져 있었다. 무심코 주문을 했다가 어린 시절 맛본 짜장면의 진수를 떠올리게 하는 진미임을 알게 되고는 한동안 감상에 젖어들었다.

세계는 시간과 인연, 기억과 상상이라는 씨줄 날줄로 종횡무진 다차원적으로 연결돼 있고 문학은 그 세계 위를 우주선처럼 스쳐지나가며 포착한 무엇인가를 보여주는 것이 아닐까. 문학(소설)이라는 편집

자, 혹은 요리사에 의해 모든 과거, 미래, 현재는 언제나 오늘의 식탁
에 올려지는 현실이 되고 진미가 되는 것이리라.

노동의 시작을 알리는 나팔 소리

커피를 그리 좋아하는 편이 아닌데 전에 없이 매일 커피를 마신다. 계속되는 일 때문이다. 작가들은 대체로 일을 몰아서(그것도 마감을 넘긴 후에야 비로소 일을 시작할 마음이 든다는 강심장의 소설가도 있다) 하는 편이고 매일 같은 속도로 같은 일을 하는 경우는 드물다.

오랜만에 직장인처럼 규칙적으로 일을 하다보니 사람들이 커피 중독에 빠지는 이유를 알겠다. 내게 커피는 노동의 시작을 알리는 신호로 작용하고 있다. '아침=커피=문필노동'이라는 등식이 복무 규율이나 직업윤리처럼 나를 움직인 지는 무척이나 오래되었다. 이십대 중반, 직업을 가지게 되면서부터니까.

내가 커피를 마시는 가장 큰 이유는 냄새의 유혹 때문이다. 다른 차의 향은 참아낼 수 있는데 커피향 앞에서는 맥을 추지 못한다. 물론 그 이유는 내가 커피향에 맥을 추지 못하도록 길이 들었기 때문일 것이다. 언제 어떻게 그렇게 되었는지는 잘 알 수 없다. 희미하게 떠오르는 영상은 내가 닮았다는 말을 자주 듣던 어떤 배우가 코를 들고 눈을 감은 채 그지없이 행복한 표정으로 커피향을 음미하는 광경이다. 그 광고를 보면서 나는 숭늉이나 수돗물을 마셨더랬다.

보통 커피를 마시는 이유는 커피를 마시고 나면 잠에서 덜 깬 듯한 몽롱함이 사라지고 기운이 나기 때문이다. 커피에 들어 있는 카페인은 대뇌에서 수면을 유도하는 아데노신산의 흡수를 방해하므로 뇌를 각성 상태로 만든다. 또 도파민의 재흡수를 억제하여 쾌락 중추를 활성화한다. 아드레날린이 분비되어 활동성이 높아지고 의욕이 솟아난다.

그렇다면 이러한 카페인의 효과가 떨어지게 되면 어떻게 될까. 가지고 있던 활력(에너지)을 미리 당겨쓴 셈이 되어 피곤해지고 몸이 무거워지며 그에 따라 짜증과 불안이 생겨날 것이다. 두통이 있는 사람들이 커피를 마시면 뇌 혈류량이 증가해 일시적으로 두통이 사라지는데 카페인의 효과가 사라지고 나면 다시 두통이 생길 수 있다. 이런 현상을 막으려면 커피를 더 마시는 수밖에 없다.

문제는 그다음이다. 카페인으로 인해 높은 수준의 도파민 분비를 경험하고 나면 뇌는 그 이후의 카페인 섭취기에 전과 비슷하거나 더 많은 카페인을 원하게 되기 때문이다. 공급이 중단되면 금단증상이 나타나는데 짜증, 불안, 공격성이 그런 것들이다. 카페인뿐 아니라 설탕, 게임, 인터넷 등 중독성이 있는 수많은 음식과 약물, 생활 방식이 우리의 뇌를 비슷한 방식으로 조종하고 있다고 한다.

여기서 '활력을 미리 당겨쓰는 셈'이라는 말이 마음을 옭아매는 느낌을 준다. 카페인이 한 사람이 가지고 있는 에너지 총량 가운데 상당부분을 일시적으로 방출하게 해서 그 사람의 활기와 능력을 높여주는 것처럼 인간이며 인간의 집단인 사회가 미래를 당겨쓰는 경우가 적지 않을 것이다.

거품경제 시절에 일본의 기업들은 회사원들에게 거의 매일 회식을 시켜주고 교외에 사는 사람들에게 고액의 택시 쿠폰까지 무상으로 지급했다고 한다. 거품이 꺼지고 나자 도산하는 기업이 속출하고 많은 회사원들이 실업자가 되었다. 그나마 '돈맛'이라도 본 사람들은 덜 억울할 텐데 정규직 일자리가 줄어들면서 젊은 취업 예비 계층은 취업도 해보지 못하고 아르바이트로 살아가는 신세가 되었다.

미국에서는 주택 가격이 오르자 은행들이 경쟁적으로 교묘하고 복잡한 방식을 개발해 주택 소유자들에게 대출을 늘렸다. 주택 소유자들은 그 돈으로 차를 바꾸고 고급 가전제품을 들여놓고 비싼 외식을 즐겼다. 나중에 그 돈은 고스란히 빚이 되었다. 빚 때문에 팔려고 내놓는 주택이 늘어나자 주택 가격은 폭락을 거듭했다. 결국 수많은 사람들이 집을 빼앗기고 거리에 나앉게 되었다.

내가 회사에 다닐 때에는 '3저 호황'으로 경기가 활성화되어서 매년 월급의 1천 퍼센트 가까운 상여금을 받았다. 아파트 청약에 당첨되어 중도금을 내고 있었는데 상여금이 집중되는 연말에는 대출이 전혀 없이도 중도금을 내고 남은 돈으로는 여행도 가고 중고차도 샀다. 회사를 그만둔 뒤 얼마 안 있어 IMF 관리 체제에 들어갔고 내가 다니던 회사에서 같이 근무하던 사람의 13분의 11이 회사를 그만둬야 했다고 들었다. 13분의 2는 가장 높은 지위의 사람들이었다.

나 자신이 어떤 식으로든 미래의 시간과 부를 미리 당겨쓰고 있지나 않은지. 그것을 부추기는 어둠 속 존재들을 견제하고 감시할 나의 양식, 견제 장치가 경찰이나 야경꾼처럼 제대로 잘 작동하고 있는지. 그 경찰 또한 근무를 시작할 때 카페인 같은 약물에 의존하고 있지나 않은지.

시인은 말했다

나도 한때 시를 썼다. 이십대 중반부터 삼십대 초반까지. 그 무렵 함께 시를 쓰던 사람들 대부분은 여전히 시를 쓰고 있다. 그들은 이제 백발이 성성하지만 마음만은 여전한 것 같다. 아니 시인이라면 '마음만은 여전하다'는 표현 따위는 용납하지 않을 것이다. 그들은 언제나 폭발 가능한 인화물질이고 언제 어디로 우주 저편으로 가버릴지, 스스로 새로운 우주가 될지 모르는 존재들이다.

얼마 전에 그 시인 가운데서도 특별한 사람, 단단하기가 강철못 같던 선배를 만났다. 삼십대 중반 무렵 그는 술을 전혀 마시지 않으면서도 자정을 넘긴 술자리에 끝까지 앉아 있었고 말이 거의 없었다. 술자리의 이야기란 흥분되고 무절제하고 질펀한 말의 성찬인데 시인은 본능적으로 그런 말은 세상에 일절 내보내지 않으려고 하는 듯했다. 어쩌다 나오는 이야기는 세속적 관심이나 이익과는 전혀 관련 없는 어떤 극한의 세계, 극지를 지독하게 파고들어가 발견한 무엇인가에 관한 것이어서 알아듣기가 쉽지 않았다. 몇 달, 몇 년 뒤에 불쑥 그의 이야기가 망각의 지평선 위로 떠오르기도 했다. 진짜 시인의 어법이란 게 원래 그런 것이라고 짐작하고 있었다.

그런데 근 수삼 년 만에 만난 그는 속에서 용암이라도 치밀어오르는 것처럼 격정적으로 말을 쏟아냈다. 단호함과 격렬함 때문에라도 몰입되지 않을 수 없었다. 한참 열변을 토하던 그가 갑자기 내게 물었다.

"성형, 요새도 시를 씁니까?"

나는 그럴 리가 있느냐, 그럴 수도 없다고 도리질을 했다. 그가 내게 그렇게 물은 데는 이유가 있었다. 최근 서너 달 동안 시를 쓰지 못했다는 것이었다. 내가 잠시 겪어본 바로는 시인은 언제나 시를 쓰고 있다. 시인의 존재 내면에 충만한 시가 적절한 출구를 통해 표출이 되고 난 뒤 거듭된 단련과 조탁을 통해 작품으로 완성된다. 그런데 그 시인에게 표출에서 완성까지의 과정에 문제가 생겼다는 것이다. 시도 때도 없이 스마트폰으로 소셜미디어와 뉴스를 확인해야 하는 중독 증상이 생겼고, 온-오프라인에 범람하는 거칠고 날것 그대로인 언어들에 영향을 받아 정신이 파편화되고 도무지 집중이 되지 않아서라고 했다. 어떻게든 책상 앞에 앉아 시를 써볼라치면 누군가 억지로 자신의 입을 벌리게 하고 현실-언어라는 사료를 투입하여 간을 빼먹으려 한다는 기분이 든다는 것이었다.

"그게 거위 간(푸아그라)을 만들 때 쓰는 가바주라는 동물 학대 방식이죠? 그런 문제라면 글 써서 먹고사는 게 생업인 저 같은 사람이 더 심각하죠."

내 응답에 그는 시를 쓰는 것 또한 '문필 서비스 산업 - 자영업'이며 작가들이 원고료나 인세를 '받아먹고' 사는 것처럼 시를 쓰는 사람역시 시를 씀으로써 살아갈 수 있으니 '생업'이라는 측면에서 시가 더본질적이라고 했다. 어쨌든 선동적이고 선정적인 언어에 의해 오염된현실, 가짜 뉴스, 범람하는 거짓 이야기 때문에 창작이 '농단'되는 지경에 이르렀다는 데 의견이 일치했다.

인류 문명에서 국가, 사회, 가족에 이르는 공동체의 지속과 발달에는 반드시 이야기가 필요하다. 이야기는 인간을 인간이게 하는 '필수품'이다. 하나의 이야기가 상상을 자극하고 새로운 이야기를 낳으면서 공동체의 지속과 확장에 기여한다면 생산적인 것이라고 할 수 있다. 반면 정치적 담론처럼 지극히 소비적이고 소모적인 이야기는 공동체의 에너지를 소진시키고 유독한 피로물질을 부산물로 남긴다.

'모든 이슈를 빨아들이는 블랙홀' 같은 한 가지 이야기의 독재 상태가 지속되면 지속될수록 '주의력 피로 현상'이 생긴다. 이야기의 본질적인 면이 아닌 매체(스마트폰-TV-소셜미디어-언론-인터넷) 우위의 환경에서는 좀더 자극적인 형태의 이야기를 원하게 되고 독재와피로 현상은 더욱 심화된다.

이런 악순환 속에서 가장 큰 피해를 입는 건 영세한 풀뿌리 문화-서비스 산업-자영업 종사자들이다. 웬만큼 자극적이지 않고는 개인과 자영업자, 예술가, 수공업의 장인이 설 자리가 없게 된다. 단란한외식, 저녁의 맥주 한잔이 없어지고 작은 음악회, 전시회가 외면받으며 책을 읽지 않는 것이다. 반면 문화의 부익부 빈익빈 현상은 심화되어 엄청난 제작비를 쏟아붓고 호화 캐스팅으로 만든 영화, 예능 프로그램, 해외여행에는 돈이 몰린다. 취향은 획일화되고 문화 권력에 의해 공인된, 유명한 곳에만 사람들이 넘쳐나며 뒷골목의 호프집, 호젓한 카페, 단골식당은 문을 닫는다. 한번 사라지고 나면 다시 복원할 수 없는 우리 삶이 빚어낸 문화, 자산이 너무도 쉽게 사라지고 하루아침에 퇴출된다.

풀이 사라지면 풀을 먹고 사는 벌레도 굶어죽고 벌레를 먹던 동물, 상위 포식자 모두 생존할 수 없게 된다. 국가도 사회도 마찬가지다. 구성원이 없는데 공동체가 존립할 수 있을까? 결과라는 게 제아무리 '사이다'처럼 속 시원하다 할지라도 이미 다 타버린 속으로 느낄 수나 있을까?

무소불위의 절대 권력을 가진 것으로 착각하고 불법, 초법적 행위를 거리낌없이 저지르며 법질서를 무너뜨린 족속이나 그들의 조력자, 방조자들은 이 사회의 최상위 계층에 속하는 사람들이었다. 대다수 시민들은 그들이 단죄되고 누구로 바뀌든 어렵기는 마찬가지다. 더 힘들어지고 나빠지고 팍팍해졌다. 가장 나쁜 건 이런 추세가 변하지 않을 것이라는 전망이다.

참고 견디던 민심이 어느 순간 임계점, 비등점을 지나면 단 한 번에 모든 것을 뒤집고 불태우고 재로 만들어 성층권으로 날려버릴 것이다. 그렇게 되면 상위 1퍼센트고 권력이고 부귀영화고 세비고 뭐고 하나도 남아나지 않을 것이다. 그런 기미를 지극히 예민하게 미리 감지하고 파국이 멀지 않았음을 예언하는 존재가 시인이다. 그런 시인을 만났다.

소설이란 무엇인가

지난 세기 후반, 내가 소설을 쓰기 전부터 언론에 가끔 등장하는 대사가 있었다. "그건 한마디로 말하자면 소설 같은 이야기다" "허무맹랑한 소설이다" "완전한 창작이다" 등등.

대부분 비리나 비위, 위법 행위의 의혹을 받고 있는 사람들이 고급 양복을 입고 마이크 앞에 나타나 기자에게 답을 하는 형식으로 이런 말을 쏟아냈다. 소설을 쓰지 않던 시절에도 나는 소설가들이 그들의 언명대로 뜬구름 잡는 방식으로 허황하게 소설을 쓸 거라고는 생각하지 않았다. 그때도 소설의 열혈 독자였기 때문이다.

그들이 궁지에서 빠져나가기 위해 '허구(거짓)'를 도구로 삼는 소설을 끌어다 자신들이 '진실'하다는 것을 표현한 것이겠지만 그 말을 듣는 소설가들이 기분이 좋지는 않았을 것이다. 하지만 어떤 소설가도 공사석에서 그런 표현에 대해 불만을 털어놓는 걸 본 적이 없다.

대꾸할 가치가 없다고 생각해서든 일고의 가치도 없다고 일소에 붙였든 간에. 남들이 좀체 하지 않으려는 객쩍은 일을 하는 것을 능사로 아는 내가 이제 다른 소설가들을 대신해 그들이 느끼고 있을 소회를 말해보고 싶다.

소설이란 무엇인가? 요즘은 국문학과 강의 시간에도 잘 나오지 않을 고답적 질문이다. 소설에 관한 정의를 간단히 말하자면 '(작은)이야기'다. 작지만 대단히 신축성이 뛰어난 이 자루에는 세상사와 우주 만물, 인류가 상상할 수 있는 것, 인간의 오욕칠정이 담겼다 비워지고 또 담길 수 있다. 소설의 구성 물질은 문자이고 문장으로 이루어지며 작가-편집자-독자가 기본적인 생산, 유통 구조를 이루고 있다. 대체로 허구를 통해 진리가 아니고 교훈, 교리가 아닌 진실, 부분적 필연성을 드러낸다. '실제로는 없는 일(허구)'이라고는 하지만 그것이 설득력이 없으면 소설이 성립되지 않는다. 설득력은 개연성에서 나온다. 소설의 개연성은 실체적 진실만큼이나 단단하고 보편적이어야 한다. 그렇지 않다면 그 소설은 제대로 된 소설이라고 할 수 없고 극단적으로 말해 자의적인 문장의 나열, 감정의 배설에 불과할 뿐이다.

"소설 쓰고 있다"는 말을 입에 자주 담는 사람은 그와 대구를 이루는 "상식적으로 생각해보라, 내가 바보가 아니라면 그런 일을 할 이유가 있겠는가"라는 말도 반드시 하게 되어 있다. 이 역시 소설의 개연성을 의식하는 말이다. 독자로 하여금 자신이 쓴 소설의 주인공에게 감정의 이입을 하게 만드려는 삼류의 작의가 들어 있는 것 같은데 그런 데 넘어갈 독자는 많지 않다. 특히 자신의 주머니에서 꺼낸 돈을 지불하고 소설책을 사본 사람이라면 아예 그런 '쓰레기 같은' 소설은 살 생각도 하지 않는다. 대개의 경우, 그 사람이 말하는 상식은 맞지 않고 그는 바보가 아닌데도 그런 행위(불법, 범법, 비리 등)를 고의적으로 저지른 것으로 드러난다.

소설가의 입장에서 볼 때 마음에 들지 않는 표현은 한두 번으로 그치지 않는다. 도저히 어쩔 수 없이 사태가 불리하게 돌아가면 "(민심, 사법기관의 판단을)무겁게 받아들인다" "개인적 부덕의 소치" "불찰"이라는 판에 박힌 소리가 흘러나온다. "민심을 무겁게 받아들인다"는 것은 "내게 잘못이 있음을 심각하게 인식하고 반성한다"는 것을 에둘러 피해가는 수사에 불과하다. '부덕의 소치'는 왕조시대의 군주가 가뭄과 홍수 같은 천재지변을 당했을 때 신하들을 모아놓고 "할 수 있는 만큼 해봤지만 애초에 내가 덕(운, 재수)이 없는 걸, 타고난 걸 어쩌겠느냐"는 책임 회피용 언사이다. 불찰? 내 잘못이 아니고 주변이 범죄를 저질렀을 뿐 자신은 잘 몰랐다는 뜻이다. 소설에 가져다 쓰기에 턱없이 부실한, 썼다가는 욕먹기 딱 알맞은 단어이고 문장이다.

소설은 소설 나름의 치열한 검증을 거쳐 작품이 된다. 가장 먼저 초고를 쓴 작가 자신이 "이 정도면 되겠다"라고 인지할 때까지 혹독한 교정으로 완성도를 높이는 과정이 있다. 그것이 최초의 독자(다른 작가의 작품을 많이 접해본 편집자 같은 전문가)의 교열, 수정을 거쳐 출판사 내부의 일정한 검증 기준을 통과한다. 그러고 난 뒤에 가장 까다로운 시장(다수의 불특정 독자)의 선택을 받아야 한다. 한 점에 수백만원에서 수천억원을 호가하는 그림과 달리 다수의 독자가 향유하는 소설책은 민주적(?)으로 저렴하다. 소설책은 자비 출판이 아닌 바에야 선거철에 우후죽순 격으로 나오는 정치인의 수필집처럼 쉽게 출판되는 것도 아니고 시장성이 없으면 곧바로 퇴출되는 비운을 맞게 된다. 작품이 아무리 좋아도 시운이 맞지 않으면 작가의 생애 내내 묻혀 있을 수도 있다. 이처럼 격렬하고 무자비한 전장이 소설의 세계인데 자신의 곤경을 모면하기 위해 "소설 같은 이야기"라고 쉽게 말하는 사람이라면 이때까지 제대로 된 소설을 한 권도 읽지 않았거나 전혀 읽을 마음이 없는 사람이라고 확언할 수 있다.

혹 그들이 나중에 국민의 피 같은 세금으로 운영되는 담장 높은 시설에 수용이 된다면 마침내 제대로 된 소설을 찾아 읽게 될지도 모른다. 책장을 덮고 나서 살찐 허벅지를 치며 지난날 자신이 말한 "소설 같은 이야기"의 그 '소설'이 얼마나 엉터리였는지 돌아보며 쥐구멍을 찾게 될 것이다.

소설이란 무엇인가. 사전적 정의로는 "사실 또는 작가의 상상력에 바탕을 두고 허구적으로 이야기를 꾸며나간 산문체의 문학 양식"이다. 명백히 자신의 잘못이라고 드러난 일을 "소설 같은 이야기"라며 손바닥으로 하늘을 가리려는 사람이라면 앞으로 뭐가 되든, 어디로 가서든 소설은 쓰지 말 것을 권한다. 더불어 "만화 같은 이야기" 같은 표현으로 또다른 신성한 직업을 모독하지 말 것을 경고한다.

굳이 변명을 하고 싶으면 자신들의 세계에 빗대어서 표현을 하면 된다. "그건 제가 지극정성으로 모시던 대통령의 어록에나 나올 법한 이야기입니다" 하는 식으로. 가장 좋은 건 구차하게 변명하지 말고 입도 열지 않는 것이다. 우리는 그런 말을 하는 사람의 얼굴을 보고 이름을 듣는 것만으로도 충분히 힘들고 지겨우며 생업에 막대한 지장까지 받고 있으니까.

2부

나라는
인간의
천성

첫맛의 경이

봄바람이 싱그럽게 불던 3월, 대학에 막 입학해서 처음 맞는 점심 시간에 점심을 먹으러 교문 밖으로 걸어나왔을 때 2층 건물의 1층에 있는 작은 식당이 눈길을 잡아끌었다. 직감적으로 나 같은 외톨이를 위한 식당이 아닌가 싶었다. 깔끔한 외양과 함께 다른 식당에서는 잘 보이지 않던 여학생들이 유리창 너머로 보이는 것이 결정적으로 내 발길을 끌어당겼다.

그 식당은 최대 수용 인원이 이십여 명쯤 됐는데 일하는 사람은 삼십대 여주인과 이십대 초반의 여종업원뿐이었다. 벽에 붙어 있는 식단과 다른 사람들이 먹고 있는 것을 참고해서 나는 난생처음으로 '순두부찌개'라는 음식을 주문했다. 나처럼 혼자 와서 면벽을 한 채 음식을 먹고 있거나 음식 나오기를 기다리는 남녀 학생이 대여섯 명 더 있었다. 무엇보다 마음에 들었던 건 조용하다는 것이었다.

순두부찌개는 지름이 한 뼘가량인 뚝배기에 담겨 나왔다. 내용물은 바글거리는 소리를 내며 끓고 있었고 밥 한 그릇에 작은 접시에 담긴 단무지와 깍두기가 반찬으로 따라왔다. 윤기가 흐르는 뚝배기 안에 담긴 찌개가 꼭 한 사람에게 최적화된 상태로 독립적으로 주어진다는 게 감탄스러웠다. 이렇게 하면 맛있는 것을 많이 먹기 위해 음모를 꾸미거나 식구들끼리 수저를 부딪쳐가며 쟁탈전을 벌일 까닭이 없다. 이 얼마나 도시적이고 문화적인가.

처음으로 순두부찌개를 숟가락에 담아 입속으로 가져갔을 때 내 머릿속에서는 황홀한 실내악이 울려퍼지는 듯했다. 찌개의 국물은 뜨겁고 매콤하고 기름졌다. 나중에 알게 된 바 고추기름이 그런 맛을 낸다고 했다. 두부의 단백질이 주는 양감과 질감이 김치찌개나 된장찌개와 확실히 구별됐다. 전체적으로 약간 짜고 매운 듯했지만 바로 그 맵고 짠맛이 밥을 불렀다. 밥 또한 갓 지은 것을 그릇에 담아 그런지 기름이 잘잘 흘렀고 밥알 하나하나가 제 모습을 갖춘 채 단단하게 자기 존재를 증명하고 있었다. 그 또한 떡이 진 전기밥통 속 밥과는 달리 세련되게 느껴졌다.

처음 먹는 순두부찌개의 맛을 혀와 입과 뇌로 제대로 감상하느라 감각과 감수성이 최고조로 가동되는 가운데 마침내 뚝배기와 밥그릇이 바닥을 드러냈다. 바닥에 깔려 있는 작은 조개들 또한 제 모습을 온전하게 간직한 채로 입을 벌리고 있었다. 그날부터 나는 순두부찌개의 세계에 푹 빠지고 말았다.

그로부터 지금까지 내가 먹은 순두부찌개는 대략 천 그릇이 넘을 것이다. 그중에는 순두부찌개라는 이름의 코스 요리도 있었고 겨울

새벽 포장마차의 카바이드 불빛 아래에서 입김을 풀풀 날리며 먹은 순두부찌개도 있으며 해외에서 교민들이 천 킬로미터가 넘는 거리를 차로 달려와 먹고 간다는 유명한 순두부찌개도 있었다. 하지만 이십 대에 막 접어든 3월 어느 봄날 처음 먹은 그 순두부찌개만한 강렬한 맛은 없었다. 어쩌면 나는 그 첫맛을 다시 맛보기 위해 그토록 오랜 세월 그 많은 순두부찌개를 먹어왔는지도 모른다.

어찌 순두부찌개뿐이겠는가. 우리는 각자 '첫'이라는 형용사가 붙은 다채로운 맛을 보았고 어떤 경우를 경험했다. 첫 경험, 그 섬전 같은 강렬한 느낌은 우리 뇌리에 영원히 잊힐 수 없는 흔적을 남긴다. 처음 맡은 어머니의 젖냄새. "아가야" 하고 처음 나를 불렀을 어머니의 음성. 처음으로 자전거를 탔을 때, 처음으로 물에 뜨기 시작했을 때의 그 감동. 처음 손을 맞잡았던 순간. 헤아릴 수 없이 많은 첫 경험과 첫 만남이 우리 존재를 만들었다.

나이가 들면 우리의 첫 경험을 되풀이하는 아이들을 보게 된다. 경이로운 순간이다. 첫 걸음마를 하는 아이를 볼 때처럼. 우리는 그 순간에 한없이 끌려든다. 그럴 수밖에 없다. 그것은 인생의 신비를 만드는 원천이다. 우리 각자가 누구나 평등하게 가지고 있는.

삶을 기쁘게 만드는 별식

밥, 그것도 쌀밥에서 누룽지가 잘 나온다. 그러다보니 명절이나 제삿날, 생일을 제외하고는 쌀밥을 구경하기 힘들던 시공간에서는 누룽지 구경하기도 쉽지 않았다. 농촌의 중농 집안에 태어나 배고픔을 모르고 어린 시절을 보냈다고는 하지만 나 역시 누룽지를 떡 먹듯 흔하게 먹지는 못했다. 누룽지는 한두 사람의 밥을 지을 때에는―가령 가족 모두의 밥이 아닌 할아버지와 아버지, 장남인 맏형 등의 밥만 쌀로 짓고 나머지는 혼식을 하는 식으로 가부장제의 전통이 강한 집안의 경우―잘 나오지 않기 때문이다. 결국 내가 마음놓고 누룽지를 먹고 또 많은 누룽지를 구경할 수 있게 된 건 이십대 중반이 다 되어서였다.

출가를 한 게 아니고 가출을 했는데 절로 가는 바람에 출가로 오해받기 딱 좋았던 상황에서, 나는 한반도 최남단에 있는 어느 절의 요사채에 기식하는 사람들 틈에 섞여들었다. 그런데 절에 들어가면서부터 나는 늘 배가 고프다는 느낌에 시달렸다. 그때 나는 막 등단한 시인이었다. 오 년 정도 발표한 작품을 모아 시집 한 권을 만들어내는 평범한 생산성을 가진. 특별히 할일도 없고 그렇다고 전혀 할일이 없는 것도 아닌, 공중에 떠 있는 연 같은 정신적 상태와 환경이 게으른 영육을 괴롭혔기 때문일까.

절에서의 세끼는 아침 6시, 정오, 저녁 6시 세 때로 이루어졌다. 문제는 끼니 사이가 열두 시간이나 되는 기나긴 겨울밤이었다. 요사채에는 나 말고도 한창 나이의 현생 인류 대여섯 명이 기거하고 있었다. 물론 대부분이 유료(속세의 하숙비보다는 훨씬 싼 대신 하숙집에서 가끔 나오는 달걀찜이나 돼지고기 장조림, 고등어 자반구이 같은 동물성 단백질은 전혀 기대할 수 없는)로 숙식을 제공받았다.

식사는 직접민주주의가 뭔지 실감할 수 있을 정도로 공평했다. 밥을 지은 양을 사람의 숫자로 나눠서 먹는 것이다. 요사채 사람들 말고는 절집의 구성원인 주지스님과 밥 짓는 보살님, 이런저런 절 살림을 보살피는 불목하니(오십대 중반 남자로 '처사님'으로 불렸다)가 있었다. 주지스님은 입으로 먹는 모든 것이 소중한 시주에서 나오는데 흘린 쌀 한 톨에 부처님의 눈물도 한 방울이라는 것과 포만감의 행복을 죄악시하는 가치관을 가진 분이었다. 우리가 스님처럼 수행자가 아니고 쇠도 소화시킬 한창때의 젊은이라는 것, 하숙생 같은 '유료 체류자'로서의 권리가 있다는 걸 아무리 강조해도 소용이 없었다. 절에 오면 절의 법에 따르는 법이라는 것이었다. 절 이름이 '로마사'도 아닌데.

그럴 때 누룽지는 하늘에서 내려오는 '만나'—이건 그리스도교의 구약성경에 나오는 이야기지만—이상으로 우리의 영혼과 육체를 살찌우고 먹는 기쁨, 삶의 환희를 만끽하게 해주는 역할을 했다. 보살님은 속세에 있을 때 큰살림을 하던 집안의 맏며느리였다고 했다. 그런 분이 어째서 절에 들어와서 직접 밥을 짓게 되었는지, 지금 같으면 생각을 해봤겠지만 그 시절 내 관심은 온통 그 보살님이 어떻게 솥에서 누룽지를 멋지고 실하게 긁어내느냐에 쏠려 있었다.

가마솥에 불을 때서 밥이 다 익은 것을 확인하면 보살님은 뚜껑을 열고 김을 빼낸 뒤에 밥을 그릇에 푸기 시작했다. 그것을 똑같이 나누는 것은 스님이 하는 일이었다. 보살님은 곧 식어서 군기 전에 누룽지를 긁는 성스러운 작업에 착수한다. 바깥부터 오목한 가운데 부분에 까지 나무주걱을 넣어서 계수나무에서 껍질(계피)을 벗겨내듯 남김없이 뜯어낸다. 이어 옆의 솥에서 끓고 있던 뜨거운 물을 가마솥에 두어 바가지 끼얹으면 쉬이익, 하고 김 오르는 소리와 함께 나머지 밥알들이 물에 섞여든다. 밥을 다 먹고 나면 그 숭늉이 식후의 디저트나 한 잔의 차처럼 제공된다. 역시 민주주의적으로 모두에게 고르게.

그러나 누룽지에 관한 한 최고의 권력은 보살님에게 있었다. 그녀는 평소에 베풀기만 하는 진짜 '관음보살'처럼 누룽지를 나눠주기만 했을 뿐 조금도 먹지 않았고 주지스님 역시 누룽지를 탐내는 일은 없었다. 경쟁자는 처사님과 나머지 청년들이었다. 경쟁에서의 나의 승률은 20퍼센트도 되지 않았으나 경쟁자 가운데서는 가장 높은 것이었다. 내 생김새가 보살님의 손녀와 가장 많이 닮았던 덕이었다. 닮은 곳이 다른 데도 아니고 얼굴 한가운데의 코라고 해서 그 손녀의 앞날이 약간 걱정이 되었다. 클레오파트라처럼 콧대가 높을 것이니.

　손녀를 닮은 총각에게 표나지 않게 조금 더 혜택을 많이 주는 방법이 뭘까, 하는 문제로 보살님의 고심이 길어질수록 누룽지는 두꺼워지고 딱딱해졌다. 물론 누룽지는 따뜻할 때 먹는 게 제일 낫지만 한밤중에 오도독거리는 소리를 내가며 먹는 것도 배에서 꼬르륵거리는 소리를 내는 사람들을 생각하면 색다른 맛이 있었다. 어떤 누룽지는 한밤중에 불쑥 누룽지죽으로 변신해 밤샘 공부를 시작한 사람들에게 찾아들기도 했다. 누룽지에 참기름 몇 방울을 넣고 푹 끓인 뒤 깨어 있는 사람 수만큼 그릇에 나누고 참기름에 볶은 김치, 김과 다시마 가루를 아낌없이 고명으로 얹어낸 그것은 역사상 어느 제왕의 수라상도 부럽지 않을, 이승에 태어난 것을 기쁘게 만드는 별식이었다.

봄의 은혜로 만드는 비빔밥

해마다 봄철이 되면 나는 비빔밥을 만들어 먹는다. 세상 어떤 음식점에서도 볼 수 없는 비빔밥이지만 알고 보면 누구나 만들 수 있는 것이기도 하다. 혼자 먹을 수도 있으나 들밥, 제삿밥처럼 삼사십 명이 함께 먹을 수도 있다.

요리에 별스러운 재주가 없고 남에게서 얻어먹는 것을 능사로 아는 내가 직접 이 비빔밥을 만들게 된 데는 연유가 있다. 해마다 3월 첫째 주가 되면 이십대 마지막에 생을 마감한 한 친구의 기일이 돌아온다. 그의 안식처가 한때 내가 작업실로 삼고 있던 농가에서 그리 멀지 않았다. 그의 기일에 가장 가까운 일요일, 매년 그의 선후배와 지인들과 산소 앞에서 만나 간소한 예절을 갖추고 나면 으레 점심시간이 되게 마련이었다. 인근의 식당에서 점심을 먹고 앞마당에서 각자의 차에 올라 헤어지려다보니 뭔가 허전하고 섭섭했다. 결국 그중 몇몇이 다시 내 작업실로 와서 함께 봄날 오후를 보내는 게 상례가 되었다. 그럴 때 다시 봄을 맞고 또 한번의 친구 기일을 보내는 것을 아쉬워하며 비빔밥을 만들어 먹곤 했다. 그 과정은 이렇다.

몇몇이 겉절이나 김치 안주에 막걸리를 마시는 동안 몇몇은 각자 고향에서의 어린 시절 이야기를 하며 집 주변의 논두렁, 밭두렁에서 봄나물을 뜯는다. 막 돋아나기 시작한 쑥, 제법 뿌리가 길게 내린 냉이, 납작한 참나물 할 것 없이 눈에 띄는 야생 봄나물과 새순이면 무엇이든 상관없다. 그것만으로는 부족하기 때문에 전날 인근 읍내 시장에 가서 상추, 쑥갓, 치커리, 케일, 신선초, 깻잎, 청경채, 겨자채 등등 유기농으로 재배한 쌈채소를 미리 사둔다.

사람 수에 맞춰 적당량의 쌀을 씻어 솥에 안친다. 뚝배기에 물을 붓고 내장을 뺀 멸치를 넣어 육수를 낸다. 두부와 무, 매운 고추, 양파를 넉넉히 썰어 물이 끓고 있는 뚝배기에 투하한다. 이어 뜯어온 쑥, 냉이, 달래 같은 봄나물을 넣는다. 통마늘을 까서 부엌칼로 으깨 좀 많다 싶을 정도로 넣고 고춧가루도 듬뿍 친다. 적당히 끓었다 싶을 때 마지막으로 재래식 된장을 집어넣는다. 된장을 맨 마지막에 넣는 이유는 인체에 유익한 바실루스균이 사멸하는 것을 막기 위해서이기도 하고 간을 맞추기가 편해서다. 끓는 국물 맛을 봐서 좀 싱겁다 싶으면 된장을 더 넣으면 되고 짜다 싶으면 물을 조금 더 넣는다.

스테인리스 함지를 꺼내 솥 안에서 다 익은 밥을 푼다. 다 끓은 된장찌개를 국자로 떠서 밥 위에 슬슬 끼얹는다. 고추장과 참기름도 아끼지 않고 퍼 넣는다. 마지막으로 미리 씻어놓은 나물과 쌈채소들을 먹기 좋은 크기로 대충 손으로 잘라 함지에 넣는다. 주걱과 국자를 이용해서 밥과 나물을 함께 비빈다. 혹은 비닐장갑을 낀 손으로 직접 비벼도 된다. 뜨거운 밥과 뜨거운 찌개에 뻣뻣한 채소들이 숙어 먹기 좋게 부드러워진다. 크고 작은 그릇에 비빔밥을 나눠 담는다. 이제 둥글게 둘러앉아 먹는다.

비빔밥에서 봄나물의 풋풋함과 쌉싸름한 맛이 느껴진다. 각각의 향기와 질감을 가진 채소들이 각기 제맛을 내고 고추, 마늘, 참기름 같은 양념은 양념대로 맛이 난다. 모두들 말이 없다. 다 먹고 나면 또 봄날 하루가 갔구나, 싶다. 싹싹 먹어치우기 때문에 설거지 거리도 별로 없지만 다함께 치우고 나서 내년에 다시 만날 기약을 하고 벗들은 서울로 간다.

일 년에 단 한 번 만들어 먹는 이 비빔밥을 앞으로 몇 번이나 더 먹을 수 있을까. 벗들이 가고 난 뒤 혼자 봄볕이 비쳐드는 마루에 앉아 생각하곤 했다.

홍익인간의 음식

올 들어 연초부터 발효 음식의 명인을 몇 분 만나서 보이지 않는 곳에서 일어나는 생명의 신비에 관한 이야기를 들을 수 있었다. 물론 말로만 들은 게 아니라 그곳에서 만들고 있는 발효 음식을 먹고 마시는 호사를 누렸다. 그 음식들의 공통점은 모두 내가 어린 시절 맛보았던 것을 떠올리게 한다는 것이었다.

나는 운이 좋은 사람이라는 생각이 절로 들었다. 내가 태어나서 처음으로 지각한 맛을 그대로 간직한 곳, 본성에 가까운 깊은 맛을 그대로 만들어내는 사람이 있다는 것이 고마웠다.

설 무렵에 내가 할머니와 합작으로 만들었던 조청은 강정이나 고추장을 만드는 데, 가래떡을 찍어먹는 데 쓰였다. 어린 내가 아궁이에서 나오는 연기를 참아내고 장작을 날라오는 수고를 마다하지 않았던 것은 합법적인 불장난을 할 수 있다는 것 외에도 단것이 귀하던 시절

'짐 지고 수고한 자'의 몫으로 조청을 다른 형제보다 조금 더 많이 먹을 수 있다는 보상이 있어서였다. 그런데 그 보상이 아직도 계속되고 있다는 것을 고향의 어느 사찰 고추장을 먹으면서 깨달았다.

그 사찰에서는 엿기름을 만들고 단술을 빚고 가마솥에 불을 때서 조청으로 만드는 과정을 고스란히 유지하고 있었다. 공장에서 대량생산한 물엿으로는 흉내낼 수 없는 깊은 맛이 품위 있고 아름다운 빛깔의 고추장 속에 들어 있었다. 그 맛은 단번에 내 뇌리 깊숙한 곳에서 엔도르핀을 솟구치게 했다. 그게 시작이었다.

스님은 저장창고가 아닌 장광 안의 항아리에서 지역 음식인 '골곰짠지'를 한 바가지 떠가지고 와서 먹어보라고 권했다. 골곰짠지는 무말랭이와 달리 발효가 된 음식이다. 무를 썰고 널어서 말리되 무말랭이보다는 훨씬 수분이 많이 남은 상태에서 고춧가루와 조청, 고춧잎 같은 양념을 더해 숨쉬는 옹기에서 김치처럼 발효시킨다. 무말랭이에 비해 훨씬 더 영양이 풍부하고 맛이 깊을 수밖에 없는데 씹을 때 나는 꼬드득꼬드득 하는 소리는 머리를 부드럽게 두드리며 나를 낳고 키워준 은혜로운 사람들을 내 머릿속 장광에서 호출했다.

원래 그 사찰에서는 무시래기를 만들기 위해 인근 밭에서 나는 무를 들여왔는데 무청은 시래기로, 무는 동치미와 골곰짠지를 만드는 데 썼다고 한다. 간수를 뺀 천일염과 기름기가 적고 단백질이 풍부한 우리콩이 만나 숨쉬는 옹기에서 오 년을 보내며 완성된 된장에 시래기가 어울려 담백하고도 구수한, 더이상 깊을 수 없는 맛을 만들어내고 있었다.

이 모두가 사람의 손에 의해 만들어지고 있었다. 처음에는 양이 적어서 일을 도와주러온 신도들이 일이 끝나고 각자 자신들의 집으로 가지고 갈 몫을 챙기고 나자 남은 게 없더라는 이야기도 들었다. 물론 지금이야 전과는 비교할 수 없이 양이 늘기는 했어도 역시 공장산 식품처럼 팔기에는 양이 태부족이다.

같은 대두라도 외국산 콩은 본래 기름을 짜기 위해 만든 것이라 장을 만들어보면 기름기가 돌고 입자가 뭉크러져서 맛이 없다. 장을 만드는 데 최적인 우리콩은 힘을 들인 데 비해 소출이 적어 구하기가 어렵다. 스님 말씀으로는 계약 재배를 하는 농가에 가서 여든 살 넘은 농부들을 만날 때마다 계속 우리콩으로 농사를 지어달라고 신신당부를 하고 있다지만 그분들의 일손도 점점 줄어들고 있는 형편이다. 탈지대두와 소맥분, 누룩곰팡이로 만드는 공장산 식품은 일주일이면 뚝딱 만들어내지만 우리 간장과 된장은 최소한 육 개월은 걸려야 먹을 수 있다.

하지만 이런 음식이 훨씬 더 많아져야 널리 여러 사람을 이롭게 할 수 있을 것이다. 우리만의 전통, 우리 것을 우리가 지켜야 한다는 당위성 때문이 아니라 우리의 발효음식이 와인, 치즈, 요구르트 같은 세계 어떤 음식과 비교해서도 뒤지지 않는 맛과 영양, 건강에 유익한 성분을 많이 가지고 있기 때문이다. 적어도 우리의 육체적, 정신적 건강을 지키는 데 전통 발효음식만한 것은 없다. 우리의 장, 김치, 식초, 조청, 술은 제대로 알려지기만 하면 널리 세계 인류를 이롭게 할 수 있다는 믿음이 생겼다.

일단은 뜻있는 사람들이 제대로 만들고 있는 전통 발효음식을 찾아내는 게 중요할 터인데 놀랍게도 전통 방식으로 장류 음식을 만드는

곳만 전국에 천여 곳이나 된다고 한다. 나만 운좋은 사람이 아닌 것이
었다.

특허를 낼 뻔한 음식

특급 호텔에서 주방장을 하던 이탈리아 음식 전문 요리사가 독립해서 자신이 살던 동네에 레스토랑을 냈다. 개업 초기에는 유명세 덕분에, 또 호텔에서 알게 된 손님 덕분으로 문전성시를 이루었지만 시간이 지나면서 손님은 차츰 줄어들었다. 동네나 주변에 사는 사람들이 먹으러 와야 되는데 가격과 메뉴를 부담스러워하는 것 같아 가격은 낮추고 음식 종류도 단순화했다. 하지만 손님은 늘지 않았다. 특히 어린이 손님이 거의 없다는 게 큰 문제였다. 맞은편에 있는 피자집에 인스턴트 음식 같은 파스타를 먹으러 가는 어린이들의 숫자가 그의 가게에 오는 손님 전체보다 많았다. 고민을 하던 그에게 조금 더 일찍 개업을 한 선배가 찾아와 철두철미 현실에 입각한 실전적인 충고를 해주었다.

"어떤 음식이든지 우리 입맛에 맞춰야만 우리나라 사람이 먹어. 특

히 어린 손님들은 그래. 아이들이 안 먹으면 어른들도 절대 오지 않는
다고."

그는 연구 끝에 우리나라 사람이 먹는 음식에 가장 흔히 들어가는
간장을 첨가해 맛을 낸 파스타를 만들어냈다. 뛰어난 솜씨에 비밀스
러운 맛이 더해지니 어린이 손님이 부모의 손을 잡아끌고 오더라는
것이었다. 한국인의 유전자에는 콩으로 만든 간장에 대한 미각, 감식
안이 포함되어 있다는 또다른 증거로 나는 받아들였다.

그 간장이 어떤 맛인가에 대해서는 다소간의 논란이 있다. 오로지
메주와 소금과 물로만 만든 전통 간장은 아니다. 어린이 손님들의 취
향에 좀더 부합하는 시장이나 마트에서 흔히 만날 수 있는 개량식 간
장이다. 개량식 간장은 콩에 볶은 밀이나 보리를 섞고 종국균을 띄워
만드는데 제조 기간이 육 개월에서 일 년이 걸리는 양조간장, 이삼일
걸리는 산분해 간장, 둘을 섞은 혼합 간장 등으로 불린다. 어떤 요리
사는 '한국식 파스타'에 들어갈 간장으로 특정 회사의 어떤 제품이라
고 콕 집어서 말하기도 한다. 간장이 들어가면 색깔이나 냄새에서 표
시가 나지 않느냐고 했으나 그는 고개를 저었다. 그걸 알 수 있는 사
람은 전문가밖에 없다는 것이었다. 그가 만들어준 파스타에서 간장맛
을 알아챘던 나는 순식간에 전문가가 된 기분이 들었다.

어린 손님들까지 단번에 설득할 수 있는 '궁극의 맛'이 들어 있는
파스타가 있긴 하다. 물론 어떤 요리사의 개인적인 경험과 판단에 의
한 것이지만. 그는 그 파스타를 자신의 식당 메뉴에 집어넣지 않았다.
잘못 집어넣었다가는 그가 만드는 제대로 된 이탈리아 음식을 먹으러
찾아오는 알짜 손님들을 영영 돌려세울 수가 있기 때문이었다. 그 대

신 일요일이면 자신의 집에서 그 궁극의 파스타를 만들어 아이들에게 먹게 했다고 한다. 아이들이 아빠가 만드는 어떤 음식보다, 세상의 어떤 음식보다 그 파스타를 좋아했기 때문이다. 핵심은 소스에 있었다.

"춘장을 넣습니다. 짜장면 만들 때 쓰는. 어느 회사 춘장을 쓰는지는 아시죠?"

"알긴 압니다만……그래도 춘장은 표시가 많이 나지 않나요? 색깔이라든지, 향미라든지."

"그렇죠. 그래서 식당에는 절대로 못 내놓고 집에서만 먹는 겁니다."

"짜장면을 좋아하세요?"

내 질문에 그는 고개를 저으며 웃었다.

"아니요, 그랬으면 제가 이태리 음식을 공부하러 이탈리아까지 갔다 왔을 리가 없죠. 짜장면은 우리나라가 종주국이잖아요. 제 아이들이 그걸 좋아하니까 해주는 거예요."

요리사로서 남들에게 말하기 힘든 비밀을 말한 그에게 나는 보답으로 내 개인적인 경험을 이야기해주었다. 해외에서 몇 달 살 때 된장찌개를 만들었는데 그게 국처럼 물이 많아서 밥을 다 먹고도 남는 경우가 많았다. 그다음 끼니에 국수를 삶아서 사리를 만들고 된장찌개를 데워서 거기에 국수 사리를 넣고 건져 먹었더니 아주 괜찮은 별미였다는 것.

"귀국하면 꼭 특허를 내겠다고 다짐을 했지요. 된장국수로 떼부자가 될 거라는 상상도 했고."

"내가 알게 된 사람 중에도 그거 메뉴로 만들어 파는 사람이 있어요. 포장마차 술집을 하는데 새벽에 그 된장국수를 먹으러 오는 손님이 많았답니다. 술집 와서 술은 안 먹고 술이 확 깬다면서 해장용으로 된장국수만 먹고 가는 거죠. 된장국수만 팔아서는 운영을 할 수가 없어가지고 결국 그 포장마차 술집은 망했지요. 아무나 쉽게 떼부자 되지 않습니다. 저도 음식 장사 삼십 년인데 아직 이러고 있잖아요."

"제가 오늘 여러 가지로 많이 배웠습니다."

"꼭 한방에 떼부자 되려고만 하지 마시고 그 음식, 가족들에게 한번 해줘보세요. 좋은 아빠 되는 게 훨씬 쉽습니다."

맛집의 비밀

　'시장냉면'으로 유명한 어느 식당에 갔다. 평양, 함흥, 월남, 이런 개념이나 단어와는 아무런 상관 없는 남한 출신 사람이 주로 시장 근처에서 냉면 전문 음식점을 열어서 성공한 경우, 냉면 자체의 맛이나 역사, 남다른 조리법 등을 강조하지 않고 보편적인 소비자의 취향에 부합하는 맛에 가격이 저렴해 부담 없이 편하게 먹을 수 있는 냉면을 '시장냉면'이라고 부르고 있다. '시장국수' '시장비빔밥'은 찾기 힘든데 '시장냉면'이 있는 이유는 냉면이 단일 품목으로는 가장 존귀한 위치에 올라 있다는 반증이 아닐까.

　어쨌든 냉면 한 그릇을 앞에 놓고 엄숙한 어조로 '오묘한 육수의 배합'이라든가 '신축성이 뛰어난 면발' '상큼한 냉면 김치의 조화' 같은 고담준론을 펼치는 게 '닭살' 돋는 나 같은 사람이 마음 편하게 드나들 수 있는 곳이다. 시장냉면은 '30년 경력의 조리사'니, '100퍼센트

메밀이 아니면 백만원을 드린다'느니 하는 의심스러운 문구를 걸어놓고 있지 않아서 좋다. 한마디로 부담이 없다.

그런데 지난주 오랜만에 들른 그 시장냉면 식당은 전에 왔을 때와 달리 손님이 바글바글했다. 꽤 떨어진 동사무소 앞에 주차를 하고 온 내가 자리에 앉자마자 사람들이 줄을 서기 시작했다. 먼저 자리를 잡아두고 있던 일행이 그 음식점이 그 지역의 '맛집'으로 인터넷 지도에 올라간 이후 생긴 현상이라고 설명해주었다.

"앞으로는 이 집도 자주 못 오게 생겼네. 그런데 그런 맛집은 누가 정하는 거예요? 맛집이라는 이상한 조어부터 영 마음에 안 들지만. 즉물적이고 주관적이고."

"어허, 이 양반이 지금 때가 어느 때인데 감히 그런 소리를…… 그런 거 다 리서치하고 직접 가서 맛을 보고 TV, 인터넷 이런 데 나와서 소개해주는 분들이 있어요. 음식계의 닐 암스트롱이나 콜럼버스라고나 할까. 그러면 다른 사람들도 거기 가보고 그 말이 맞다 틀리다 하는 식으로 공인을 하게 되고 비슷한 댓글이며 블로그가 많이 생기면 맛집이 되는 거죠. 이런 게 과거와는 전혀 다른 인터랙티브, 쌍방향적 의사소통과 피드백에 따르는 것으로써……"

"만두는 맛있을라나. 하나 주문합시다."

"아까 내가 벌써 시켰지. 그러니까 이것은 4차 산업의 징후로서의 요식업이 어떤 미래를……"

"우와 빨리도 왔네요. 만두부터 먹고 마저 듣죠."

주문표에는 '수제 손만두'라고 적혀 있었는데 사람 수에 맞게 두 개였다. 점심 한 끼로 냉면 한 그릇만 달랑 먹는 건 부실하다는 선입관을 가지고 있는 손님에게 만두는 좋은 선택이 될 수 있었다. 그런데 만두의 껍질이 너무 두껍고 약간 덜 익은 느낌마저 들었다.

"수제 손만두라고 했는데 왜 손맛이 안 느껴지지? 발로 만들었나?"

내 말에 내 일행은 만두를 입에 문 채 웅얼웅얼 대꾸했다.

"붕어빵에 붕어 없는 거 몰라요? 칼국수에서 칼 나오면 소송감이고 손만두에서 손 나오면 뭐가 돼? 엽기 그 자체지."

"이 집 추천한 음식 전문가라는 인간, 그 인간도 이 만두 먹어보고 얘기한 건가? 절대 안 그랬을 것 같은데?"

"불만 있으면 솔직히 말해. 빙빙 돌리지 말고."

"난 원래 밥 먹을 때 암말도 안 해요. 밥 먹는 개한테도 말을 안 건다고. 그런 내가 말을 하는 건 그만큼……"

"맛이 없다고? 아니면 내가 개만도 못한 인간으로 보인다는 거예요?"

"만두 이야기를 하는데 인간성 이야기가 왜 나와요?"

그렇게 티격태격하느라 왕만두를 절반도 먹지 못한 채 냉면을 맞이했다. 나는 물냉면을, 내 일행은 비빔냉면을 주문했더랬다. 나는 시장 냉면의 본령은 나름의 고유한 양념에 있고 양념을 제대로 느낄 수 있는 비빔냉면을 먹어야 한다고 늘 말해왔으면서도 그날은 평소 죽 끓 듯 하는 변덕에 휘둘려 물냉면을 먹겠다고 해버렸다. 갑자기 온도가 크게 올라 후끈하게까지 느껴지는 날씨 탓도 있었다.

물냉면의 맛은 한마디로 담백하다고 할 수 있었다. 의외로 깔끔하고 개운하며 깊이마저 있었다. 깊은 맛은 동치미 국물이 배합된 육수에서 나오고 있었는데 그 식당의 주인장이 남다르게 맛있는 유산균을 비롯한 뛰어난 발효균주의 소유자라는, 곧 음식 장사로 성공할 팔자를 타고났다는 뜻이었다.

그 식당이 초행인 내 일행은 "이만하면 최고라고 말하기는 뭣해도 가격 대비 썩 괜찮은 맛"이라고 평했다. 내가 고개를 끄덕이면서도 "매출을 급히 늘리려고 그랬는지는 몰라도 추가 메뉴로 만든 만두에 문제가 좀 있는 것 같다"고 말하는 순간 바로 내 등뒤에서 "사장님, 여기 좀 와보세요!" 하고, 식당 어디에서나 들을 수 있을 만한 크기와 높이의 목소리가 들렸다. 순간적으로 식당 전체에 팽팽한 긴장감이 감돌았다. 나는 내가 만두에 관해 평가하는 이야기를 듣고 그 목소리의 주인공이 그러는 것은 아닌가 싶어 퍽이나 신경이 쓰였다. 그 바람에 쉽게 자리에서 일어날 수 없었다.

계산대에 있던 주인은 손님들에게서 음식값을 받느라 정신이 없었기 때문에 "사장님, 여기 좀 와보시라니까요!" 하는 목소리는 한번 더, 모든 소음을 뚫고 끊고 자르며 울려퍼졌다. 그렇게 말한 사람은 삼십대 초반으로 보이는 손님이었고 그 앞에는 늙수그레한 남자가 앉아 있었다.

냉면 면발이 덜 익었나? 혹 위생 문제라도? 내 의문과 상관없이 주인은 계속 계산을 했고 여종업원은 쉴 틈도 없이 자리를 치우고 손님을 안내했다. 결국 세번째로 "사장님!"이라는 호칭이 날카롭게 터져나왔을 때 주방에서 나이 지긋한 여자 조리사가 앞치마를 두른 채 나왔다.

"무슨 일이십니까, 손님."

그녀는 어색한 어조로 물었다. 주방에서 조리를 맡아 하는 것(생산)과 홀에서 손님을 상대하는 것(영업)은 전혀 다른 문제다. 역할이 바뀌면 문제가 생기기 쉽다. 계산대의 주인이 만사 제치고 와서 문제를 해결했어야 했다.

"여기 냉면 맛이 왜 이래요?"

그 손님의 짜증난 목소리에 막 들어와 자리에 앉은 다른 손님, 길게 줄 지어 서 있는 손님들 사이에 동요가 느껴졌다.

"무슨 말씀이신지……"

"냉면이 무슨 맛인지 모르겠어요. 왜 이렇게 맹맹하고 닝닝하냐고요."

"다른 손님하고 똑같이 만들어서 손님한테도 드렸는데요."

"그럼 직접 한번 먹어보세요. 이게 무슨 맛인지."

물론 조리사는 그 냉면을 먹지 않았다. 다른 손님에게 내간 것과 똑같이 조리해서 내주었다는 말만 되풀이했다. 같은 말이 다시 한번 두 사람 사이에 오갔고 식당 안은 조용해졌다. 모두 그들을 주목하고 있는 게 분명했다.

"음식 장사하기 참 힘들겠다."

나는 내가 부주의하게 흘린 말에 책임을 지기 위해 누가 듣건 말건 떠들어대기 시작했다.

"괜찮은 냉면 집에 가면 여기처럼 식탁에 양념 4형제가 있어요. 설탕, 겨자, 간장, 식초. 이 4형제가 식탁에 미리 준비돼 있지 않으면 나는 제대로 된 냉면집이라고 인정을 안 해요. 여기다가 일본말로 '다데기'라고 하는 양념을 갖다놓는 집도 있고. 냉면이라는 게 밑그림만 그려진 도화지 같은 것이어서 각자 취향에 따라서 양념을 더해서 먹으라는 거죠."

내 일행이 장단을 맞춰주었다.

"간장은? 간장도 냉면에 쳐 먹나요? 아니 쳐서 드시나요?"

"간장은 원래 메밀 면수 나오면 거기다 타서 먹는 거라고 안성의 냉면집 아저씨가 설명해주시대요. 그 집에도 4형제가 늘 있었어요. 4형제라는 이름은 내가 붙인 거지만."

그때 내가 문제삼았던 수제 손만두가 냉면 맛에 불만을 제기한 손님들의 식탁에 놓였다. 종업원이 살짝 떨리는 목소리로 말했다.

"늦게 드려서 죄송합니다. 손님. 주문이 많이 밀려서요."

그 말이 신호라도 되는 듯 조리사는 주방으로 돌아갔다. 사람들의 대화가 다시 들리기 시작했다. 냉면 맛에 불만이 많던 손님들이 만두에는 만족한 듯 좋은 평가를 내렸다. 아주 맛있고 크기도 마음에 든다고.

지구상에 현존하는 70억이 넘는 인구 중에 같은 사람이 하나도 없듯 사람들이 음식에서 느끼는 맛 또한 다르다. 똑같은 음식이라도 감수성에 따라, 컨디션에 따라 다르게 느껴지도록 인간은 진화했다. 그러므로 어떤 맛집이든 모든 사람이 동의하는 절대적인 기준에 따라 선정될 수는 없다. 그러니 맛집을 소개하는 방송 프로그램, 언론, 인터넷에 떠도는 정보에서 반드시 그곳을 소개한 사람 혹은 리포터의 입을 통해 말하게 하는 것이다. 그걸 믿고 안 믿고는 각자에 달렸다. 왜 방송에서 나온 것과 맛이 다르냐고 항의하는 것 역시.

전통을 잇기 힘든 이유

지난 추수철에 한국 최대의 곡창지대로 일컬어지는 전라도 K시에 강연을 하러 간 적이 있었다. 기차역에서 강연장이 있는 문화회관으로 가는 택시를 타고 가는 도중, 드넓은 들판은 온통 황금색으로 빛났고 어디선가 맛있는 음식 냄새가 솔솔 풍겨오는 듯했다.

"이 지역의 맛있는 전통 음식을 파는 식당이 어딘지, 추천을 해주실 수 있나요?"

마중을 나온 문화관광과 공무원에게 물었다. 그런데 그의 대답이 충격적이었다. 한마디로 하면 "없다"는 것이었다. 이렇게 훌륭한 음식 재료가 많은데 맛있는 음식을 하는 곳이 없다니. 이유가 있었다.

K시 주변에는 이렇다 할 대도시가 없고 유명 관광지며 명소가 별로 없는 K시까지 찾아와 맛있는 음식을 찾는 '한가한' 사람들이 별로 없으니, 곧 수요가 없어 공급이 끊어졌다는 것이다. 어떤 문화에서건

'생존을 위해 먹는 것'을 넘어서는 고급 음식 문화, 미식과 식도락은 왕실과 귀족 같은 권력층, 부자와 상인, 유한계급이며 비용에 구애받지 않고 최상, 최선의 음식을 장만해 신에게 치성을 드리는 종교가 있는 곳에서 시작된다. K시와 인근 지역은 기후가 온화하고 땅이 풍요로워서 농사를 짓기에 적합했고 평생토록 농사를 짓고 가족을 부양해온 농부들은 값비싸고 호화로운 음식을 접할 기회가 별로 없었다. 그저 식구들이 굶지 않고 때때로 배부르게 먹을 수 있다는 것으로 만족했던 것이다. 지역 농산물을 주제로 하는 축제 때 외부에서 한꺼번에 관광객들이 들이닥치면 대접할 만한 음식점이 없어서 다른 도시로 내보내야 하는 상황이 벌어진다고도 했다.

또 한 가지 이유는 한식이 조리나 기술 전승에 어려운 점이 많은 음식이라 좋은 음식점이 오래가지 않는다는 데 있었다. 한식은 밥과 반찬, 요리, 국 등 기본적으로 갖춰야 할 가짓수가 많고 그에 따라 준비할 것도 많다. 수십 가지의 반찬이 등장하는 한정식 전문점이 아니라해도 한식당을 운영하려면 각종 찌개, 비빔밥 등 한국 사람이 좋아하는 십여 가지의 기본 식단을 내놓는 게 보통이다. 일손도 많이 필요하고 장과 양념, 밑반찬, 식재료, 조리법 등을 두루 통달해야 한다. 그러니 일이 힘들지 않을 수 없다. 그렇다고 손님들이 다른 나라 음식을하는 '셰프'처럼 한식당 주인을 한식 전문가, 요리사로 높이 평가해주는 것도 아니다. 음식을 준비하는 데 드는 노력과 비용에 비해 음식값이 저렴하고 부가가치가 낮다는 것도 문제다.

"옛날에는 그래도 읍내에 오래되고 음식 잘하는 식당이 몇 군데 있었죠. 그때 식당 하셨던 분들은 대를 이어서 자식들이 음식을 하는 걸

바라지 않았어요. 워낙 힘든 줄 아니까. 부모가 힘들게 식당을 하는 걸 봐온 자식들도 물려받을 생각이 별로 없었던 거죠. 그분들 돌아가시고 나니까 전통이 끊어져버렸습니다."

강연을 마치고 돌아가는 길에 주변을 천천히 살펴봤더니 음식점 간판을 단 곳은 대부분 다른 지역 어디서나 볼 수 있는 중국음식, 부대찌개, 칼국수 등을 파는 곳들이었다. 그 지역만의 고유한 특색은 찾으려야 찾을 수가 없었다.

다시 기차역으로 돌아와 있노라니 결코 이대로 그냥 떠날 수는 없다는 생각이 들었다. 어떤 지역에 가서 그 지역 고유의 음식을 먹지 못하면 안 간 것이나 다름없다는 게 평소의 지론이었다. 배가 고프기도 했다. 기차역 앞에는 지역의 전통 음식을 파는 곳이 없었다. 씨가 말랐다는 느낌이 들었다. 하지만 찾아냈다. 결국, 기어이, 운좋게.

그 지역 음식의 맛은 김밥과 떡볶이를 주로 파는 중학교 옆 분식집에 숨어 있었다. 수많은 식단 가운데 희미하게 손글씨로 쓰인 육개장을 주문했다. 주된 손님인 학생들은 육개장에 전혀 관심이 없고 학교의 선생님들이 주로 먹는다고 했다. 칼칼한 맛의 대파, 잘 볶은 고비, 토란대까지 들어 있고 죽죽 찢어놓은 사태살이 지휘하는 진짜배기 육개장의 맛을 오랜만에 맛보았다. 기름이 둥둥 뜨는 뜨끈하고 매콤한 국물에 지역에서 나오는 쌀로 지은 밥을 넣어서 땀을 흘리며 한 그릇 잘 먹었다.

기차 시간 때문에 서두르는 내게 얌전하게 생긴 오십대 여주인은 거스름돈처럼 인사를 건넸다. "꼭 또 오셔"라고. 정말 또 가볼 생각이다.

귀룽나무 꽃 피운 소식

　강원도 치악산에 갔다. 고속도로를 타고 가면서 줄곧 전광판의 문장과 마주치게 되었다. 대단히 참신한 것들이 몇몇 기억에 각인됐다. "깜빡 졸음! 번쩍 저승!" "운전중 전화 저승사자와 통화" 같은 것들이다. 한국도로공사에서 교통사고 예방을 위해 '기존의 딱딱한 문구 대신 운전자들의 감성을 자극하는 신선한 문구'를 고속도로 곳곳의 현수막과 전광판에 게시하고 있는데 그것에 내가 '노출'된 것이다. 대책 없이 감성을 자극받으며 운전대를 잡은 손에 힘이 들어갔다. 운전중에 낯선 번호로 전화가 걸려오면 저승사자인지 의심하게 된 것은 물론이다. 조수석에서 눈에 봄기운을 가득 담고 앉아 있는 동행에게 "요새 저승 땅값이 어떻대?" 하고 쓸데없이 물어보게도 됐다.

　과감한 축약과 창의적 은유와 상징, 전에 없던 새로운 개념 정의가 담긴 문구를 읽고 그게 무슨 뜻인지 감득하려면 주의를 분산해야 하며 시간이 걸린다. 그에 대한 반응으로 분노에서 폭소까지 다양한 감정이 생성될 것인데 그런 과정과 결과가 모두 운전에 영향을 미친다. 사고를 예방하기 위한 문구가 자칫 사고를 유발할 수도 있는 것이다.

치악산 입구에 도착해 국립공원관리사무소 근처 도로변에 있는 "위에는 주차할 곳이 없다"는 안내 표지를 믿고, 한꺼번에 수천 대는 세울 수 있는 드넓은 주차장에 차를 세웠다. 나와 같은 생각을 하는 사람들이 세운 차가 산에서 가장 가까운 자리에 이십여 대쯤 서 있었다.

국립공원관리사무소 앞에서 구룡사 계곡으로 이어지는 찻길에는 인도가 없었다. 국립공원관리사무소 옆에 "탐방로"라고 적힌 팻말이 있어 화살표가 가리키는 대로 걸어가려니 길바닥에는 보도블록이 깔려 있었고 길가에는 식당과 민박집이 즐비했다. 무엇을 '탐방'하라는 것인지 이해를 하지 못한 상태로 뙤약볕을 맞으며 내처 십여 분을 걸어서 올라가자 찻길 옆으로 갈색 나무판자를 깔아놓은 인도가 나타났다.

나무 그늘 하나 없는 길을 다시 걸어 십여 분쯤 올라가니 치악산 구룡자동차야영장이 나타났다. 야영장 안에 팻말이 세워져 있었다. "야영을 하는 자동차 외에는 주차할 수 없다"고.

마침내 매표소 앞 광장에 이르렀다. 광장 입구에 있는 가게에서 "손님 차는 무료 주차"라는 현수막을 걸어놓았는데 주인 소유로 보이는 차 한 대가 주차돼 있을 뿐이었다. 그리고 멀쩡한 주차장이, 거기에 주차된 차들이 있었다. 유료 주차장이었고 국립공원관리사무소에서 주차료를 징수하는 중이었다. 빈자리에 막 내 뒤를 따라 올라온 승용차가 주차를 하고 있었다. 분명히, '위에는 주차할 곳이 없다'고 했는데!

물론 행락철이나 주말에 치악산에 오는 차량을 수용하기에 매표소 앞 좁은 주차장이 절대적으로 부족한 건 사실이다. 그렇지만 '위에는 주차할 곳이 없다'고 한 게 사실인 것도 아니다. 공공기관이 쓰는 공공 문장이 거짓말을 하고 있는 셈이다. 그 거짓말을 무시하고 차를 끌고 올라온, 대한민국 국민으로 오래도록 살아온 노련한 운전자에게는 땡볕 아래 달아오른 판자길로 '억지 탐방'을 하지 않고도 매표소 가까이 차를 댈 수 있는 기회가 주어졌다. 공공기관에서 금방 탄로날 거짓말을 할 리는 없다고 천진난만하게 믿은 사람은, 주차장 근처에 있는 가게 손님으로서 무료 주차를 할 수 있는 기회까지 빼앗겼다. 햇빛을 쬐어 비타민D를 합성한 것도 내가 원한 것이 아니다. 이런 일들이 굳이 여러 사람에게 환기시킬 정도로 대단한 일인가, 아닌가. 그걸 생각하느라 내 인생에서 아깝기 그지없는 몇 초의 시간이 허비되었다.

공공 문장은 누구나 이해하기 쉽고 명확해야 한다. 특히 순간의 판단과 선택이 결정적인 영향을 가져올 수 있는 고속도로의 공공 문장은 벼룩이 아닐진대 톡톡 튈 필요가 없고 그것을 읽을 수밖에 없는 수많은 사람들에게 억지로 창의성을 주입하려고 해서도 안 된다. 이런 공공 문장을 생산하는 주체는 계몽주의 사상가나 전제군주와 귀족, 그들의 나팔수들이 그랬듯 일방적으로 가르치려 하거나 문장을 선포, 반포, 포고하고 방을 붙임으로써 사실을 호도하고 거짓을 말하며 자신들의 이익을 추구하던 것을 무의식중에 따라 하는 것이라는 의심을 받을 수 있다.

그런저런 생각 끝에 금강송이 우거진 숲길을 걸어서 구룡사에 도착했다. 구룡사는 신라 문무왕 8년 의상대사가 창건했다. 원래 지금의 절터 일대는 깊은 못으로 아홉 마리의 용이 살고 있었는데 절 창건을 방해하므로 의상이 부적 한 장으로 용들을 물리치고 이를 기념하기 위해 절 이름을 구룡사九龍寺라 했다는 전설이 있다. 조선 중기에 사세가 기울자 어떤 노인이 "절 입구의 거북바위 때문에 절의 기가 쇠약해졌으니 그 혈을 끊으라"라고 하여 거북바위 등에 구멍을 뚫어 혈을 끊었다. 그럼에도 계속 사세가 쇠퇴했으므로 거북바위의 혈을 다시 잇는다는 뜻에서 절 이름을 구룡사龜龍寺로 부르기 시작했다 한다.

대웅전과 지장전을 지나 가장 높은 곳에 있는 응진전 뒤로 돌아갔더니 어디선가 그윽한 꽃향기가 풍겨왔다. 고개를 들어 산자락을 살피자 뭉게구름처럼 꽃을 피워올린 나무 한 그루가 서 있었다. 벌들이 미친듯 잉잉대며 달려드는 꽃나무를 보는 순간 번뜩 떠오르는 이름이 귀룽나무였다.

인터넷으로 검색을 해서 꽃과 잎 모양을 비교해보니 귀룽나무가 맞았다. 4월 말에서 5월 초 사이에 피는 흰 꽃이 구름을 연상케 할 정도로 풍성해 북한에서는 '구름나무'로 부르기도 한다. 줄기 껍질이 거북龜의 등 같고 줄기와 가지가 용틀임 하는 것 같아서 구룡龜龍나무라 이름했고 그것이 귀룽나무가 되었다는 어원설이 있다. 누가 알고 싶었을까. 구룡사 위 귀룽나무를. 이것은 우연이며 필연이리라. 이처럼 민중의 이야기는 얼마든지 자유롭게 꾸며질 수 있고 끊임없이 새로운 설화가 채굴되고 보태지며 우리의 삶에 윤택을, 내면에 풍성함을 더한다.

2016년 4월 하순의 어느 하오, 구름처럼 꽃을 피운 귀룽나무 한 그루가 구룡사 위에 태연자약 서 있었다. 이것이야말로 우리의 삶에서 참으로 대단한 일이고 대서특필할 일이 아닌가 생각해보는 시간, 그 시간은 몇십 분이라도 아깝지 않았다.

촌닭을 기리며

가을의 시작이라는 입추가 지나도 덥다. 모기의 입이 비뚤어진다는 처서가 오기 전까지는 견뎌야 할 것이다. 그 사이에 있는 게 말복이다. 통상적으로 복날은 열흘 간격으로 오기 때문에 초복과 말복까지는 스무 날이 걸린다. 해에 따라서 중복과 말복 사이가 스무 날 간격이 되기도 하는데 이를 월복越伏이라고 한다.

삼복에 먹는 음식은 주로 더위에 지친 몸을 보하는 것으로 이때에 가장 많이 소비되는 것이 닭이다. 1980년대 후반부터 전국 곳곳에 '가든'이 생겨나고 '마이카족'이 된 가장이 식구들을 차에 태워서 가든의 정원이 아닌 방 가득히 둘러앉아 닭백숙을 시켜먹는 일이 일상이 되었다. 나 또한 그런 가장 가운데 한 사람이었다. 가든 간의 맛이나 가격 차이는 많지 않았다. 닭이라는 재료의 속성 때문이기도 하고 닭백숙이나 닭볶음탕의 조리 기법이 복잡하지 않아서이기도 했다.

해가 지나면서 가든의 닭백숙은 몸에 좋다는 한약재가 들어갔다는 식으로 첨가물이 진화하더니 어느 때부터인가 닭의 '신분'이 토종닭, 촌닭, 산닭으로 달라지기 시작했다. 전 국민이 소비하는 그 많은 닭을 대량 사육하려면 양계장 아니면 안 될 것이고 양계장의 닭이라는 게 큰 차이가 날 것 같지 않음에도.

토종닭이야 재래종이라는 것을 강조하는 것인데 가든마다 너도나도 다 토종닭을 취급한다 하니 '차별성' 있는 '촌닭'이 등장했다. 촌닭은 전통과 토속성 면에서 토종닭보다 더 앞선다는 것일 텐데 나는 가든 간판에서 촌닭이라는 단어를 볼 때마다 웃음을 터뜨리기만 했지 실제로 들어가 먹어본 적은 별로 없었다. 어린 시절 구식 혼례를 치를 때 기러기를 대신하여 중인환시리에 끌려나와 있던 닭의 두리번거리는 눈이 떠올라서였다.

촌닭에서 한 걸음 더 나아간 '산닭'은 산에 놓아기르던 닭을 잡아서 조리해준다는 의미인데 '살아 있는' 닭과 인상이 겹치기도 했다. 내가 몇 번 간 어떤 '산중 가든'에서는 실제로 산에 닭을 놓아기르고 있었다. 그는 닭의 종자 가운데 가장 맛있는 건 토종닭과 육계가 절반씩 섞인 것이라고 했다. 그것을 양계장에서 위탁해 기르다가 일반 육계보다 보름 정도 빠른 시기에 출하하게 해서 자신의 식당 뒷산에 만들어놓은 자연방사형 양계장으로 데리고 온다. 그로부터 닭들은 자연 속의 벌레를 쫓으며 마음껏 자유를 구가하며 생애의 만년을 보내게 되는데 그는 닭들에게 자신이 만든 비법의 사료를 충분히 공급한다. 마침내 그 닭이 충분히 성숙하게 되었을 때 손님이 오면 주인이 손님이 보는 앞에서 닭 한 마리를 '생포'해 손님 앞으로 가지고 와서 실물을 확인할 수 있도록 했다. 이어 손님이 보는 데서 장모가 사위 대접할 때처럼 닭 모가지를 비틀었고 손님이 방으로 들어가고 나면 오래지 않아 화력 좋은 버너와 압력솥으로 뼈가 살에서 절로 쏙쏙 빠질 정도로 완벽하게 조리되어 나왔다. 방 바깥에서 이따금 산닭들이 우는 소리를 들어가며 '인간은 지구상에서 가장 지적인 육식동물'이라는 환담 속에 닭뼈를 쪽쪽 빨아먹던 기억이 난다.

그때 가든에서 군이 닭 앞에 토종과 촌, 산을 가져다 붙인 이유는 그것이 소비자에게 오염되지 않은 옛날 그대로의 맛을 내는 음식이라는 인상을 줄 수 있었기 때문이었다. 지금도 그런 '마케팅 기법'은 유력하게 통용이 된다. '농부가 직접 재배해서 가져온 채소'라고 낡은 칠판에 써놓고 다듬어지지 않은 채소를 판매하는 대형 마트의 식료품 매장을 연상해보면 쉽다. 채소를 농부가 재배하지 어부나 나무꾼이 재배하느냐가 문제가 아니다. 그 문구를 우리 모두의 황금기인 초등학생 시절을 연상케 하는 칠판에 적었다는 게 중요하다. 어릴 때 아무리 힘든 시절을 보냈다 하더라도 세월이 흐르면서 곤경과 고통, 배고픔은 희석되고 휘발하며 좋았던 것만 남아 우리 뇌리에서 영원한 낙원으로 남아 있기 때문에 그것이 '마케팅 기법' 차원에서 칠판과 백묵 글씨로 호출되는 것이다.

기계화 덕분에 가축, 농산물의 품종은 단일화되고 농업은 산업화되었다. 편의점에서 파는 채소 주스에 들어가는 채소의 원산지가 서너 개의 대륙에 걸쳐 있는 데서 알 수 있듯 우리의 입으로 들어가는 음식의 재료는 유럽이나 중남미에서 먹는 것과 크게 다르지 않다. 가격 경쟁력이 다른 모든 경쟁력을 압도하는 상황에서 우리의 농업, 음식점이 살아남을 방도는 어디에 있을까.

　내가 이번 말복에 먹는 닭백숙의 닭이 바로 그 지역에서 생산된 것임을(지역 특산) 식당에서 명확히 표시했으면 좋겠다. 다른 식재료 또한 근처에서 어떤 농부가 재배한 신선한 것이고(산지 직송) 음식에 불필요한 첨가물을 넣지 않으면서(무첨가) 수량이 한정되어 있어서 그런 것을 먹을 수 있는 기회가 흔치 않은 것이라고 한다면 더 맛있을 게다.

　성장기에 고향을 떠나 대도시로 왔던 세대가 이미 장년이 되었고 소비재, 서비스산업의 최대 소비자가 되었다. 그들의 지갑을 열게 할 방법은 그들의 고향, 농촌과 어촌과 산촌에 남아 있을지도 모른다.

생명의 노동

새로 생긴 '황토불가마찜질 펜션'이란 곳에 묵었던 일이 있었다. 수익이 많이 나는 산채나 과일 같은 작물 위주로 농사를 겸하고 있던 펜션 주인은 대기업에서 은퇴한 지 얼마 되지 않았다고 했다. 그는 찜질 시설이 있는 황토방에 일반 방의 두 배쯤 되는 숙박료를 받았다. 사람이 도자기도 아닌데 그냥 가마도 아닌 '불가마'에 들어가서 자는 게 무슨 득이 있을까 싶었지만 숙박료를 내는 당사자가 아니어서 참고 경험을 해보기로 했다. 하지만 한밤중이 되자 더워서 도저히 잠을 잘 수가 없었다. 결국 황토방과 붙어 있는 일반 방으로 숨어들어가 잠을 잤다.

다음날 아침 주인이 기대에 찬 눈으로 몸에 좋은 황토에 불가마 찜질을 겸한 방에서 자고 나니 몸이 개운하고 독소가 빠진 것 같지 않느냐고 물어왔을 때, 차마 사실대로 고백할 수 없어서 "아마도 그런 것 같다"고 대답했다. 그 방에서 하룻밤을 견뎌낸 다른 친구가 주인의 간절한 시선에 호응하여 "몸이 날아갈 것 같다"고 확인해주었다. 그런 식으로 '황토 불가마 찜질'의 효능에 대한 믿음이 유지되는 건 아닌가 싶었다. 마침 비가 오기에 가뭄 끝에 반가운 비가 오니 농사에 큰 도움이 되겠다고 말을 돌렸다. 그러자 주인은 뜻밖의 응답을 하는 것이었다.

"요새 내리는 비는 전혀 도움이 안 돼요. 우리는 지하 백 미터 넘는 땅에 관정을 박고 지하수를 모터 펌프로 퍼올려서 농사를 짓고 있거든요. 돈 안 되는 벼농사처럼 물이 많이 필요하지도 않고요. 작물은 무조건 햇빛이 많이 들어야 달고 맛있고 때깔도 좋아서 돈을 많이 받을 수 있지요."

올라오는 길에 차에서 라디오를 들었더니 가뭄을 걱정하는 늙은 양파 농사꾼의 이야기가 흘러나왔다. 그 또한 뜻밖이었다.

"양파도 생명인지라 요즘처럼 일교차가 심하면 사람이 감기 앓듯이 시름시름 앓아요. 그러니 제대로 자라지를 못해요. 요즘처럼 낮이 찜통처럼 더우면 사람이 물을 많이 마시게 되듯이 양파도 물을 많이 필요로 해요. 그런데 가물고 비가 안 오니 작황이 좋지 않을 수밖에요."

라디오에다 대고 어떤 지역의 잘 사는 농부는 관정을 파서 물 걱정 없이 농사를 잘만 짓고 있더라고 말을 해봐야 소용이 없을 것 같아서 잠자코 있었다. 관정을 파고 물을 끌어올리는 데도 비용이 들어서 양파 농사꾼은 그렇게 하지 않는 것일까. 혹은 그 동네에는 관정을 박아도 물이 나오지 않는가 싶었다.

궁금증은 최근에 풀렸다. 도시에서 직장생활을 하다 낙향한 뒤 자연농법으로 농사를 짓고 있는 친구 P 덕분이었다. 감나무 아래에서 저녁을 먹고 있던 중에 갑자기 생각이 나서 두 농사꾼의 이야기에 관해 묻자 그는 이렇게 대답했다.

"앞의 불가마집 주인이 지하에서 뽑아 쓰는 물은 농사에는 그다지 적합하다고 할 수 없어. 오히려 빗물이 농작물이 좋아할 여러 영양성분을 고루 가지고 있어서 농사 짓기에는 좋지. 지하수는 여러 여과 단계를 거치면서 깨끗해지긴 하는데 순수한 물에 가까워서 사람이 음용수로 쓰기에 적합하고. 양파? 양파는 사람이 아니니까 지하수보다는 비를 좋아할 수밖에."

시월

    시월은 일 년 열두 달 중에 유월과 함께 숫자를 발음하는 글자의 받침이 없어진 달이다. 누군가 강제로 바꾼 게 아니라 많은 사람들이 그렇게 발음함으로써 자연스럽게 바뀌었다. 유월도 시월도 소리내어 발음해보면 면사처럼 부드럽게 넘어간다.

    시월에는 시골 나들이가 잦아진다. 추수철이기 때문이다. 도로변에 핀 노란 메리골드, 붉은 천인국, 진분홍 플록스가 식별이 되지 않을 속도로, 최고속으로 차를 달려 고향 땅에 이르면 무조건 차를 세운다. 샛노란 은행잎, 선혈처럼 붉은 단풍이 연출하는 풍경화 속으로 걸어 들어간다. 메뚜기가 튀고 개구리가 달아난다. 햇볕은 따갑고 그림자는 까매서 실상과 허상 사이의 경계선이 아직 선명하다. 목덜미를 선뜩하게 하는 서늘한 바람에 수수대가 흔들린다. 키가 큰 조의 머리가 터벅터벅 먼길 가는 당나귀의 머리처럼 끄덕댄다. 새빨간 고추, 땅에 떨어진 밤톨, 도토리, 참깨, 들깨, 녹두, 팥, 땅콩, 노랑콩, 서리태도 있다.

들판에서 향수의 기갈을 면한 뒤 농사일에 바쁜 친구를 찾아간다. 서른 해를 넘게 알아왔으나 지리적, 시기적인 밀접함으로 우연히 함께하게 된 청년기의 추억보다는 마흔 살 이후 서로가 종신토록 할일을 만나고 제 나름의 얼굴을 찾은 뒤에 은근한 끌림, 믿음으로 사이가 퍽이나 돈독해졌다. 허브 농사를 짓고 있는 그는 시월이 눈코 뜰 새 없이 바쁜 달이라고 말한다.

"왜냐고? 곧 된서리가 오기 때문이지."

농사를 지어본 사람이라면 된서리가 식물에게 얼마나 치명타를 가하는지 알고 있다. 서리 맞은 잎은 속절없이 떨어지고 서리 맞은 열매는 성장을 멈추고 빛깔과 제 모양이 사라지며 썩기 시작한다. 대부분의 농사는 된서리를 맞으면 끝장이 난다. 소년 시절에 고향을 떠났고 고향을 떠나기 전에도 농사일을 해본 적이 없는 나는 그런 걸 잘 모른다. 농사의 결과물, 열매와 씨, 곡물은 좋아한다. 그것들로 만드는 음식에는 좋아하는 음악을 들을 때처럼 감동받고 즐거워한다.

그의 허브 농장에는 늙은 감나무들이 이삼십 그루 서 있다. 수령이 800년 이상인, 우리나라의 모든 과목 가운데 가장 나이가 많은 감나무가 아직까지도 해마다 이삼천 개씩 열매를 맺고 있고 그의 손자뻘, 증손자뻘 되는 감나무가 이십여 그루나 있는 내 고향에서 감 농사는 부업이 아니라 주업이다. 친구는 감나무 아래에 심어놓은 국화를 따고 있다. 차로 쓸 것이란다. 푸르고 작은 잎 속에 돋아 있는 노랗고 작은 국화에서 알싸한 향이 강렬하게 난다. 한번 따보겠다고 덤벼들어

30여 분 밭에 엎드려 있다 일어난다. 꽃을 따는 속도가 친구에 비하면 절반도 되지 않는데 작은 플라스틱 그릇의 바닥만 겨우 가리고 나니 허리도 무릎도 고개도 쑤시지 않는 데가 없다. 국화 옆 풀밭에 누워서 하늘을 본다. 구름을 빼면 하늘은 고향 마을 호수를 비추는 거울 같다.

"국화차 한 열 번 마실 정도는 되겠다."

친구는 내 작업량을 신속하고 친절하게 가늠해준다. 그럼 돈으로 환산하면 얼마? 계산할 필요도 없을 정도의 소액이라고 한다. 꽃을 따기 전에 씨 뿌리고 모종하고 풀 뽑아주고 기다려야 하는 시간은 계산이 안 된다고도. 농사라는 게 이렇게 힘든 거구나. 나는 계속 드러누워 있다.

어쩐지 시곗바늘의 움직임이 느려진 것 같다. 얼마 남지 않은 한 해의 마감을 계절의 무의식이 직감한 것일까.

"가자."

천만 고맙게도 그의 입에서 기다리고 기다리던 말이 나온다. 볕 바른 곳에 골곰짠지를 만들기 위해 캐고 잘라 말리고 있다는 무말랭이가 하얗다. 에밀레종 모양의 대봉감 홍시를 얻었다. 겉은 주홍색이고 속은 노랑색과 붉은색 수채 물감이 뒤섞인 형상. 귀밑 근육이 떨리도록 달다.

언덕 위의 억새가 몸을 떤다. 잠자리들이 제자리 비행을 하고 있다. 돌아나오는 편도 이차선 들길, 미루나무의 그림자가 한없이 길어지고 있다. 들녘을 울리는 경운기 소리가 밀레의 그림 〈만종〉에 나오는, 그림으로는 들을 수 없는 종소리 같다.

친구의 얼굴이 검붉게 익었다. 김치전의 김치가 제법 맛이 들었다.

돼지고기를 약간 넣었다고 한다. 배추를 그냥 먹어도 달다. 저녁 반찬으로 배추 겉절이를 좀 만들었다고, 비벼먹으려느냐고 주인이 물어온다. 말만 들어도 고맙다.

들판 너머 강물에 노을빛이 스러지고 나면 새들이 줄을 지어 들로 날아갈 것이다. 추수 끝난 논에서 남은 이삭을 쪼아먹고 밤이 되면 다리를 오그린 채 잠을 청할 것이다. 어둠이 짙어간다. 밤이 익어간다. 원유처럼 끈끈한 어둠 속에 붉은 나트륨 가로등이 마을의 경계를 밝힌다. 시간이 익어간다. 친구의 눈가에 웃음이 익는다.

더이상 무르익을 수 없는 시간. 순수한 순간들. 된서리 오기 전. 시월은 인간의 고향. 지상의 황금기.

늙지 않게 하는 약

사춘기 시절, 나를 감탄케 한 물건이 하나 있었다. 그건 내가 '여드름짜개'라 이름 붙인 기구였다.

남보다는 좀 덜 나긴 했어도 고민을 하지 않을 수 없을 정도의 여드름이 나던 때였다. 병원에 간호사로 근무하던 누나가 의료기를 파는 곳에서 구했다면서 그걸 선물했다. 여드름은 과다 분비된 지방이 털구멍에서 염증을 일으켜 생기는데 곪은 것을 짜면 노란 비지 같은 고름이 나온다. 곪은 부분이 작은 경우 짤 때 두 손가락 끝에 여드름을 위치시키고 힘을 주어 양쪽에서 눌러야 하는데 생각만큼 쉽게 짜지지 않는 경우가 많았다. 게다가 나는 손재주가 없어서 여드름 하나 면적의 열 배쯤 되는 주변의 피부를 감을 주물러 홍시 만들듯 시뻘겋게 만들기 일쑤였다. 그래서 여드름을 처리할 때마다 누나의 노련하고 정교한 시술에 의존하게 되었다. 남매간의 우애가 아무리 두텁다 한들 누나의 입장에서는 남동생의 여드름을 언제까지 짜줘야 할지 모르니 무대책으로 그냥 있을 수만은 없었을 것이다. 그래서 해결사로 등장한 것이 '여드름짜개'였다. 유감스럽게도 국산이 아니었고 설명서도 따라오지 않아서 우리말로 된 이름은 알 수 없었다. 그래서 내가 이름을 붙인 것이었다.

여드름짜개는 길이가 15센티미터쯤 되는데 한쪽은 창끝처럼 가늘어지면서 끝이 침 모양을 하고 있었다. 또 한쪽은 지름이 5밀리미터쯤 되는 원반형이고 엽전처럼 가운데 구멍이 뚫어져 있었다. 여드름의 가운데 부분을 침으로 먼저 살짝 찔러 피부에 작은 구멍을 내고 반대쪽의 둥근 부분을 여드름 위에 대고 누르면 압력이 가해지면서 미리 침으로 만들어놓은 구멍으로 새나온 고름이 구멍 뚫린 부분으로 빠져나오는 식이다. 엽전 모양의 둥근 부분은 모서리로 갈수록 두꺼워져서 여드름 바깥쪽에 더 강한 압력이 가해지도록 고안됐다. 게다가 전체 자루가 활 모양으로 약간 휘어 있어서 힘주어 누를 때는 활등 부분을, 침으로 찌를 때는 오목한 부분을 이용하도록 해서 힘을 효과적으로 쓸 수 있도록 되어 있었다. 이 여드름짜개 덕분에 더러운 손으로 여드름을 억지로 누르고 짜내다 이차 감염이 일어나서 '기생화산'이 본래의 화산보다 더 많이 생기는, 혹은 더 크게 화농해 훗날 피부에 달나라 표면 같은 '분화구'가 남는 비극적인 사태를 효과적으로 방지할 수 있었다. 깨끗이 여드름의 고름을 짜내고 나서 누나가 함께 선물한 알코올 솜으로 소독까지 하고 나니 후유증 걱정을 하지 않아도 되었다.

도대체 이 위대한 발명을 한 이는 누구일까. 나는 십여 개의 여드름을 여드름짜개로 삽시간에 처리하고 나서 전율을 느꼈다. '피부과 의사들은 뭘 먹고 살지?' 하는 걱정도 잠깐, 이런 무시무시한 물건을 만들어낸 미지의 인물에 대한 무한한 존경심이 저절로 우러났다. 그건 호모 사피엔스―인간이라는 종에 대한 감탄과 감동으로 연결됐다. 그 뒤로도 나는 여드름짜개와 비슷한 놀라운 발명품, 인간적인 도구를 많이 만났다. 그때마다 찬탄을 금할 수 없었다.

특히 놀라운 변화는 신경학, 천문학, 약품과 의학, 컴퓨터, 통신 등 과학과 기술 분야에서 많이 일어나고 있었다. 병원이나 약국에 자주 갈 일은 없었지만 부작용이 최소화되면서도 뛰어난 약효를 가진 약, 정밀 수술을 포함한 의술, 기술에서 상상하지 못했던 도약이 내가 모르는 사이 이루어지고 있었던 것이다.

아직 나는 놀랍다못해 거룩하게까지 느껴지는 여드름짜개를 누가 만들어냈는지, 그 기구의 이름이 뭔지도 모른다. 내가 아는 것은 감동과 찬탄을 느끼는 한 사람은 쉽게 늙지 않는다는 것이다. 게임, 도박, 약물 중독과 같은 경우에는 그 같은 행위나 약에 지속적으로 의존하게 되고 혼자 힘으로는 벗어날 수 없지만 감동이나 감탄에는 중독성이 없다. 어린아이처럼 신비로움과 호기심을 느끼는 존재는 젊고 건강하다.

지하철에서 만나는 무수히 많은 사람 가운데 어느 누군가, 텔레비전 화면 속에서 미소짓는 주름진 얼굴의 농부 가운데 어느 누가, 지나가는 여성 가운데 누가 인류의 지성과 신비로운 능력을 보여주는 생각을 하고 도구를 고안해냈을 수 있다는 것을 안다. 그들과 같은 종으로, 비슷한 시대를 살며 찬탄을 거듭할 수 있다는 게 다행스럽다.

3부

실례를
무릅쓰고

안아주세요

　손쉽게 한 끼를 해결하기 위해 들른 대형 할인점의 푸드코트는 점심시간이 조금 지난 시각에도 꽤나 혼잡했다. 많은 사람들이 줄을 서서 주문을 하고 있었고 그보다 훨씬 더 많은 사람들이 주문한 음식이 나오기를 기다리며 앉아 있었다. 할인 행사를 알리는 방송이 계속 흘러나오고 있는데다 사람들의 말소리며 주문 음식이 나왔음을 알리는 차임벨 소리 등 갖가지 소음이 뒤섞여 어지간히 시끄러운 상태였다. 그런데 어느 순간 정수기가 있는 쪽에서 아이의 울음소리가 들리기 시작했다. 그 소리는 아이를 데리고 있는 사람이나 가족 중 아이가 있는 사람 모두의 주의를 끌었을 뿐 아니라 어린아이와 상관없을 법한 사람들마저 고개를 돌리게 만들었다. 아이의 소리가 너무 크고 절박한 내용을 담고 있어서였다. 조금 더 가까이 가서 보니 아이는 삼십 대 중반으로 보이는 부모와 물건이 잔뜩 담긴 카트, 카트에 올라앉혀

진 아이와 함께 있었다. 대여섯 살쯤 된 아이는 눈물과 콧물로 뒤범벅이 된 얼굴을 하고 제 어머니의 다리를 붙든 채 외치고 있었다.

"엄마, 안아주세요! 안아주세요! 안아주세요!"

어머니가 외면을 한 채 들은 척도 하지 않자 아이는 제 아버지의 발치에 누워 뒹굴기 시작했다.

"아빠, 안아주세요! 안아주세요! 안아줘요!"

카트 위 작은 의자에 올려진 서너 살 된 아이는 무관심한 채 손에 든 과자봉지에서 과자를 꺼내 먹고 있었다. 짐작하기에 안아달라고 외치는 아이가 과자봉지를 든 동생을 괴롭혔고 부모가 동생을 보호하기 위해 카트 위 의자에 올려 앉힌 뒤부터 떼를 쓰기 시작한 것 같았다. 아이는 제 동생의 과자를 나눠달라고도 해보고 자신도 카트 위에 올라가고 싶다고도 했을 것이고 무엇인가 맛있는 것을 사달라고도 했을 것이다. 부모는 아이를 혼내고 교육하는 방식으로 아이의 언행을 일절 무시하고 무대응으로 일관하기로 한 듯했다. 그러자 아이는 비명에 가까운 울음과 함께 가장 절실한 요구를 하기 시작한 것이었다.

아이의 "안아주세요!"는 배가 고파서도 아니고 춥거나 더워서도 아니며 잠을 못 자서 그런 것도 아니다. "내게 관심을 가지고 나를 방치하지 말며 사랑해달라"는 것이다. 게다가 "안아줘!"도 아닌 "안아주세요!"라는 존댓말은 부모가 아이를 평소에 예의바르게 키우기로 노력한 흔적이든지, 아이 스스로 부모가 조금 더 좋아할 만한 방식의 언어를 선택한 것이 분명했다. 그 존댓말이 어쩐지 내 가슴을 뭉클하게 만들었다. 부모는 사람들의 눈길을 견디지 못하고 아이를 끌고 그 자리를 떠났다. 아이는 땅바닥에 발을 끌며 따라가면서도 안아달라고 외쳤다.

그뒤로도 가끔 그 아이의 외침을 떠올리게 될 때가 있다. 추운 날 길거리를 방황하는 헐벗은 사람들, 홍수나 가뭄 같은 자연재해를 입고 망연자실한 사람들을 볼 때마다 그들이 무엇인가 마음속으로 절실하게 외치고 있는 건 아닐까 하고.

아주 친한 사이에 혹은 연세 많은 정다운 어른과 악수를 하거나 말로 표현해도 될 것을 껴안고 인사를 하는 경우가 더 많이 생겼다. 의례적인 인사를 할 때보다 가슴이 훨씬 더 따뜻해지는 것을 느끼고는 '진작에 이렇게 할 것을, 난방비도 절감하고 건강에도 좋겠는데' 하고 생각했더랬다.

깔딱고개가 있어야 할 이유

전국의 산 여러 곳에 올라가는 사람의 숨이 차게 만드는 고비를 지칭하는 '깔딱고개'가 있다. 설악산에도 있다.

삼십여 년 전 내 청춘의 한여름에 몸무게의 절반쯤 되는 배낭을 지고 설악산 내설악 코스에 들어선 적이 있었다. 수렴동에서 본격적으로 시작된 산행은 내 육체와 중력이 쉼없이 싸우고 화해하는 길을 따라가는 고행이었다. 끼니때를 앞두고 마주친 깔딱고개는 지친 몸에다 열기, 허기, 더위로 정말 꼴까닥, 하고 숨이 넘어가게라도 만들 것 같았다. 다행히 선녀 같은 여성들이 앞에서 가고 있었던 까닭에 깔딱깔딱 소리를 내가며 뒤를 쫓았다. 선녀도 가는데 내가 못 갈쏘냐 하는 오기에 올라가기만 하면 선녀와 인사를 나눌 수도 있지 않겠나 하는 희망이 깔딱고개를 올라갈 수 있게 하는 원동력이 되었다. 그 선녀들은 우리와 전혀 다른 생각으로 깔딱고개를 돌파했겠지만. 깔딱고개를 돌파한 여세로 소청봉, 대청봉으로 올라갔다 하산하기까지의 그 과정을 내 인생의 가장 밀도 높은 순간 가운데 하나로 간직할 수 있게 되었다.

최근에 갈 때는 버스를 타고 백담사 앞 주차장까지 가서 평탄한 길을 따라 수렴동까지 노래를 부르며 올라갔다. 몇 해 전 기록적 폭우와 산사태 이후에 등산로가 대폭 정비되었다는 말은 미리 들었다. 손발을 다 써서 엉금엉금 기어올라가야 했던 험로는 계단과 난간으로 바뀌어 쉽게 갈 수 있었고 징검다리를 건너 물길을 지나던 곳은 다리가 만들어져 있어 안전했다. 길이 너무 편해진 건 아닌가 걱정까지 해가며 마침내 깔딱고개 앞에 도착했다. 깔딱고개는 예전 그대로 까마득해 보였다. 국립공원관리공단에서 최소한의 안전장치를 설치하고 무너진 곳을 원상복구하는 것 외에는 대체로 그냥 둔 것 같았다.

예전과 달리 처음 보는 선녀 없이도 깔딱고개를 올라갈 수 있었던 건 깔딱고개까지의 산행이 워낙 순탄해서 체력이 많이 남아 있었기 때문이었다. 덥지 않았고 허기가 지지 않았고 배낭이 가벼워서이기도 했다. 깔딱고개를 올라가서 심신에 쌓인 노폐물을 다 태워버린 뒤의 청량감을, 오직 산만이 줄 수 있는 성취감을 얻고 기뻤다. 깔딱고개에 손을 거의 대지 않은 국립공원관리공단에 고마움마저 느꼈다.

깔딱고개가 있음으로 해서 얼마나 많은 것이 얻어지는가. 신심 때문에 깔딱고개 위에 있는 절을 찾은 사람이라면 깔딱고개라는 난관을 거침으로써 심신이 정화되고 경건해지는 경지에 다다를 것이다. 친구끼리 산에 왔다면 고락을 함께한 결과 우정이 더욱 돈독해질 것이다. 혼자 왔다 해도 나처럼 머릿속에서 소설 한 편이 다 써지는 소득을 얻거나 떼돈 벌 착상을 할 수도 있겠다.

그러니 제발 좋은 일 하느라고 깔딱고개처럼 자연이 준 선물을 없애지 말았으면 좋겠다. 뭐든지 편하고 빠르게 해준답시고 길 넓히고 케이블카 만들고 심지어 역사에 길이 남을 준공 기념비까지 설치해서 자기들끼리 잘했노라 박수 치고 생색내는 일을 하지 말라는 것이다. 사람이 사람답게 사는 맛을 없애지 말았으면 하는 것이다. 그 어떤 기관이든, 쥐고 있는 게 삽이든 운전대든 간에.

싸구려의 복수

1.

지금으로부터 30년 전인 이십대에 안경회사에 취직한 친구가 있었다. 그가 처음 맡은 업무는 무역이었다. 쉽게 말해 국내의 싼 인건비를 최고의 경쟁력이자 무기로 하여 외국의 유명 안경회사에 '주문자 생산 방식OEM'으로 납품을 하는 것이었다. 퇴근 후 술자리에서 만난 그는 신용장, '델리바리(납기)', 품질 관리 등의 낯선 용어들을 나열하면서 자신이 하고 있는 일에 대해 큰 자부심을 드러냈다. 그 와중에 나는 평소에 궁금한 걸 물었다.

"지금 내가 쓰고 있는 안경테 비싼 거야, 싼 거야? 안경 장사 하는 사람들은 엄청 많이 남긴다는데 사실이야?"

그러자 그는 내 얼굴에서 안경을 벗겨가서 꼼꼼히 살펴보더니 "마, 됐다" 하고는 돌려주었다.

"되기는 뭐가 돼?"

"나는 안경테 전문이지 완성품은 잘 모른다."

"안경이 곧 안경테지, 렌즈 보고 안경이라 그래? 안경테하고 완성품은 뭐가 다른데?"

"전문가적인 관점에서 안경은 테보다 렌즈다. 생명은 렌즈에 있다이 말이야. 렌즈가 없으면 안경이 뭔 쓸모가 있나?"

"내 렌즈는 진짜 좋은 거라던데. 압축을 하고 코팅을 해서 일반 렌즈의 서너 배는 비싸게 줬어. 5만원인가 7만원인가."

"그랬겠지."

그는 자신의 안경을 꺼내들고 설명했다.

"코팅은 우리보다 태국이 훨씬 싸다. 렌즈를 만들어서 태국으로 보내가지고 코팅을 시켜서 다시 수입을 하고 그걸 판매하는 구조로 돼있다. 그런데 렌즈 하나를 제대로 코팅을 할라면 스무 번쯤 해야 되는데……"

그의 설명은 충격적이었다. 코팅 한 번에 드는 원가가 20원인가 한다는 것. 코팅을 20번 하면 400원인데 실제 코팅을 한 렌즈는 최소한 400원의 50배는 더 받고 있었다. 하지만 그건 그가 그다음에 한 이야기에 비하면 아무것도 아니었다.

"우리 회사 회장님이 내가 입사했을 때 내 손을 붙들고 신신당부한게 있다. 안경 하나당 원가를 절대 2딸라 이상으로 올리면 안 된다는거라. 그러면 바이어들 다 떨어져나간다고. 안경 한 장당 납품 원가는 2딸라 미만으로 맞추라는 건 이 바닥의 철칙이다."

"2달러면…… 2천몇백원?"

"정확하게는 1.8딸라에 맞췄다. 지난달 인도 물량을."

최근 그를 다시 만났을 때 나는 다시 그 안경테 가격에 대해 물었다. 그는 직원에서 승진을 거듭해 임원이 되었다가 독립해 한 회사의 대표가 되어 있었다.

"자네 요새도 신입사원 손목 잡고 신신당부를 하나? 2달러 이하로 안경테 단가를 맞춰야 바이어 안 떨어져나간다고?"

그는 느긋한 얼굴로 아니라고 했다.

"그러면 그렇지. 30년 넘게 세월이 흘렀으니 적어도 다섯 배는 올랐겠네. 10불? 20불?"

그는 내가 세상 물정을 몰라도 너무 모른다는 듯 픽픽 웃더니 심드렁하게 대꾸했다.

"이번 달 인도 물량은 안경 한 장당 5딸라다. 물가 상승이나 소득 수준 오른 거 치면 내가 안경 회사 처음 입사했을 때보다 훨씬 더 떨어졌다."

내가 쓰고 있는 안경이 점점 싸구려처럼 느껴졌다.

"그건 말 그대로 원가인 거지. 거기다 로고 박고 품질 검사, 제품 검수 철저하게 하고 마진에 출장비, 환율 등락 위험, 직원들 복리후생비, 월급, 유통 비용, 디스플레이, 인테리어, 재고 처리, 폐기 정책 등등을 감안하면 그렇게 폭리라고 할 수는 없을 거다. 중국산 선글라스는 열두 개에 7, 8딸라짜리도 있다."

그는 위로를 하듯 이야기를 맺었다.

2.

키르기스스탄의 나린 주에 사는 스물다섯 살 난 사내 코좀쿨은 조카의 생일을 맞아 자전거를 사주기로 했다. 그는 여름 한철 노점을 차려놓고 지나가는 얼뜨기 관광객들에게 말젖으로 만든 요구르트를 판다면서 양젖이나 우유로 만든 요구르트를 바꿔 팔아서 바가지를 씌웠다. 그는 맹세컨대 요구르트를 먹고 말과 양, 소의 젖 차이를 구별할 줄 아는 사람이 없더라고 했다.

가을이 되어 그는 비슈케크의 PC방에 가서 천산산맥 너머 중국에 있는 공장에 자전거를 주문했다. 당장이라도 타고 달려도 아무 문제없는 자전거의 가격은 약 13달러였다. 며칠 동안 짐을 가득 싣고 천산산맥을 넘어오는 트럭으로 자전거를 운반하게 되어 있었는데 그 가격이 15달러로 자전거의 값을 약간 초과한 것이 코좀쿨의 마음에 걸렸으나 그는 자신과 동명이인인 용맹한 조상을 생각하며 마음을 달랬다.

수백 년 전 하늘이 내린 위대한 역사ヵ士 코좀쿨은 말을 타고 해발 7000미터가 넘는 천산산맥의 정상부로 올라가던 중에 말이 지쳐서 더 못 올라가고 허덕대자 급한 성질을 이기지 못하고 말을 어깨에 번쩍 올려매고 산꼭대기에 이르렀다. 코좀쿨의 키는 2.3미터, 몸무게는 161킬로그램에 달했으며 타고난 용력과 불패의 전사로서의 명성을 떨쳤는데 오늘날 키르기스스탄이 국제 스포츠 무대의 투기 종목에서 두각을 나타내는 데 그의 전설이 큰 역할을 한 것으로 알려져 있다.

겨울이 되기 전에 잘생긴 말, 아니 자전거는 코좀쿨의 집에 잘 도착했다. 코좀쿨은 동봉된 설명서대로 자전거를 조립하여 자신이 좀 타본 뒤에 이제 막 열 살이 된 조카에게 넘겨주었다. 번쩍거리는 자전거를 타고 초원을 누비다 돌아온 조카는 숙부를 껴안으며 감격의 눈물을 흘렸다. 그 눈물이 자신의 가슴팍을 적시는 것을 느끼면서 코좀쿨은 그 자전거가 조카가 싫증을 내기 전까지만 버텨주면 좋겠다는 생각을 했다.

그의 생각은 기우였다. 아니다. 그의 생각보다 상황은 더 일찍 나빠졌다.

조카가 자랑스럽게 자전거를 타고 학교에 갔다가 다른 아이들이 타보자는 것을 거절하고 수업에도 들어가지 않으면서 자전거를 타댄 결과 자전거는 단 하루 만에 고장이 나고 말았다. 코좀쿨은 자전거를 끌고 노점까지 찾아온 조카의 눈물을 닦아주고 나서 비슈케크에 있는 몇 안 되는 자전거포에 자전거를 둘러매고 갔다.

"이건 부품이 없어서 못 고치네. 게다가 최신형이군. 처음 보는 중국산이고."

자전거포 주인은 말했다.

"그럼 제가 어떻게 해야 하나요? 조카가 크게 실망할 텐데요."

"그건 자네가 자전거를 산 데에다 물어보게."

코좀쿨은 자전거를 어깨에 둘러매고 PC방에 가서 애초에 자전거를 주문한 중국의 공장에 부품에 관해 문의했다. 그들은 부품은 트럭으로 보내줄 수 있으나 자전거보다 더 비싼 15달러를 내야 할 것이라고 말했다. 게다가 운송비는 별도였다.

결정을 내리지 못하고 밖에 나온 코좀쿨은 조카가 자전거 옆에 앉아서 울고 있는 것을 보았다. 자전거는 보이지 않고 자전거의 부품들이 바닥에 흩어져 있었다.

"자전거가 날벼락이라도 맞은 거냐?"

조카는 친구들이 찾아와서 자전거를 고쳐보려고 여러 가지로 시도했는데 결국 자전거가 여러 조각으로 분해되어 그 모양이 되었다고 고했다. 코좀쿨은 다시 PC방으로 들어가서 "당신들, 나한테 일회용 자전거를 판 것이냐?"고 질문을 보냈다. 물론 답은 영원히 돌아오지 않았고 자전거 부품 대부분은 녹이 슬고 쓰레기가 되었다.

3.

따지고 보면 사람은 한낱 옷걸이에 지나지 않는다. 따지는 주체가 옷을 생산하고 유통, 판매하는 쪽이라면. 현대인은 과거에 비할 수 없이 자주 옷을 사고 입고 버리는데, 사서 한두 번 입고 버릴 때까지 옷장에 넣어두기만 하는 경우가 전체의 80퍼센트에 달한다고 한다.

이런 생각을 하게 된 데는 며칠 전 한여름 같은 날씨에 신고 나간 양말이 한몫을 했다. 백발이 성성한 머리를 한 후배 두 사람이 신고 있던 양말은 목이 긴 '신사용'이었다(그들이 실제 신사인 것과는 상관없이). 나 또한 거의 종아리까지 올라오는 신사용 양말을 신고 있었는데 '이 양말은 참신하고 젊은 느낌이 나는 발목양말이 유행하기 전에 샀는데 도무지 떨어지지도 않고 구멍조차 나지 않아서 버릴 수가 없어 신고 나온 것'이라고 변명할 기회를 얻었다. 옷장에 달린 서랍에 양말만 한가득이라는 말도 덧붙였다.

양말도 그렇지만 속옷 또한 값이 폭락하다보니 축 늘어져서 보기 싫어지거나(남의 시선에 적나라하게 노출될 일이 거의 없을 것임에도) 기워서 입을 때까지 오래도록 입는 법이 없다. 신발도 마찬가지다. 한 번 사면 무덤 속까지 가지고 가게 된다는 평판이 있는 튼튼한 가죽구두가 세 켤레나 되는데 신는 것만 신을 뿐 나머지 둘은 새 구두나 다름없다.

신발과 함께 신발장에 그득하게 들어 있는 것이 우산이다. 우산의 절반은 '일회용' 비닐우산이나 나머지는 '만년필'의 그 만 년만큼이나 쓸 수 있는 것들이다. 비가 올 것이라는 예보에 우산을 가지고 나가면 거의 백 퍼센트 잃어버리는데 그렇다고 비를 맞고 돌아다닐 수는 없어서 우산을 또 사게 되고 그러면 새 우산이 다시 신발장의 빈자리를 채우게 된다.

값이 일회용 수준으로 싸졌다고 해서 물건이 싸구려가 된 건 아니다. 생산비가 낮아졌을 수는 있지만 환경과 미래에 치러야 하는 비용은 낮아질 수가 없다. 물량을 생각하면 절대적인 비용은 수십 배는 늘었을 것이다. 예컨대 A4 용지 한 장에는 10리터의 물이 들고 우유 한 잔에는 200리터, 청바지 한 벌에는 11,000리터의 물이 소요된다고 한다. 우리가 불필요한 것을 옷장과 방, 신발장, 우리 삶의 공간에 들여놓을 때 우리의 후예들은 그것을 상속받을 수도 없으며 그들이 써야 할 자원과 경제적 가치, 공간을 빼앗기는 것이다. 그런데 그것을 우리의 잘못이라고 말할 수가 있을까?

당장 불필요한데도 지금 가지고 있는 물건과의 차별성 때문에 구입한 물건을 보니 공통점이 있었다. 내가 특정한 소셜네트워크서비스에 접속을 했던 때에 무분별한 구매 행위가 이루어졌던 것이다. 지난 세기 90년대 초반 TV홈쇼핑이 처음 시작되었을 무렵 쓸데없는 문구류를 단지 값이 싸다는 이유로 사들였다가 버렸던 기억이 떠올랐다.

소비에 관한 한 사람은 입력(광고, 입소문, 마케팅 전략)에 따라 출력(구매, 소비, 쓰레기 배출)을 반복하는 동물에 지나지 않는다. 유능한 마케터들은 분석과 통찰, 논리적 결정이라는 인간 고유의 고차원적인 정신 활동이 소비에 간섭하도록 내버려두지 않는다. 그러니까 소비사회 속의 인간은 어떤 식으로든 생산자의 마케팅 기법에 노출이 되고 무의식중에라도 욕구를 자극받으며 욕망을 실현하게 된다. 배가 고프지도 않은데 TV의 '맛집 프로그램'을 보다가 자동차 열쇠를 챙겨 들고 나서는 사람처럼.

어떤 소셜미디어, 포털사이트, 무료 인터넷 서비스는 도파민의 분비를 자극하는 장치를 시스템 속에 숨겨놓고 많은 사람들이 무의식중에 중독적인 소비 행위를 하도록 부추기고 다른 매체에 비해 더 많은 광고 수익을 올린다는 혐의를 받고 있다. 그것이 불법적이면 처벌을 받고 제어가 되겠지만 법망을 피해 가는 것은 아주 쉽다. 피해를 입은 다수가 보상, 배상을 받는 게 훨씬 어렵다. 아니 거의 불가능하다. 그 이유는 소비가 '소비자의 현명하고 자발적인 선택'에 달려 있다는 논리를 누군가 교묘하게, 광범위하고 오래도록 전파해왔기 때문이다.

하지만 사실상 소비자가 그렇게 독립적인 선택을 하기는 쉽지 않다. 그렇게 하도록 내버려두지 않는다. 끊임없이 일방적인 정보를 주입하고 불법과 합법을 넘나드는 과장과 현혹을 통해 불필요한 물건을 더 사도록 한다. 심지어 내게 이미 샀던 물건이 얼마나 많은지 잊게 만들기까지 한다.

이러한 불합리와 정리되지 않은 인간관계 또한 얼마나 많은가. 하나씩 사면 터무니없이 비싸서 억울한 김에 사버린 수십 개들이 화장지, 때깔 좋고 맛있고 값은 싸지만 박스 단위로만 팔아서 조금밖에 먹지 못하고 태반을 버린 과일처럼. 이런 것들을 버리는 데도 상당한 에너지를 요하는 결단과 과정이 필요하고 내가 버린 쓰레기를 처리하는 데도 비용이 든다. 그런 것들로 어디선가 거대한 쓰레기의 섬이 만들어지고 있고 환경이 병들어가고 있다는 상상만으로도 불편하다. 그렇다고 지금 이 순간부터 무분별한 소비 행태를 그만두고 스스로와 주변을 비워 '미니멀 라이프'를 추구하는 도인이 될 수 있는가. 아니다.

알고는 있자는 것이다. 지금 당장 손쓸 수는 없다 하더라도.

아무리 많아도 과잉이 되지 않는 것은 새벽녘의 가냘픈 봄비 소리, 그 봄비에 젖은 봄꽃의 소리 없는 향연.

부끄러움 유전자

인간의 감정에는 부끄러움이라는 게 있다. 공개하고 싶지 않은 한 개인의 사적인 영역이 남의 눈에 드러났을 때 사람은 부끄러움을 느끼게 된다. 이러한 부끄러움은 사회적 진화의 결과일 수도 있다. 이를테면 허기를 참다가 많지 않은 양의 음식을 어렵게 구해 몰래 먹고 있을 때 마찬가지로 허기진 동료의 눈길 앞에서 우리는 부끄러움을 느낀다. 그 결과는? 동료와 음식을 나눠먹으면서 함께 살아남을 길을 모색해나갈 수도 있고 동료의 무능함에 화를 내며 딴 데로 쫓거나 다른 자리로 옮겨서 혼자만 먹는 것도 가능하다. 이럴 때 음식을 동료와 나눠 먹은 사람이 공조를 통해 살아남을 확률이 높아질 것이다.

또한 부끄러움은 무방비한 상태의 은밀한 생리적 현상에 직면해 있을 때에도 생긴다. 남의 눈에 띄지 않는 곳에서의 본능적인 행위 또한 부끄러움을 수반한다. 약점이 드러났을 때, 실수를 했을 때 역시 부끄러움이라는 감정이 작동한다. 어떤 행위가 생존과 삶, 유전자의 항구적 지속이라는 측면에서 중요하다 싶을 때 부끄러움은 늘 사람들과 함께 있었다. 그런데 인간에게 부끄러움이 없다면 어떻게 될까.

인간에게 부끄러움이 없다고 한들 그게 무슨 대수냐고 말하는 사람도 있다. 이미 만물의 영장으로서 진화가 끝난 인간에게 부끄러움은 맹장처럼 있어도 그만 없어도 그만인 퇴행적 감정이며 오히려 없는 편이 치열한 경쟁과 선두 다툼에서 살아남아야 하는 시대에 유리할 수도 있다는 것이다. 부끄러움, 수줍음 같은 건 어린 시절, 험한 세상 물정 모르던 시절에 잠시 가질 수도 있으나 이십대 삼십대를 지나서까지 그런 감정을 가지는 것은 불필요하다고, 성공과 승리를 위한 도정에서 그런 거추장스러운 감정은 없애버리는 게 나을 것이라고.

역사적으로 보면 한 시대를 풍미한 많은 권력자가 공통적으로 후안무치, 곧 얼굴 가죽이 두꺼워서 내면의 감정이 쉽게 드러나지 않고 부끄러움이 없는 상태를 유지함으로써 그렇지 못한 평범한 사람들에게 두려움을 안겨주면서 지배력을 행사했다. 그들의 경쟁자는 더욱더 철면피하고 권력 지향적인 후계자였다.

한편 부끄러움이 많아 남 앞에 나서기를 두려워하고 행동에 앞서 주저하는 일이 많으며 초식동물처럼 온순하고 수동적인 삶을 지속하는 사람들이 역사에 뚜렷한 족적을 남기는 일은 드물었다. 백성, 민초, 민중, 소시민, 장삼이사처럼 개개인이 아닌 집합명사로 일컬어지는 사람들이 그렇다. 그들이 후안무치한 특권층과 지배층에 저항할 때조차 개개인의 실체는 보이지 않고 민란이나 반란처럼 지배 계급의 관점에 부합하는 역사가의 펜으로 그려지곤 했다. 하지만 이제는 상황이 달라졌다.

몇몇 리더가 정치, 경제, 사회, 문화, 지식, 정보, 여론을 장악하고 일방적으로 자신들의 논리를 관철해나가던 시대는 끝장난 것 같다. 그동안 풀뿌리민주주의는 선거라는 제한적인 참여에 의해 제 의미의 극히 일부를 구현했을 뿐이었지만 이제는 쌍방향 뉴스와 인터넷, 소셜미디어에 의해 이제까지 없었던 새로운 민주주의가 궤도에 올랐다. 이런 시대에는 부끄러움을 아는, 반성할 줄 아는 사람이 이웃과 친구와 가족의 눈에 인간적인 사람으로 평가받게 되어 있다. 부끄러움을 무릅쓰고 정의를 위해 진실을 밝히는 사람들이 영웅이 된다.

부끄러움이 없는 사람의 언행은 인터넷과 언론, 소셜미디어에 의해 실시간으로 중계되고 무한정 퍼져나가 공분을 산다. 그들이 감추고자 하는 것조차 중얼거림이나 한숨까지 모두 광속으로 중계되는 사회적 언어로 번역된다. 그 결과 그들은 집단적인 모멸의 대상이 되고 쓰레기로 전락한다. 과거에도 이런 일이 없었던 건 아니지만 지금은 그러한 과정이 순식간에 다층적으로 일어난다. 사람들은 부끄러움을 모르는 사람의 몰락을, 응징을 짧은 소설을 읽듯 목격한다. 그러한 과정이 되풀이되면서 정의正義의 새로운 정의定義가 세워지고 있다. 그걸 모르는 사람은 세상이 달라졌음을, 더이상 후안무치한 사람이 득세하는 시대가 아님을, 부끄러움을 모르는 사람이다. 아니 알고도 애써 외면하고 있는지도 모른다.

부끄러움은 인간이라면 갖추어야 할 덕목이다. 부끄러움을 알고 염치를 아는 사람, 부끄러움 유전자를 세대에 걸쳐 유전시킬 사람이라면 어디서든 환영을 받을 것이다.

할말은 하는 유전자

조선시대에는 격쟁擊錚이라는 제도가 있었습니다. 어떤 사람이 억울한 일을 당했을 때 임금이 거둥(행차)하는 길목에 가서 서 있다가 징이나 꽹과리를 울려서 주의를 끌고 행렬이 멈추면 자신의 사연을 하소연하는 것입니다. 격쟁은 성종 임금 때부터 시작했는데 조선왕조 실록에만 약 300회가 기록되어 있습니다.

격쟁은 신문고가 폐지된 뒤 대신 실시된 것으로 격쟁의 범위에는 '자손(아들)이 조상(아버지)을 위해, 처가 남편을 위해, 동생이 형을 위해, 종이 주인을 위해 하는 것' 이 네 가지가 기본으로 들어 있었습니다. 이 외에도 민폐에 관계되는 사항이면 격쟁을 해도 외람률猥濫律의 적용—'사건이 되지 않는 것을 가지고 감히 임금의 행차를 방해했으니 엄히 처벌한다'는 식의 처분을 받지는 않았지요. 턱도 없는 일을 가지고 무고를 하거나, 사소한 일임에도 해당 도의 관찰사나 수령을 거치지 않고 외람되게 왕에게 직접 아뢰는 자만 처벌을 했던 겁니다.

백성이 절대 권력의 화신인 왕에게 직접 자신과 가족에게 일어난 문제를 해결해달라고 나서는 것을 제도적으로 보장한다는 것은 백성들의 억울함을 풀어주기 위한 합리적인 민원 해결 제도라고 할 수 있겠습니다.

반면 일본에는 격쟁 같은 제도가 임진왜란 전까지는 전혀 없었다고 합니다. 백성의 생사여탈권을 가진 왕이나 쇼군이 행차를 할 때는 혹여 자객의 습격이라도 받을까 하여 백성들을 무조건 땅에 꿇어 엎드리게 하고, 혹 고개라도 들면 호위무사로 하여금 가차없이 목을 날려버리게 했다고 전해집니다. 조선처럼 '인본주의(유학, 文, 天命)'를 기반으로 정통성을 확립한 게 아니라 '힘과 폭력(武)'으로 집권했으니 통치자며 통치자의 아랫것들이 일반 백성을 우습게 보는 게 당연했겠지요. 일본의 전통적인 관 우위 문화, 순치된 국민, 순종적 기질은 거기에서 만들어졌다고 보기도 합니다. 이럴 경우 백성은 늘 무지몽매하므로 두들기고 가르칠 대상이고 군역과 납세의 의무만을 다하는 하찮은 소모품일 뿐이지요.

그런데 임진왜란 직후에 일본에도 격쟁 비슷한 일이 예외적으로 생겼다는 겁니다. 왜 임진왜란이 그 사이에 있는 것일까요? 임진왜란 당시 일본군은 상당수의 조선인을 잡아갔습니다. 지식인, 관리도 있었지만 일반 백성 가운데서도 전문 기술이나 특출한 기예를 가진 사람들을 많이 끌고 갔지요.

어느 날 쇼군이 행차에 나섰습니다. 여느 때와 다름없이 수십 명의 호위무사들이 쇼군이 타고 가는 가마를 철통처럼 에워싸고 날카로운 시선으로 수상한 행동을 하는 자가 없나 살피고 있었습니다. 행차의 앞과 뒤, 옆에 있던 백성들은 땅에 엎드려 숨도 제대로 쉬지 못하면서 어서 행차가 지나가기만 기다리고 있었습니다.

이때의 쇼군이 누구였는지는 모르겠습니다. 이 이야기를 해준 분이 말씀을 하지 않으셨거든요. 추측건대 1598년 도요토미 히데요시 사후에 일본 천하통일의 내전에서 승리하여 에도 바쿠후 시대를 연 도쿠가와 이에야스였든지, 그의 아들 히데타다였겠지요. 도쿠가와 이에야스는 1603년 일왕에 의해 쇼군으로 임명되자마자 얼마 안 있어 아들에게 직위를 물려주었습니다. 히데타다는 1605년부터 1623년까지 쇼군의 자리에 있었지요.

아무튼 삼엄한 분위기 속에서 쇼군의 행차가 진행중인데 갑자기 남루한 옷차림의 한 백성이 한길 가운데로 불쑥 나서서 "할말이 있소이다!" 하고 외쳤습니다. 호위무사들은 거의 동시에 칼을 뽑아들었지만 백성이 쇼군의 행차를 가로막고 길 한가운데 서서 종이 깨지는 듯한 목소리로 고함을 질러대는 경우는 전혀 듣지도 보지도 못했던 상황이라 순간적으로 어쩌지를 못하고 있었습니다. 물론 그것도 잠시, 그 백성의 운명은 그들의 칼 아래 어육이 되고 말 것임이 분명했지요. 엎드려 있던 백성들은 자신들의 머리 위로 가엾은 한 사람의 피가 뿌려질 것을 상상했습니다.

그런데 무사들의 칼이 헐벗은 한 백성의 몸뚱이로 몰려갈 때 가마에 앉아 있던 쇼군이 "잠깐만!" 하고 무사들을 제지했습니다. 그 역시 평생 처음 겪는 일이라 무슨 일인지 알아보고 싶어졌던 겁니다.

그는 백성을 곁으로 오게 한 뒤 무슨 일이냐고 물었지요. 백성은 자신은 조선에서 끌려온 사람으로 산 설고 물 설며 낯선 사람 천지인 일본 땅에서 하루하루 살아가기가 너무 힘겹다. 고향에서 잘 살고 있던 사람을 납치해 왔으면 도로 놓아주든지 최소한 먹고살게는 해줘야 하지 않느냐고 당당히 따졌습니다. 듣고 있던 쇼군이 감탄할 정도였지요. 무지렁이처럼 언제나 힘없고 순종만 하는 백성들만 봐왔을 테니까요.

"네 뜻은 잘 알겠다. 조치를 취하라고 일러두지. 그런데 너는 쇼군의 행차 앞에서 고개를 들거나 소리를 치면 당장 목이 날아간다는 걸 몰랐느냐? 뭣 때문에 목숨을 건 것이냐?"

백성은 어리둥절한 얼굴로 대답했습니다.

"몰랐소이다. 조선에서 백성들이 임금님의 행차를 가로막고 꽹과리를 울리면서 나서는 일은 자주 있는 일인데 목을 자르다니 그게 도대체 무슨 소리입니까?"

어쨌든 그 백성은 그 자리에서 죽지 않았고 그의 후손과 후손을 통해 이 이야기가 길이 전해내려오게 되었다고 합니다.

지금 이 나라에는 왕도 없고 절대 권력자도 없습니다. 그렇게 착각하는 사람들은 있었지요. '제왕적 대통령제' 탓을 하는 사람도 있고요. 오랜 옛날부터 이 땅의 백성들은 최소한 자기 할말은 하고 살았습니다. 그 유전자가 지난날 우리를 광장으로 거리로 선뜻 나서게 했고 역사의 잘못된 흐름을 바로잡도록 정의를 소리 높여 외치게 했던 것이지요. 그리하여 우리는 세계사에 유례가 없는 민주적인 '집단 격쟁'의 결과를 만들어냈습니다. 추호의 외람됨도 없이.

문제 해결의 비밀

　한때 "법 없이도 살 사람"이라는 말은 대단한 칭찬이었다. 소설가 송옥은 단 한 번도 그런 말을 들어본 적이 없었다. 그는 '법이 있어야 먹고사는 사람'을 양성하는 법학과 출신이었다. 그가 문학 강연을 하는 자리에서 가장 많이 받은 질문은 "왜 법대를 가고 졸업까지 해(놓고)서는 소설을 쓰고 있나요?"였다. 그는 그때그때 상황에 따라 능구렁이처럼 대충 넘어갔다.

　어쨌든 송옥은 법학과를 졸업했기 때문에 그가 일반인들보다는 법에 대해 잘 알 것이라고 사람들이 착각하는 것을 내버려두면서 되도록 법과 거리를 두고 살아왔다. 법으로 먹고살 것도 아닌데 가까이 해봐야 좋을 것도 없고 법 아니면 해결이 되지 않는 문제가 생긴다면 삶에도 문제가 생긴 상황일 테니까. 어쩌다 만난 법조계 사람이 직업이 소설가라는 말에 호기심을 보이면서 자주 보자고 하면 그는 고개만

끄덕거렸을 뿐이었다.

소설에는 불법, 비법, 무법적인 인물, 상황이 합법적이면서 '법 없이도 해결될 문제'보다 훨씬 많이, 자주 등장하게 마련이었다. 칼럼처럼 논리적, 정상적, 보편적, 합리적, 객관적인 소설을 쓰는 사람에게 "소설 실감나게 쓰네"라고 칭찬하며 책을 사가는 독자는 없었다.

송옥은 최근 자연재해와 교통사고에 이어 의료사고까지 한꺼번에 겪었다. 사고 수습을 하기 위해서 여러 곳의 처리 기관, 법 집행자, 관련자들과 접촉할 수밖에 없었다. 마치 운명이 그가 이제까지 살아오면서 당연히 겪었어야 할 인생사를 남의 일처럼 미뤄놓았던 것을 질타하며 감당하기 힘든 숙제를 한꺼번에 던져놓은 것 같았다. 그는 관공서와 회사 등의 조직에 뻔질나게 드나들면서 자신이 카프카의 소설 『성』의 주인공인 토지 측량사처럼 '이해할 수 없는 불청객' 취급을 받는다는 것을 절감했다. 어떤 때는 자신의 권리와 논리를 관철하기 위해 귄터 그라스의 소설 『양철북』에 나오는 오스카르처럼 유리창이 깨질 정도로 큰 소리를 지르고 싶은 것을 간신히 억제했다. 그러니 말이 많아질 수밖에 없었다. 원고료도 나오지 않는 말을 쓸데없이 많이 하는 것은 그가 돈으로 날벼락을 맞는 것보다 더 싫어하는 것이었다. 그러면서도 그는 소설가라는 직업적 본성을 발휘하여 그들 사이에 몇 가지 공통점이 있다는 것을 발견했다.

어떤 민원 때문에 관공서나 기관을 방문한 사람이라면 그 사안에 대해서는 담당 공무원이나 창구 직원보다 훨씬 더 잘 알고 있을 수밖에 없는데 정작 그들은 그런 사실을 잘 모르고 있다(비슷한 말에 '어떤 병에 걸린 환자만큼 그 병을 잘 아는 의사는 없다'는 게 있다). 그들은 개별적인 민원의 특수성을 잘 인정하려 하지 않고 자신들이 피상적으로 알고 있는 일반 원칙을 금과옥조인 양 내세워 민원인을 가르치려 든다. 그렇게 해서 "시간이 남아돌아서 소풍 삼아 여기까지 왔는데 안 된다는 걸 준엄하게 일러주셔서 감사합니다. 소인은 이만 물러갑니다"라고 할 민원인은 거의 없다. 그럴 것이라면 아예 처음부터 오지도 않았을 것이다. 그런데도 그들은 놀라울 정도의 일관성을 가지고 '자신들의 사고 범위 안에 없는 특수한 경우'가 항상 발생할 수밖에 없다는 것을 좀처럼 인정하지 않는다. 어떤 특수하고 예외적인 경우에 맞는 세부적인 준칙이 촘촘하게 잘 갖춰진 사회가 선진사회인데 아직 한국사회는 그런 준칙이 많이 부족하다는 것을 그는 새삼 깨달았다.

자신이 해당 사안에 대해 잘 모른다는 것을 인정할 수밖에 없을 때 그들은 주변을 돌아보며 다른 업무를 맡고 있는 사람들에게 물어본다. 주변 사람이라고 해서 자신보다 더 많이 알고 있는 것도 아니고 정확하게 아는 것도 아니다. 그걸 철저하게 확인한 뒤에는 여기저기 전화를 걸며 "아, 정말?" "대박!" "나만 몰랐는데?" 하는 감탄사를 동원해서 동기인지 동료들인지와 친교를 다져가며 시간을 낭비한다. 그렇게 해서 해결이 될 일은 없다. 주변의 합세, 동조로 안 될 일을 되게 하는 건 조폭들의 세계에서나 가능하다.

이를 악물고 인내하느라 장차 상당한 치과 관련 비용이 발생하게 된 민원인을 앞에 두고 하염없이 시간을 흘려보내고 난 뒤 마침내 그들은 조직 내의 전문가 집단에 연락을 취해 유권해석을 구한다. 유권해석을 해주는 쪽은 송옥처럼 법학과를 졸업했을 가능성이 높은 사람들이 소속된 '법무팀' 같은 곳이다. 법무팀에서 "규정에 의하면 네 말이 맞다"라고 할 경우에 그들은 민원인에게 딴 데 가서 알아보라고 가차없이 돌려세운다. 그런 식으로 속절없이 되돌아나와서 혼자 거대한 성채 같은 기관의 건물 밖에 서 있게 되자 전에 몰랐던 외로움과 서러움이 파도처럼 밀려드는 게 느껴졌다. 좀 익숙해진 뒤에야 스스로가 '법학과 출신'임을 상기하고 "민법이나 헌법에 우선하는 규정도 있느냐. 규정집 좀 보자"고 따져 물을 수 있게 되었다.

물론 그들은 규정집을 가져오지 않았다. 규정집을 비치하고 있는지도 알 수 없었다. 그가 열 군데 이상의 기관, 회사에 갔지만 한 번도 본 적이 없으니까. 기껏 한 기관에서 인터넷 홈페이지에서 출력해온 종이쪽을 내놓은 게 고작이었다.

그가 계속해서 민법, 헌법, 규정집을 외치자 비로소 절차와 특권의식 뒤에 숨어 있던 그들의 인간적인 면이 드러났다. "왜 하필 저한테 이러세요. 전 오늘 휴가 간 동료 대신 이 자리에 앉아 있게 된 것뿐인데……" 그것도 일단 책임을 모면하려는 고차원적인 수단인지도 모른다. 어쨌든 그 때문에 다음에 보자고 나온 적도 있었다.

소설가랍시고 경험해보지 못한 세상만사를 웬만큼은 이해할 수 있다고 생각해왔던 게 얼마나 어리석었는지 통렬하게 깨닫고 난 다음 그는 스스로가 직면한 현실 문제에 밝은 전문가, 아니 고수들을 찾았다. 그들은 한때 그런 기관에 근무한 적이 있거나 그들과 접촉하는 것을 업으로 하고 있는 사람들이었으며 자질구레한 인생사에 만사형통인 사람들이었다. 그들이 비밀스럽게 알려준 해결책은 다음과 같다.

"어떤 기관에 민원이 있는데 그게 잘 안 풀리면…… 그 기관을 통제하는 감독기관이나 상부기관의 민원실에 민원을 넣으세요."

그대로 따라 했더니 금방 해결이 됐다. 어떤 경우에는 "상부에 민원을 넣을 겁니다"라고 말을 하는 것만으로도 확실히 효과가 있었다.

사안이 어느 정도 해결되고 난 뒤 그는 미뤄두었던 소설의 첫 문장을 썼다. "어즈버 태평연월 좋은 시절이로다! 백성을 하늘처럼 아는 시대여."

우리 아이가 이렇게 변했어요

독일 베를린에 세 달 정도 체류하게 되면서 색다르게 느낀 점은 아이가 많다는 것이었다. 유모차를 끌고 다니는 부모도 많았고 품에 아이를 안고 다니는 아빠, 놀이터도 많았으며 줄 지어 선생님을 따라가는 유아원 아이들도 심심찮게 볼 수 있었다. 황금색 머리카락에 파란 눈, 흰 피부의 아이들을 보고 있노라면 인형이 따로 없다 싶었다.

그런데 가만히 보니 아이들보다 훨씬 많은 숫자의 개가 사람과 함께 다니고 있었다. 아이들과 달리 개는 몸 빛깔, 크기, 생김새, 내는 소리가 각양각색이었고 개를 데리고 다니는 사람들도 나이든 사람에서 젊은 여성에 이르기까지 다양했다. 오랜 세월 인간과 함께 살아온 개와 고양이 같은 반려동물은 아이를 대신하는 또하나의 가족이다. 반려동물은 사람처럼 표정이 풍부하게 드러날 수 있도록 얼굴 정면이 넓은 종 위주로 선택, 개량되어온 것도 사실이다.

독일에서 개를 키우려는 사람은 인간의 주민등록처럼 개의 나이, 주소, 종 등을 등록해야 하고 일정한 교육 과정을 거쳤다는 증명서가 없으면 집밖에 데리고 나갈 수 없다고 한다. 독일에서 개 교육을 담당하는 학교는 말 그대로 '개 학교Hundes Schule'라고 한다.

개 학교에서 주로 가르치는 내용은 밖에 나다닐 때 만나는 인간에게 위험한 행동을 하거나 폐가 되는 짓을 하면 안 된다는 것이다. 또 다른 개나 동물에게 위해를 가하거나 호기심 혹은 다른 충동에 따라 괴롭히는 짓을 하는 것도 곤란하다. 거리에서 교통신호를 준수하고 주인의 통제를 잘 따르도록 하는 것도 교육 내용에 포함된다.

이를 뒤집어 해석하면 훈련받지 않은 개들이 많은 문제를 일으켰다는 이야기가 된다. 주인 이외의 다른 사람들을 귀찮게 하고 다른 동물에 지나친 관심을 표명하거나 멋대로 뛰어다니거나 주인에게서 떨어져서 다니는 개들이 많았기 때문에 개를 훈련시키는 교육이 발전했다고 할 수 있다.

버릇없는 개를 데려다 개 학교에 입학시키고 나서 울면서 돌아서는 주인들이 많고, 개 학교에서 일정한 교육 과정을 거치고 나서 교양 있고 예의바른 개로 거듭난 자신의 개를 만나서 눈물바다를 이루는 광경이 꽤나 공감을 얻는 모양이다. 개 학교의 인터넷 홈페이지에는 교육을 받기 전에 개가 난동을 부리는 모습을 찍은 사진과('한때 이랬던 우리 아이가' 하는 식의 사진 설명이 붙는다) 교육을 이수하고 나서 교장 선생님 곁에 얌전하거나 점잖게, 혹은 늠름하게 앉아서 찍은 사진을 보여주는 것으로('이렇게 변했어요!' 하는 식의 설명이 붙는다) 피교육생(?)을 유치하고 있다고도 한다.

그렇다면 과연 인간의 아이에 대한 교육은 어떨까. 한국에서 유학와 독일서 십여 년 넘게 살아온 부모와 서너 살 된 아이 사이의 언행을 잠시 관찰한 적이 있었다. 아이가 자신보다 어린 아이를 넘어지게 하자 아버지가 그 아이에게 "누가 너를 넘어뜨리면 네가 아프거나 힘들듯이 네가 그애를 그렇게 하면 그애 역시 아프거나 힘들다"라고 설명하고 있었다. 논리적으로 아이가 알아들을 수 있을 때까지 차분하게 설득하는 게 인상적이었다. 그렇게 하는 이유를 묻자 아버지는 "다시는 같은 실수를 되풀이하지 않게 되니까 이렇게 하는 편이 오히려 서로의 시간과 노력을 절약하게 해준다"라고 대답하는 것이었다.

독일식의 합리적인 교육이란 바로 이런 게 아닐까 싶었다. 개 학교에서는 어떻게 가르치는지 알 수는 없지만.

하늘은 남을 돕는 자를 돕는다

행복이란 무엇일까. 모든 사람에게 통용되는 일정한 답이 없다고 결론 내린 지 이미 오래인데 근래에 한 가지 사실을 알게 되었다. '행복감은 인체 외의 활동이나 자극에 대해 인체 내부에서 반응하는 대뇌생리학적 현상'이라는 것이다. 쉽게 말해 순수하게 자가발전적인 행복도 없고 외부의 자극, 가령 약물 같은 것만으로 얻어지는 행복 역시 존재하지 않는다는 것이다. 그런 건 행복이 아니라 쾌감이나 쾌락처럼 행복보다 단순한 감각이다. '백지장도 맞들면 낫다'가 아니라 내부, 외부가 함께 맞들지 않으면 들 수 없는 게 백지장이란 이름의 행복이다.

일단 나의 뇌 속에서 일어나는 현상은 밀어두고 바깥에서 나를 행복하게 해줄 수 있는 것들은 어떤 게 있을까. 그 무엇보다 돈이라고 대답할 사람들이 많을 것 같다. 첫째도 돈, 둘째도 돈, 셋째도 돈, 넷

째가 건강, 다섯째가 성공, 하는 식으로. 그러나 돈은 이처럼 누구나 원하고 구하려고 하나 골고루 돌아가지 않는다는 데 분쟁과 비애의 씨앗이 숨어 있다. 또한 돈이든 건강이든 성공이든 그 자체만으로 행복감을 안겨주지는 않는다. 행복감을 안겨줄 수 있는 요소 중 하나일 뿐이다.

인간은 사촌이 땅을 사면 배가 아파하는 존재이고 생존 경쟁에서 이기고 살아남기 위해서는 무슨 짓이든 불사하는 존재이다. '선공후사先公後私'라는 문자는 인간이 사회를 형성한 이후 자신의 이익을 앞세우고 공공의 이익을 뒷전으로 돌리는 습성이 만연해 있음을 역설적으로 반영하는 것이다. 욕망이 채워지면 저절로 행복해질까. 그럴 수 없다. 더 큰 탐욕이 입을 벌리고 기다리고 있다는 걸 누구나 경험한다.

마더 테레사는 봉사와 사랑의 대명사 같은 존재다. 미국 하버드대학교에서 실험한 바에 의하면 마더 테레사의 일대기를 그린 영화를 보는 것만으로도 사람의 침에 들어 있는 면역항체가 뚜렷이 증가했다고 한다. 반면 근심이나 긴장 상태가 지속되면 침이 마르면서 이 면역항체가 확실히 줄어들었다는 것이다. 이에 따라 남을 돕는 활동을 통해 일어나는 정신적, 신체적, 사회적 변화에 대해 '마더 테레사 효과'라는 이름을 붙였다. 구체적으로는 남을 위한 봉사활동을 하는 것은 물론이고 남의 선행을 보기만 해도 인체의 면역 기능이 크게 향상되는 것을 말한다.

'마더 테레사 효과'는 아프리카의 남수단에서 헐벗고 가난하고 병든 사람들을 위해 봉사하다 세상을 떠난 이태석 신부에게도 해당되는 개념일 것이다. 영화 〈울지마 톤즈〉를 보며 우리나라 사람들의 면역 기능이 향상되었을 것은 틀림없다.

이와 비슷한 것에 '헬퍼스 하이Helper's High'라는 게 있다. 가족이나 친구가 아닌 낯선 사람을 도울 때 사람들은 공통적으로 머릿속에서 엔도르핀이 분출하는 것을 경험하고 도취감을 느낀다는 것이다. 마치 마라톤을 하는 사람이 어느 순간 '러너스 하이Runner's High'를 경험하는 것과 비슷하다. '헬퍼스 하이'는 남을 돕는 봉사를 하고 난 뒤에 심리적으로 '하이' 상태가 며칠 또는 몇 주 동안 지속되는 현상을 말한다. 의학적으로도 혈압과 콜레스테롤 수치가 현저히 낮아지고 활력이 넘친다고 한다.

봉사를 많이 하는 사람들은 불면증이 사라지고 만성통증이 줄어들며 감기에도 잘 걸리지 않는다고 이야기한다. 면역항체가 증가한데다 행복하기까지 하니 오래 살 수 있을 뿐 아니라 삶의 질 또한 높아질 수밖에 없다. '하늘은 스스로 돕는 자를 돕는다'는 말은 '하늘은 남을 돕는 자를 도와 오래오래 행복하게 살게 도와준다'고 고쳐 말할 수 있겠다.

"불우이웃을 도웁시다" "장애우를 도웁시다"처럼 누군가를 돕자는 구호와 문자가 주변에 흘러넘친다. 이기적인 인간이 자신의 몫을 조금 덜어내 이웃에 보탤 때 행복과 건강, 장수마저 얻을 수 있도록 설계한 존재는 누구일까 새삼 궁금해진다. 단 저 위대한 설계자는 우리가 남을 도울 때, 그저 돈만 기부하고 마는 것보다는 실제 도울 상대와 만나 몸으로 도와주는 것이 훨씬 더 큰 효과를 내도록 만들었다는 것을 생각할 필요가 있겠다.

허공을 쳐다볼 때는 발밑의 구덩이를 조심하세요

1.

고속도로는 물론이고, 서울의 올림픽대로나 강변북로 같은 자동차 전용도로에서는 자동차 뒷좌석에 앉은 사람도 반드시 안전띠를 매야 한다. 전국 120개 자동차 전용도로에서 뒷좌석에 앉은 사람의 안전띠 착용이 의무화되었기 때문이다. 뒷좌석 탑승자가 안전띠를 매지 않았다 적발되면 탑승자가 아닌 운전자에게 과태료가 부과된다. 안전띠를 매지 않을 경우 시속 48킬로미터에서 사고가 나도 뒷좌석 탑승자가 앞좌석 운전자를 덮치는 경우가 발생한다. 이때의 충격은 7층 높이의 건물에서 떨어지는 것과 마찬가지라고 하는데 안전띠를 매면 충격을 절반 이하로 낮출 수 있다는 것이다. 이런 취지를 담은 문장이 어느 날 내 눈에 포착되었다.

"뒷자석에서도 안전띠를 매세요"

국도에서 막 고속도로로 진입하다 마주친 전광판에 나타난 그 문구 때문에 나는 사고를 낼 뻔했다. 소리까지 내며 웃다가. 그러니 절대 웃어서는 안 될 일이었다.

웃음의 진원지는 '뒷자석'이라는 단어였다. 뒷자석이 있으면 앞자석도 있을 것인데 극이 다른 자석끼리는 서로 붙으려는 성질이 있으니 어떤 차의 앞자석과 앞에 달리고 있던 다른 차의 뒷자석이 본성에 따라 서로 다가가려고 할 때 어떻게 말릴 것인가, 하는 생각이 떠올라서였다. 웃느라 내 차의 진행 속도가 느려졌고 뒤에서 따라오던 차가 옆 차선으로 들어섰다가 신호도 없이 갑자기 차선을 바꾸며 앞으로 들어오는 것을 뒤늦게 발견했다. 급브레이크를 밟으며 경적을 울리자 옆 차선에서 들어온 차도 신경질적으로 마주 경적을 울려댔다. 고속도로 위에서 어디다 정신을 팔고 있느냐는 듯이.

고속도로의 문자 전광판에 교통 정보와 함께 나타나는 그 문구에서 '뒷자석'은 물론 '뒷좌석'을 잘못 쓴 것이다. '자석'과 '좌석'이 다르다는 것은 웬만한 초등학생도 다 알고 있다. 고속도로 전광판에 정보와 문장을 올리는 주체는 한국도로공사나 교통안전공단, 경찰청 같은 공공기관일 것이다. 거기에는 '뒷좌석 탑승자 안전띠 의무 부착'에 관한 정보를 전광판에 올려야겠다고 입안한 사람이 있었을 것이고 그런 뜻을 담은 문장을 쓴 사람, 입력한 사람도 있었을 것이다. 그렇게 여러 '어른'이 관여했으면서도 '뒷자석'이 '뒷좌석'을 대신하게 된 이유를 알 수 없다. 그뒤 몇 달 동안 같은 문장이 전광판에서 명멸하고 있었는데 고쳐지지 않은 이유도 알 수 없었다. 더이상 우습지도 않았다.

요점은 이렇다. 고속도로나 자동차 전용도로처럼 한순간의 주의 분산이 큰 사고를 초래할 수도 있는 곳에 쓰이는 문장은 정확하고 분명해야 한다는 것이다. 수많은 사람들이 오가는 도로에 걸릴 공공의 문장이라면, 맞춤법과 문장의 전문가가 아니라도 좋으니 상식을 가진 사람에게 물어보고 확인하고 정하라는 것이다. 사소한 오류가 근본적인 신뢰를 무너뜨릴 수가 있기 때문이다.

2.

요즘 산에 가면 "정상 2.1Km 1시간 20분" 하는 식으로 이정표가 설치되어 있는 경우가 많다. 국립공원뿐만 아니라 '행복도시'를 표방하는 도시 주변의 어지간한 산에도 지방자치단체에서 설치한 것으로 추정되는 이정표가 수십 개는 있다. 그런데 많은 사람들이 그 팻말에 쓰인 거리와 시간이 사실과 다르다고 여기고 있다. 어떤 사람은 산에서 날씨보다 믿지 못할 것이 바로 그 이정표라고 한다.

먼저 꼬불꼬불한 산길의 거리를 어떻게 측정했는지 알 수가 없다. 누군가 직접 걸어서 측정했다고 한다면 걸리는 시간이 남녀노소에 따라 다를 것이고 밤낮, 계절, 날씨에 따라 달라질 것인데 어떤 설명도 없다. 날씨가 변화무쌍한 산에서 사실과 다른 이정표를 믿고 갔다가 조난당해 사고라도 나면 책임질 사람은 누구인가. 차라리 그런 이정표 없으면 각자 주의를 하든가 미리 알아보고 갈 것이다.

세금을 들여서 만들고 누군가가 높은 곳까지 힘들게 가지고 와서 설치했을 그 이정표가 그걸 세운 지방자치단체의 신뢰를 깎아먹는 데 참으로 눈부신 역할을 하고 있다. 그런데 이정표를 설치하고 관리하는 당사자들은 이정표를 설치하느라 너무 힘을 뺀 나머지 틀렸다고 지적하는 소리를 전혀 듣지 못하는 것인지 도대체 이 단순한 잘못이 고쳐지지 않는다. 혹시 이렇게라도 미워할 상대를 만들어주어서 두고 두고 욕을 하면서 말로만 행복한 도시의 일상에서 쌓인 스트레스를 풀라는 배려가 있는지도 모르겠다.

근래 한강에서 가까운 길을 산책하다가 상수도 정수장에 걸린 현수막에 "건강하고 맛있는 수돗물"이라는 문장이 적혀 있는 것을 보았다. 보통 '건강하다'고 하는 건 인체를 비롯한 생명체에 붙이는 형용사다. 물과 공기, 바람, 바위 같은 무생물을 두고 건강하다고 하는 건 이상하다. '맛있는 물'이 전혀 말이 되지 않는 것은 아니지만 맛이 있고 없는 것을 판단하는 것은 수돗물을 마시는 시민이지 공급하는 쪽이 아니다. 수돗물은 미사여구로 포장하거나 생산, 공급하는 주체가 고생해서 열심히 하고 있다고 생색을 낼 대상이 아닌 것이다. 과학적으로 잘 정수해서 안전하다, 깨끗하다는 말로도 될 것을 뭔가 더 좋다고 강조하기 위해서 지어낸 문장인 것 같은데 방향이 틀렸다. 공공의 문장은 정확해야 할 뿐 아니라 가치중립적이어야 한다.

이런 생각을 하며 허공을 바라보며 걷다가 그만 빗물에 팬 웅덩이에 발이 빠지면서 나자빠지고 말았다. 주의를 하라는 표지도 책임을 물을 사람도 보이지 않았다.

중독의 언어, 각성의 문장

어느 일본인이 일본의 역사와 문화에 관해 쓴 책을 읽은 적이 있다. 그 책에는 현대사회에 중요한 역사적 업적을 남긴 무명인을 기리는 내용이 들어 있었는데 그 무명인은 바로 'TV쇼'를 만든 프로듀서였다. 쌀을 세는 단위인 석石('섬'에 맞먹는 양으로 요즘 단위로 계산하면 144킬로그램)을 영주의 징집에 따라 언제든 전쟁에 참전할 수 있는 장정 한 사람이 일 년 동안 먹는 군량으로 계산한 것과 함께 오래도록 기억에 남아 있었다.

쇼는 '보이는 일이나 보여주는 구경거리'를 통칭한다. 우리가 살고 있는 세계는 갖가지 형태, 다양한 종류의 쇼로 가득하다. 패션쇼, 레이저쇼, 마술쇼, 퀴즈쇼, 정치쇼, 이런저런 것을 버무린 버라이어티쇼가 있고, 속어로는 거짓이 쉽게 드러나는 억지스러운 쇼를 '생쇼'라고도 한다. '쇼 하고 있네'가 '소설 쓰고 있네'와 비슷한 의미로 쓰이면서 막 소설을 쓰기 시작한 나의 향상심을 자극하기도 했다.

오늘날 'TV 쇼'는 이십여 년 전보다 훨씬 더 많아졌고 그중 상당수는 '예능'으로 진화했다. 생존경쟁을 통해 최후의 1인을 선정하는 TV 서바이벌 프로그램을 포함한 '리얼리티쇼'와 유명인이 나오는 '토크쇼' '줄기차게 밥해 먹는 걸 보여주는 예능 프로그램' 등이 대표적이다. 이런 쇼에 출연하는 사람들은 연기가 아닌 실제의 경험을 보여주고 좀처럼 털어놓기 힘든 속이야기를 털어놓음으로써 화제를 불러일으키기도 한다. 이러한 화제는 다음날 인터넷과 신문 지면에 중요한 정책 결정이나 강력범죄보다 훨씬 더 비중 있게 다루어진다. 그런 쇼가 성공하는 이유가 대중의 관음증을 채워주어서라든지, 삶이 잔인한 경쟁 세계라는 통속적인 믿음을 확인시켜주고 패배자들의 흐느낌과 자기 고백이 자신은 그보다 낫다는 안도감을 주기 때문이라든지 하는 해석이 나온다. 아무튼 '쇼'와 '예능'은 정복왕을 연상케 하는 기세로 정치, 사회, 경제, 문화, 세계 전 부문으로 영역을 넓혀가고 있다.

대부분의 쇼는 친숙하고 쉬운 언어와 문구, 자극적 이미지로 표현된다. 쇼를 볼 때는 머리를 많이 쓸 필요가 없다. 쇼는 누구나 이해 가능하다. 쇼의 출연자들이 유명인이고 그들이 진실된 어조로 자신의 이야기를 털어놓으면 사람들은 그들과 친하다는 생각을 하게 된다. 유명인들이 말하는 방식은 유행어가 되어 대중의 언어와 사고방식에 끼어든다. 쇼가 끝날 때 우리는 현실로 돌아와야 하지만 그것이 주는 좌절감과 열등감을 감당할 수 없기 때문에 다른 쇼를 찾아 채널을 돌리게 된다. 이러한 중독의 메커니즘 속에서 쇼와 현실을 구별하는 일이 점점 어렵게 된다.

언어는 인간만이 가진 지적 도구이고 인류를 만물의 영장으로 만든 무기였다. 하지만 TV쇼에서 쓰이는 언어는 초등학생 어린이와 부모가 다함께 이해할 수 있도록 하향 평준화되어 있다. 이미지로 대체 가능한 것은 모두 바뀌었다. 복합적인 현실과 심도 있는 사고를 반영하는 성인의 언어, 단어와 문장이 가진 지적인 기능은 쉽고 자극적이고 파편화된 '쇼 언어'에 밀려나고 있다. 쇼 언어를 모르거나 이해하지 못하는 사람은 얼뜨기가 되고 시류에 뒤처진 사람 취급을 받는다.

『미국의 굴욕』을 쓴 크리스 헤지스에 따르면 하루 평균 네 시간씩 TV를 시청하는 미국인 3분의 1이 문맹이거나 간신히 읽고 쓸 줄 아는 사람이다. 2007년 미국 전체 가구의 80퍼센트가 단 한 권의 책도 사서 읽지 않았다. 2018년 '국민 독서 실태 조사'에서 우리나라 성인 열 명 중 일 년에 책을 한 권이라도 읽은 사람의 비율(독서율)은 성인 59.9퍼센트, 학생 91.7퍼센트였다. 미국보다는 나으니 다행이라고 할 수 있을까. 하지만 쇼와 쇼 언어는 매체를 가리지 않고 진화하고 있고 일상과 사고에서 차지하는 비중이 무서울 정도로 높아지고 있다. 쇼가 아닌 사실이나 뉴스조차 쇼를 닮아간다. 연출이 진실을 대체하고 진지함을 현혹이 대신한다.

문장은 인간의 언어가 가장 고도로 정련된 지성의 결정체이다. 독서를 통해 문장을 쓴 사람과 대화하는 것은 지적 수준을 높이고 스스로의 존재에 대한 자각을 가능하게 한다. 문장으로 교육받고 각성된 사람은 현실이 어떤 것인지 주체적으로 판단하고 대안을 모색하는 성숙한 능력을 가지게 된다. 지적 언어인 문장, 문장의 결과물인 책은 적어도 남에 의해 만들어지고 조작된 느낌을 내 것인 양 혼동하게 하지는 않는다.

    문명과 문화, 사람을 세계의 주인으로 생각하는 인문주의는 모두 '글文'을 바탕으로 하고 있다. 인류의 어둠을 밝힌 문명이 우리 스스로의 눈을 찔러 맹목으로 만드는 일은 없어야겠지만 집단적 문맹, 우중화된 사람들 뒤에 무책임한 선동 정치와 전체주의의 그림자가 어른거리고 있는 것을 나는 본다.

아이가 본받는 부모

인간이 지구상에 존재하는 다른 종과 가장 두드러지게 구별되는 점은 생각을 표현하고 소통할 수 있는 복잡 미묘한 언어를 가졌다는 것이다. 언어를 통해 인류는 만물의 영장을 자처할 수 있게 되었고 문명을 이루었으며 역사를 기록해나갈 수 있게 되었다. 언어의 정수를 담고 있는 책은 인간 지성과 문화의 결정체일 수밖에 없다.

어릴 적부터 언어를 잘 다루는 아이는 영특하다는 소리를 듣는다. 유년기의 학습 수단 가운데 언어가 절대적인 비중을 차지하고 그 언어가 정돈되고 문장으로 압축, 수렴되어 교과서로 만들어지기 때문이다. 언어 능력을 키우는 것과 별 상관없어 보이는 수학의 수식이나 화학의 원소기호 또한 언어의 일종이고 특정 과목의 언어를 이해하지 못하면 제대로 공부를 할 수 없다. 평가 방식인 시험 문제, 답안 모두 언어로 만들어져 있다.

그림을 좋아하고 잘 그리고 재미있어하는 아이도 있고 음악에 뛰어난 재능을 보이는 아이도 있는 것처럼 말을 잘하고 문장을 쉽게 이해하고 책을 좋아하는 아이도 있는 법이다. 그런데 그림이나 음악에서 남보다 뛰어난 재능을 보이는 아이에게 '참 똑똑하다'고 칭찬하지는 않는다. 그런 칭찬은 책을 많이 읽고 언어에 대한 감각이 뛰어나 말을 잘하는 아이나 글을 잘 쓰고 쉽게 이해하며 표현하는, 특히 언어로 만들어진 시험 문제를 어려워하지 않고 쉽게 푸는 아이에게 주어지게 되어 있다. 음악과 미술에 재능을 가진 아이들을 위해 준비되어 있는 칭찬은 '신동' '천재' 같은 것인데 문학에 재능을 보이는 아이에게 '문학 신동'이라는 말은 쓰지 않는다. 언어 분야의 천재성은 그만큼 비슷한 재능을 가진 아이들 사이에서 확연히 두드러지는 탁월함이나 노력이 뒷받침되어야 눈에 띌 수 있어서이다.

책이 인류가 만들어낸 가장 고차원의 언어인 문장, 글을 담고 있으니만큼 책을 읽고 이해하고 공감하고 즐기는 데는 그만한 훈련, 지성이 필요하다. 같은 언어라도 텔레비전의 예능 프로그램이나 드라마를 볼 때는 굳이 머리를 써가며 그 속의 언어를 들을 필요는 없다. 그것은 적당한 훈련과 지성이 필요하지 않은 그냥 재미있는 '말'이기 때문이다. 흥미로운 자극에 반응하면 되는 것처럼 단순하기 때문에 텔레비전을 볼 때의 전체적인 두뇌 활동이 현저하게 떨어진다. 곧 머리를 쓰지 않고 쉬고 싶으면 아무것도 하지 않는 것보다 텔레비전을 보는 편이 낫다고 한다.

책이 담고 있는 글은 그 글을 쓴 사람이 가지고 있는 단어의 바다에서 신중하게 혹은 직감적으로 선택한 단어와, 그 단어를 그 나름의 필연성에 의해 조합한 문장으로 이루어진다. 한 문장은 앞뒤의 문장과 호응하고 그 문장이 들어 있는 문단과 전체 글에서 조화를 이뤄야만 '좋은 글'이라는 소리를 들을 수 있다.

글을 쓰는 사람은 물론 읽는 사람 또한 능동적으로 대뇌의 전두엽에 충분한 혈액과 에너지를 공급해가며 지적 활동을 펼치게 된다. 문장을 통해 대화하고 공감하고 상상하고 희로애락을 경험한다. 결과적으로 두뇌의 지적 활동을 왕성하게 만드는 책은 인간의 정신 근육을 키운다.

학교를 다녀본 사람들은 공부를 잘하기 위해서는, 곧 학습 능력을 증진시키기 위해서는 공부와 별로 상관없어 보이는 체육이나 쉬는 시간이 필요하다는 것을 안다. 적당한 운동을 한 학생의 집중력과 기억력, 이해력은 계속 책상머리에 붙어 있는 공부벌레에 비해 훨씬 높다는 연구 결과가 있다. 책을 읽는다는 고도의 정신 활동은 육체의 건강을 가져온다. 과학이 발달함에 따라 인간의 장기는 대부분 이식이 가능하게 되었지만 두뇌만은 해당되지 않는다. 곧 두뇌는 누구에게나 단 하나밖에 주어지지 않고 대체 불가능하고 그만큼 중요하면서 아직 모르는 게 많은 신체기관이다. 이런 두뇌를 단련시키고 건강하게 하는 운동에 책을 읽는 것처럼 쉽고 흔하면서 효과적인 게 없다.

이러니 책은 건강과 장수에 확실히 도움이 된다. 또한 책을 통해 습득한 정보와 지식은 경제적 건전성에도 기여할 것이다. 적어도 책을 읽는 동안은 게임 중독, 쇼핑 중독, 알코올 중독에 빠지거나 도박을 하거나 투기를 하지는 못하니까 비이성적인 낭비 행위를 막는 효과는 확실히 있다.

이렇게 좋은 점이 많은데도 책을 읽는 아이들 보기가 지하철에서 책 보는 어른 보기만큼이나 어렵다. 공부하라, 책을 보라는 부모와 선생님의 성화와 강요에 억지로 보는 교과서, 참고서, 문제집이 아닌 자신이 좋아서, 즐기면서 책을 읽는 아이들을 말한다. 아이에게 책 읽기의 유용함을 가르쳐주고 즐길 수 있게 해주고 습관이 되도록 해주는 것은 물고기를 굽고 뼈를 발라 매일 코앞에 갖다 바치는 게 아닌, 물고기를 잡을 수 있는 기술을 가르쳐주는 것과 같다. 아이가 자라서 어른이 되면 자신이 경험한 책 읽기의 좋은 점, 즐거움을 자신의 아이에게 물려줄 터이니 자신의 유전자가 남들의 그것보다는 오래도록 이어지기를 바라는 생명체의 본성에 합치되게 만드는 면도 있다.

그렇다면 어떻게 아이들이 책을 좋아하고 자발적으로 읽게 만들까. 내 경험에 의하면 두 가지 방법이 유용하다. 하나는 용돈을 주면서 용돈 일부로 책을 사도록 권유하는 것이다. 용돈이지만 제 돈이 된 것을 가지고 책을 사면 그 돈이 아까워서라도 열심히, 재미있게 읽으려고 할 것이다. 공짜표, 초대권으로 음악회나 연극을 봤을 때와 제 돈으로 표를 사서 연주회, 공연을 볼 때 관객의 집중도, 즐거움이 달라지는 것과 같은 이치다.

두번째 방법은 첫번째 방법에 비해 돈이 덜 들면서 간단명료하고 부모에게도 유익하며 효과 또한 영구적이다. 바로 부모가 책을 읽는 것이다. 아이가 보건 말건 알건 말건 눈치를 보든 말든 신경쓸 것 없이 그저 좋아하고 재미있는 책을 읽고 있으면 된다. 다만 텔레비전 앞에서 책을 읽는 것은 효과가 반감되거나 거의 없다는 데 주의해야 한다.

2017년 기준 전 세계의 독서율(일 년간 수험서, 교과서, 만화를 제외하고 책을 단 한 권이라도 읽은 사람의 비율) 순위에서 OECD 주요 국가 중에서는 스웨덴이 85.7퍼센트로 1위를 차지했다. 핀란드와 미국이 그 뒤를 이었고 한국이 4위를 차지했으며 일본, 스페인, 이탈리아순이었다. OECD 국가 평균 독서율은 76.5퍼센트로 한국의 독서율을 상회했다. 나는 독서율이 낮은 것이 나쁘다고, 독서율이 낮은 국가에 망조가 들 것이라고 말할 생각은 없다. 다만 책을 통해 주체적이고 지성적으로 사는 편이 모든 사람이 바라는 행복한 삶에 가까울 것이라고는 믿고 있다.

부자가 되는 이유

조선시대 명문가의 후손으로 11대째 서울에서 거주해온 집안의 일원인 사업가 K대표를 만났다. 그는 대뜸 저녁을 먹으러 가자고 하면서 인사동 주변의 음식점으로 나를 비롯한 몇몇 사람을 이끌었다. 파고다공원 뒤 길가 음식점 한 군데에 들어가 앉자 미리 주문이라도 한 것처럼 막걸리가 날라져 왔다. 막걸리를 가져온 몸집이 큰 남자에게 K대표는 메뉴에는 보이지 않는 '돼지 코'를 주문했다. 돼지 코를 어떻게 먹느냐고 의아해하는 사람들에게 그는 이렇게 설명했다.

"돼지는 가축 중에서도 지능이 높고 깨끗한 것을 좋아하는 동물이죠. 그런데 돼지는 코 가지고 의외로 많은 일을 해요. 냄새를 맡는 건 기본이고 땅속에 뿌리 같은 걸 찾을 때도 코를 쓰죠. 돼지는 코를 가지고 마음에 드는 이성을 분별해내기도 하고 코에서 나는 소리로 의사 표현을 하기도 하지요. 그렇게 중요한 기관이 코이다보니 혈관이 많이 모여 있고 감각수용체도 많으면서 근육과 콜라겐이 적절히 배합돼 있다 이 말이에요. 물고기도 지느러미 부분하고 아가미 아래쪽이 맛있다는 게 많이 움직이고 쓰는 부분이라 그렇거든. 돼지는 코를 먹어야만 진짜 한 마리를 다 먹는 거라고."

설명을 듣는 중에 두 마리분의 돼지 코가 작은 접시에 썰려 나왔다.

K대표는 또 그 음식점의 냉면이 싸고도 일품이라면서 언제 와서 꼭 먹어보라고 했다. 그러면서도 그 자리에서는 그 냉면을 먹지 못하게 했다. 한 마리에 얼마 되지도 않는 돼지 코는 금방 다 떨어졌고 모듬 전을 안주로 막걸리 잔이 비워지고 난 뒤 일행은 순식간에 계산을 마친 K 대표를 따라 자리에서 일어섰다. K대표는 근처 해장국집으로 빠르게 이동해서 우리가 각자 해장국 한 그릇씩을 주문하도록 했다. 손님이 예닐곱 명 있었는데 대부분 나이든 사람들로 막걸리를 마시고 있었다. 그들은 그 식당 분위기에 쉽게 동화되지 못하고 두리번거리는 우리 일행을 신기하다는 듯 넘겨다보고 있었다.

그런데 해장국 한 그릇의 값이 2천 원밖에 되지 않았다. 뚝배기 우거지해장국 한 그릇과 밥 한 공기, 깍두기가 딸려 있었다. K대표는 해장국을 국물 한 방울조차 남기면 안 된다고 경고했다. 그 이유는 이랬다.

"내가 아까 그 집에서 냉면을 못 먹게 한 건 그거 먹고 배가 불러서 이 식당에서 음식을 남길까봐 그런 거예요. 이 식당에서는 다른 손님들이 우리가 음식 남기는 걸 이상하게, 아니 못마땅하게 생각할 거니까. 식당 밥 한 끼에 만원 가까이 하는 세상에 이 해장국이 말도 안 되게 싸다고는 하지만 여기서 밥을 먹는 사람 중에는 길거리 다니면서 포장박스 주워다 팔아서 오는 사람도 있고 어쩌면 몇 끼를 굶고 겨우 천원짜리 두 장 들고 오는 사람도 있을 거예요. 이 집은 그런 사람들을 위해서 새벽 5시면 문을 열고 밤 12시까지 영업을 해요. 그런 사람들한테 언제 돈이 생길지 모르고 또 언제 올지 모르고 왔는데 문이 닫혔으면 다른 데 가서 이런 따뜻한 국밥을 먹을 수도 없으니까."

그러고 나서 그는 비로소 국밥을 떠먹기 시작했다. 말 그대로 밥알 하나 남김없이 그릇이 바닥을 드러내자 그는 목소리를 낮춰 이렇게 말했다.

"이 집이 이렇게 허름해 보여도 이 집 사장님이 알부자예요. 근처에 있는 빌딩을 몇 개 가지고 있다는 소문이 있어요."

"이렇게 음식을 싸게 팔고 있는데도 부자가 됐다고요? 그게 가능합니까?"

내가 묻자 그는 웃으며 대답했다.

"도대체 돈 쓸 시간이 없었다더라고. 일 년 삼백육십오 일 쉬는 날 없이 새벽부터 한밤중까지 영업하는데 놀러갈 시간이 있나 허튼짓 할 새가 있나. 그냥 오로지 돈이 모이는 대로 멀리도 못 가고 근처에 있는 부동산에 투자를 했더니 그렇게 됐답니다."

예로부터 적선을 베푸는 집에는 반드시 경사가 있다더니, 그저 벌어서 쓰지 않는 것으로 부자가 된 셈이었다. 복 받을 일이며 본받을 일이다.

전문가의 생업

E는 자전거에 관한 한 최고의 전문가다. 처음 산악자전거를 구입하던 십수 년 전에 그런 전문적인 지식을 가진 사람을 만난 것 자체가 내게는 큰 행운처럼 여겨졌다. E는 자전거를 고르고 타는 법에서부터 자전거 타기에 어떤 효용이 있는지, 자전거와 사람이 어떤 관계를 맺어왔는지, 자전거가 등장한 이후 인류가 어떤 불가역적인 변화를 겪었는지 내게 가르쳐주었다. 자전거가 인류의 삶과 문화, 가치관에 크나큰 영향을 끼친 것처럼 나 역시 변화할 것이라고도 했다. 나는 전문가로서 그가 가지고 있는 탁월한 식견, 특히 자긍심에 깊은 감명을 받았다.

십수 년이 지난 지금 E는 여전히 사람들에게 자전거를 공급하고 고쳐주고 관리해주는 일을 하고 있다. 다만 과거와 달리 그와 같은 일을 하고 있는 사람의 숫자가 많이 늘어났다. 자전거 인구도 폭증했다. 그중에서도 선수들이나 탈 만한 고성능, 고가의 자전거를 타고 즐기려는 사람도 많아졌다. E는 그런 사람들의 수요에 맞추어 자전거를 대신 골라주고 적정한 이익을 얻었다. 폭리를 취할 수도 없는 것이 스마트폰을 몇 번만 톡톡 두드려도 대충의 가격이 나오는 세상이고 그렇게 하기에는 E의 직업윤리, 자존심이 허락하지 않았다.

하지만 요즘에 E에게 좋은 자전거를 골라달라고 말하는 사람은 거의 없다. 웬만한 사람은 자신이 원하는 자전거를 가지고 있기 때문이다.

E에 따르면 좋은 자전거일수록 엄밀한 관리가 필요하고 제대로 된 지식을 갖추고 적절한 방식에 따라 타는 것이 중요하다. 그렇게 해야만 비싼 자전거가 제 몫을 하고 수리 비용이 적게 들기 때문이다. 날이 따뜻해지고 자전거를 타기에 좋은 계절이 돌아오면서 많은 사람들이 E에게 자전거를 가지고 찾아온다. 고장을 수리하고 부품을 교환하며 청소를 해달라고 한다. E를 통해 구매를 하지 않은 자전거가 훨씬 더 많다. E는 자신에게 찾아오는 사람들의 자전거를 기꺼이 돌봐주고 있다. 특히 묵혀뒀던 자전거를 분해해서 깨끗이 청소할 것을 권한다. 청소를 제때 해야만 부품이 제 기능을 한다는 것이다.

E가 자전거 한 대를 낱낱이 분해하고 청소한 뒤 다시 조립하는 데까지 두 시간 가까이 걸리는데 청구하는 비용은 2, 3만원밖에 되지 않는다. 하루종일 청소만 몇 대 하고 지나가는 경우도 적지 않다고 한다. 그런 낮은 부가가치의 뒤치다꺼리며 허드렛일만 해서는 가게 임대료, 관리비를 내고 나면 손에 쥘 수 있는 게 별로 없다. 그가 가진 고급 기술과 지식 또한 퇴행하고 있다. 그렇다고 비용을 더 받을 수도

없다. 인터넷이며 소셜미디어, 입소문을 통해 당장 다른 곳과 비교가 되고 바가지를 씌우느니 뭐니 하여 악소문이 난다. 무엇보다 자전거를 사랑하고 자전거를 타는 사람들을 좋아하는 E로서는 자전거와 관련해서 그런 구설에 오르는 것을 견디지 못한다.

어쩌다 E의 가게에 들러 앉아 있다보면 사람들이 어떻게 굴러왔는지 궁금할 정도로 지저분하고 문제투성이인 자전거를 가지고 온다. E는 누구든 반갑게 맞지만 나는 한숨부터 나온다. 그렇다고 누가 누구를 나무라겠는가. 경쟁사회의 현실, 자본의 논리가 사람 잡는 세상에서 E와 같은 일을 겪는 장인, 전문가들은 생존을 지속하기 위해 악전고투를 거듭하고 있다.

어느 날 그들이 모두 견디지 못하고 후계자도 없이 사라진 자리에 사람의 모습을 한 AI가 들어선다면? 값이 싸질지 비싸질지는 몰라도 내 자전거를 맡길 마음은 들지 않을 것이다. 내가 요즘 푹 빠져 있는 그릇들, 방짜 유기, 칠기, 목기, 발우, 도자기를 만드는 장인들은 또 어찌 되나…… 아니, 코가 석 자인 내가 지금 남 얘기를 하고 있을 때인가?

껍질이 본질을 뒤흔드는 세상

　요즘 사람들은 피부만 보아서는 나이를 알 수 없는 경우가 많다. 소녀와 꽃미남을 내세운 대중문화의 총아인 가수들이 젊다못해 아예 어려진 것은 어제오늘의 일이 아니고 그들에게 열광하는 부모뻘 나이의 아줌마, 아저씨들 또한 예전에 비하면 십 년은 젊어 보인다. 어릴 적 사립문을 열고 집밖으로 나가면 천명天命이 뭔지 어렴풋이 알게 된 나이에 장죽을 허리춤에 꽂고 손자를 안고 나온 할아버지들이 마을길을 소요하곤 했다. 그들의 얼굴에 새겨진 굵은 주름은 경험과 지혜의 징표였다. 요즘은 남녀노소를 불문하고 주름 보기가 쉽지 않다. 성형술, 화장술, 영양 공급과 외모 관리에 관한 과학·기술이 과거에 비할 수 없이 발달하다보니 그럴 것이다.

　한 사람의 외양, 피부와 외모가 그 사람의 모든 것인 양 숭상하고 찬양하는 오늘날의 풍속은 인류 역사상 미증유의 것이지 싶다. 빈자의 표징이 헐벗음과 비만이듯, 이제 관리하지 않은 외모와 피부가 사회적 약자의 상징처럼 바뀌어가고 있다.

왜 이렇게 되었을까. 우리가 먹고 마시고 보고 듣고 느끼는 게 모두 겉만 번지르르하고 피상적인 것일진대 이렇게 되지 않는 게 이상한 게 아닐까.

우리가 먹는 음식은 재료를 여러 번 가공해서 보기 좋고 먹기 쉽게 만든 것이다. 뇌리 깊숙한 곳을 뒤흔드는, 추억과 감동이 함께하는 깊이 있는 맛이 아니라 누구나 아무렇게나 배를 채우고 말면 그뿐인 것들이 많다. 언론, 특히 방송이나 인터넷 매체에 의해 널리 알려지고 과장되게 떠받들어지고 있는 음식점도 사정은 마찬가지다. 아무리 전문가의 감식안을 빌린 것이라고 해도 결국 자신이 직접 맛보고 느낄 수 있는 깊은 맛이 아니라 피상적인 선입관으로 포장된 음식인 것이다. 몇 번 먹지 않아 질릴 수밖에 없다.

말 잘하는 사람이 인기를 끌고 숙고와 지혜에서 나온 문장보다는 자극적이고 부박한 유행어가 쉽게 받아들여지고 퍼지고 있다. 말은 글보다 피상적이다. 말이 아무리 매끄럽고 듣기 좋은 것이라도 생각이 오래 머물 수가 없다. 이메일은 편지보다 피상적이다. 공장산 제품은 수제품에 비할 수 없이 피상적이다. 인터넷 속의 뉴스는 신문지면의 뉴스에 비해 피상적이다. LCD 화면은 스크린에 비해, 스크린은 무대에 비해 피상적이다. 고속도로는 4차선 국도에 비해, 4차선 국도는 2차선 지방도에 비해 피상적이다. 빨리 가다보면 자신이 가고 있는 길 주변의 풍경을 마음에 담거나 그 풍경의 세부를 관찰하거나 풍경에서 위안을 얻을 겨를이 없다.

그렇다고 이런 시속 자체가 모두 문제라는 것은 아니다. 예쁘게 만드는 기술, 포장과 유통 과정에서 일자리가 생기고 이윤이 창출된다. 껍질과 외양 때문에 본질이 흐려지고 본말이 전도될 때가 문제다.

　우리의 몸과 정신, 감각기관과 뇌는 적어도 수백만 년 동안 자연스러운 진화 속도에 적응하며 외양과 내면의 균형을 갖춰왔다. 인류의 스승들은 유한한 삶과 존재의 본질을 깨닫고 부박함과 피상성을 배격하라고 가르쳤다. 뛰어난 예술가들에 의해 영혼이 송두리째 흔들리는 감동을 맛보았다. 인간 이상의 어떤 존재에 대해 경배하고 인지로는 알 수 없는 신비에 두려움을 가지게 되었다. 그러던 것이 불과 수십 년, 아니 몇 년 만에 껍질과 외양이 주인인 문화가 세상을 뒤덮고 있다.

　겉만 번지르르한 껍질은 우리의 시선을 쉽게 끌어당길 수는 있지만 겉이 미끄러운 만큼 오래도록 시선이 머물게 할 수 없다. 달콤하고 자극적인 맛은 금방 입맛을 지치게 만든다. 감각에만 영합하는 빛깔, 소리, 향기로 만든 상품이 일시적 인기를 끌 수는 있지만 오래가지 못한다. 마음을 감동시키지 못하고 인생을 변화시키지 못한다. 게다가 경쟁자가 사방에 널려 있으니 그들끼리의 미친듯한 경쟁은 인생에 관한 통찰, 감동적인 예술이 깃들 터전마저 잠식하고 지력을 고갈시켜버릴 것이다.

　피상적인 것들에 둘러싸여 피상적인 음식을 먹고 마시고 피상적인 이야기를 듣고 말초기관을 일시적으로 만족시키는 소비적 문화를 탐식하다보면 확실히 시간은 빨리 갈 것이다. 그렇게 해서 인생의 종착점에 이르게 된다면, 그때 가서 잘살았다고 할 수 있을까. 누구에게나 하나뿐인 인생은 킬링 타임용 영화가 아니며 다시 상영할 수도 없다.

자투리가 없다

어린 시절 명절이 다가오면 집안의 어른들은 읍내 포목점으로 갔다. 명주나 인조견으로 만든 옷감을 '마' 단위로 사다 옷을 만들기 위해서였다. 사탕이나 얻어먹을 수 있을까 하여 어머니나 할머니를 따라 갔다가 영국의 계측단위 야드yard에서 유래한 '마'처럼 일상에서 좀체 쓰지 않는 전문용어를 구사해가며 흥정을 하는 걸 구경하노라면 존경심이 저절로 생겨나곤 했다. 흥정이 끝나면 포목점 주인은 커다란 가위로 말려 있는 포목을 자르고는 혹 자투리가 남으면 끼워주기도 했다. 어른들은 그 옷감을 가지고 집으로 와서 떠들썩하게 여러 식구들의 새 옷을 만들곤 했는데 그 또한 뒷전에 있으면 얻어먹을 일이 많았다. 옷을 다 만들고 나면 또 자투리가 남고 새 옷이 언젠가 닳거나 떨어졌을 때 기워 입을 수 있도록 버리지 않고 잘 간수했다. 자투리는 콧물을 일상적으로 흘리는 꼬마들의 가슴에 달아줄 손수건이 되기도 했다. 자투리가 꽤나 쓸모가 있었던 것이다.

초등학교 앞에는 대장간이 있었다. 거기서는 큰 쇳덩이를 녹여 낫이나 호미, 부엌칼처럼 일상에 필요한 물품을 만들었다. 땀 흘리며 풀무질을 하고 벌건 쇠를 모루에 대고 망치로 내리치는 대장장이를 오래 지켜본다고 뭐가 떨어지는 건 아니었다. 노력하는 자에게 복이 깃들었다. 학교 건물 신축 공사장에서 철근 토막이라도 주워서 들고 가면 그 자투리 쇠로 썰매의 날을 만들어주기도 했다. 철근 토막 자투리에서 남는 자투리는 대장장이의 공임이었다.

썰매를 만들 때는 가구나 마루를 만들고 남은 자투리 판자를 썼다. 거기서 또 나무토막이 남으면 버리지 않고 끄떡대는 장롱을 괴는 받침으로 쓰기도 하고 옹이가 달아나 물이 새는 장군을 때우는 데에도 썼다. 요컨대 일상적으로 생겨나는 자투리가 모두 버릴 게 없었고 꽤나 유용했다는 것이다. 그게 없으면 생짜로 멀쩡한 옷감, 멀쩡한 쇠, 멀쩡한 나무판자를 자르고 토막 내서 써야 했으니 비용이 많이 들었다. 그런 인식이 사람들의 뇌리에 깊이 박혀 있었다. 그 덕분에 집안 곳곳에 이런저런 자투리들이 넘쳐서 복잡하기는 했다. 그걸 두고 쓰레기가 가득한 집안이라거나 청소를 안 한다고 험담하는 사람은 어디가 이상한 사람이었다.

자투리로 만든 물건 중 나를 가장 감탄하게 한 건 상보였다. 빨주노초파남보, 무지개 빛깔의 옷감 자투리가 모여 우산 모양의 둥근 상보가 돼서는 먼지가 앉을 수도 있는 밥상이나 들에 내가는 새참 광주리를 덮었다. 자칫 버려질 뻔한 것이 모여서 미학적으로도 뛰어난 일상용품이 되었다는 게 마술 같았다. 일상적으로 밥상을 대하게 되니 볼 때마다 그런 생각을 안 할 수가 없었다. 그렇게 오래도록 대하면서도 질리지 않은 것은 그것의 세부가 그만큼 다채로워서였을 것이다. 적어도 6·25 참전 16개국보다 많은 숫자의 천 조각이 모여 있었던 것 같다.

자투리를 음식에 비유한다면 떠오르는 게 김밥 '꼬다리'이다. 김밥을 말아 먹기 좋은 크기로 썰면 맨 아래와 위의 조각이 남는데 언젠가 문학 강연을 간 자리에 이것만 모아서 먹어보라고 가져온 분이 있었다. 그게 김밥 중에서 제일 맛있는 부분이라고, 보기가 그래서 그렇지 실제 김밥의 맛은 거기에 다 들어 있노라고 했다. 그 순간 이불을 만들고 옷을 지으며 떠들썩하게 이야기하고 호탕하게 웃다가 큰 양푼에 밥을 비벼서 나눠먹던 집안의 어른들이 떠올랐다. 그 김밥 꼬다리로만 도시락 하나가 다 채워졌으니 누군가 몸통에 해당하는, 상대적으로 '맛없는' 김밥을 먹었을 것이라는 생각이 들면서 미안해졌다. 미안한 건 미안한 것이고 그건 기가 막히게 맛있었다.

이제는 자투리도 상보도 보기 힘든 세상이지만 "주된 용도로 쓰고 남은 나머지"라는 자투리의 사전적 의미에 걸맞은 것은 많다. 이를테면 '자투리 시간' 같은 것이 그렇다.

횡단보도를 건너기 전 신호가 바뀌기를 기다리는 시간이 자투리 시간이다. 지하철을 기다리는 시간도 자투리 시간이며 타고 가는 시간도 자투리 시간일 수 있다. 신호가 바뀌기를 기다리며 차에 앉아 있는 운전자에게도 수시로 자투리 시간이 생긴다. 이런저런 자투리 시간은 여러 가지로 유용하게 쓸 수 있다. 잠깐 잠을 잘 수도 있고 기분전환을 하는 데도, 음악을 듣거나 쉬거나 한동안 만나지 못한 사람을 그릴 수도 있다. 덮어뒀던 책을 읽는 것도 좋고 어릴 적 친구를 떠올려도 되고 주말 여행 계획을 짤 수도 있다. 아무것도 하지 않고 아무 생각도 하지 말고 그냥 있는 것도 좋다.

요즘 그 자투리 시간은 전자기기의 액정 화면을 들여다보는 데 쓰이고 있는 것처럼 보인다. 모르긴 해도 대한민국에 사는 사람들 자투리 시간의 총합 가운데 절반 이상은 스마트폰에 바쳐지고 있을 것이다. 길거리에서나 지하철에서나 모두들 그저, 하염없이, 속절없이 스마트폰을 들여다보고 있는 것으로 보아 그렇다.

스마트폰을 들여다보느라 횡단보도를 건너야 할 사람이 웃고 서 있기도 하고 다른 사람이 갈 길을 막고 있기도 한다. 스마트폰을 들고 걷느라 신호가 바뀐 줄도 모르거나 엉뚱한 곳을 가로질러간다. 그 몰입과 부주의가 불안해 보인다.

운전자 역시 잠시 신호에 걸려 정차해 있는 동안 스마트폰을 들여다보는 게 일상화되고 있다. 전화나 문자 메시지가 오지 않아도 틈틈이 들여다보던 휴대전화와는 집중도 면에서 전혀 다른 양상을 보인다. 스마트폰은 뉴스와 드라마와 TV 화면과 쇼프로그램을 무한정 공급할 수 있다. 트위터나 페이스북 같은 소셜네트워크서비스는 한국인의 천재적인 다중 업무 수행 능력을 감안한다 하더라도 시선과 주의를 스마트폰에 훨씬 더 오래, 자주 붙들어 맨다.

운전자가 보행자와 다른 것은 그 자신의 몰입과 부주의한 행동이 자칫하면 큰 사고를 불러올 수도 있다는 점이다. 횡단보도 앞에서 차가 잠깐 서 있는 동안 소셜미디어와 뉴스 화면을 들여다보고 있던 운전자, 뒷차의 경적에 놀라 갑자기 출발하다 스마트폰을 들여다보며 건느라 미처 차도를 벗어나지 못한 보행자를 치는 경우는 없을까. 분명히 있다. 모르긴 해도 많을 것이다.

그래서 남을 다치게 하고 경제적, 시간적 손해를 입고 보상을 해주어야 한다면 얼마나 억울할까. 아무런 잘못 없이 다치고 입원하고 불편을 겪고 심지어 수명까지 줄어드는 사람에 비해서는 아무것도 아니지만.

그렇게 유용하던 자투리가, 자투리 시간이 멀쩡한 존재의 항상성을 위협하고 수명을 갉아먹는다면 그 자투리, 자투리 시간은 차라리 없는 게 낫겠다. 지금도 사람들은 스마트폰을 들여다보고 있다. 길거리에서 길을 가다 말고 하루 수십 번, 집안에서 잠에서 깨자마자 들여다보고 음식을 먹는 와중에도 들여다보고 일하다 말고 하루 수백 번, 차 안에서 한 손에 운전대를 쥐고 한 손에는 스마트폰을 들고 보고 또 본다. 어떤 사랑에도 그런 몰입을 경험할 수 없었을 것이다. 이제 스마트폰만 남고 사랑도 명예도 의리도 정의도 즐거움도, 광막한 황야도 문학도 원고도 다 사라져버리리라.

점방, 구멍가게, 동네 슈퍼를 기리며

　어린 시절 내가 살던 동네 어귀에는 점방이 있었다. 점방은 앞을 지나갈 때마다 일 없이도 꼭 들어가보고 싶은 곳이었다. 거기에는 문명이 있었고 신비로움이 있었다. 장독 뚜껑을 천으로 덮어둘 때 테두리를 하던 검정색 고무줄, 아기 기저귀를 할 때 쓰던 노란 고무줄, 곽성냥, 옷핀, 먼지가 뿌옇게 앉아 있는 복숭아통조림, 꽁치통조림에 양초가 있었다. 벽에는 음력 날짜가 적힌 커다란 달력과 버스 시간표가 적힌 종이쪽이 달려 있다가 문이 열릴 때마다 흔들거렸고 철 지난 파리끈끈이에 시계 초침의 발자국 같은 수많은 파리똥 자국이 벽 색깔을 결정했다. 원래부터 거기 있던 사람이든 오는 사람이든 가는 사람이든 모두 시간의 부자인 듯 느리게 움직였다.

　나는 그 점방에서 내게 소용되는 것을 산 기억이 거의 없다. 어린아이가 살 만한 것이 많았던 것도 아니다. 그런데도 나는 점방의 모양,

소리, 냄새와 총체적인 존재감을 생생하게 떠올릴 수 있다. 점방에 대한 기억이 내 삶의 일부가 되었기 때문이다.

사춘기부터 서울 변두리의 골목에서 살게 되었을 때 구멍가게가 점방을 대신했다. 빨간 공중전화기가 가게 밖에 매달려 있고 겨울이면 호빵을 찌는 찜통이 김을 내뿜었다. 흔들리던 풍선 뽑기, 가로등 아래의 노란 귤 빛깔, 집에서 연탄불이 꺼졌을 때 연탄집게를 들고 불 붙은 연탄을 사러 가던 순간을 모두 기억한다. 구멍처럼 깊은 그곳에 내가 알지 못하는 인생의 만화경이 숨어 있는 것 같았다.

스무 살 언저리에 슈퍼마켓이 등장했다. 다소간은 생경한 영어 이름처럼 흰 형광등 불빛 아래 진열된 물건 역시 낯이 쉽게 익혀지지 않았다. 하지만 그곳도 곧 골목에 사는 사람들에게 동화되어갔다. 배추와 콩나물과 두부가 가게의 목 좋은 자리에 놓이면서 슈퍼마켓은 온 동네 사람들이 발음하기 쉽게 '동네 슈퍼'로 바뀌고 골목과 삶의 일부가 되었다.

삼십대에 들어 편의점이 등장했다. 세련되고 편했다. 그런데 편의점에서 나는 무슨 일이 있었는지를 거의 기억하지 못한다. 편의점은 더이상 내 삶과 정서적으로 결부되는 공간이 아니었다.

대형 할인점 역시 마찬가지다. 나는 거기서 며칠 전 산 것들조차 기억하지 못한다. 필요 이상으로 많이 사고 필요 없는데도 사게 된다는 것 정도는 안다. 그런 물건들은 집주인도 아니면서 집안 곳곳을 점유하고 있다 소용을 다하고 나면 쓰레기가 될 뿐 내 기억에 파리똥 같은 흔적도 남기지 못한다.

점방이나 구멍가게, 동네 슈퍼가 편의점이나 할인점보다 낫다고 말할 생각은 없다. 나는 그게 좋다. 상대적으로가 아니라 절대적으로. 점방의 고무줄이나 구멍가게 앞 공중전화기가 내 삶으로 들어와 내 일부가 되었기 때문에, 그 일부는 늘 원산지를 추억하기 때문에. 무엇보다 그 가게들이 인간적이라서.

한 아이가 세상에 태어나 가게 된 최초의 가게가 대형 할인점이라면 그 아이가 나중에 어른이 되었을 때 그걸 그리워하게 될까. 아닐 것이다. 대형 할인점은 사람의 인지능력에 비해 너무 크고 천편일률적이고 효율적이어서 사람다움이 끼어들 여지가 거의 없다. 겨우 걸음마를 뗀 아기도 그런 건 금방 안다.

사람이 사람다움과 만난 기억은 천만금을 주고도 살 수 없다. 존재의 일부가 된 기억은 어떤 효용과도 바꿀 수 없다. 대형 할인점이 아무리 대단하다 해도 그런 건 가질 수도 없고 할인해서 싸게 팔 수도 없다. 영원히.

근데, 사실, 조금은, 굉장하고, 영원할 이야기

여름 저녁 동네 카페에서 노트북을 앞에 놓고 앉아 있노라면 여기 저기서 이런저런 대화가 들려온다. TV 속에서 유명 시사평론가가 하는 말이든, 이웃의 탁자에서 들려오는 대화이든 그것은 글이 아닌 말이다.

그런데 이런 말과 대화, 이야기 속에 '없어도 되는 것'들이 글쓰는 게 직업인 내 귀에는 유난히 잘 들려온다. 말과 글은 같은 언어에 속해 있으니 어쩌면 간섭하기 좋아하는 친척처럼 누가 해달라고 하지도 않았는데 머릿속에서 교정, 교열이 진행되는 것이다. 그런 것들의 예에는 '아니…… 근데…… 있잖아…… 어떻게 보면' 같은 '발어사'나 간투사가 있다.

이런 것들은 대개 '별다른 쓸모가 없는 군더더기 말'이라는 뜻의 췌사贅辭에 해당하나 전혀 뜻이 없는 건 아니다. 말과 취사선택된 단어에는 그것을 쓰는 사람의 태도가 엿보이게 마련이다. 그 사람이 수동적인가, 능동적인가, 과시형인가, 실속형인가…… 습관적으로 '아니' '근데'를 반복하는 사람은 타인에 비해 논리적이고 타인을 설득하여 자신과 같은 편으로 이끌거나 논파하려는 성향이 있는 것 같다. '있잖아'는 무에서 유를 창조하는 유형이다. '어떻게 보면'은 자신의 주장이 틀릴 수도 있다는 것을 알고 있고 그에 대비하는 신중함이 느껴진다.

대화에 흔히 동원되는, 유행을 타는 부사어들도 있다. 단독적으로는 특별한 의미를 갖지는 않지만 앞뒤의 단어, 형용사, 동사 등을 부연하고 강화시키는 효과가 있다. '진짜(정말), 엄청나게(엄청), 조금(약간), 굉장히(굉장하게), 사실(사실은, 사실상)' 같은 것들이다. 진실성을 강조하고(진짜, 정말, 사실), 그것이 거창하고 의미가 큰 일임을 설득하기 위해 과장하며 만일의 경우에 대비해 살짝 결정을 유보하거나 보험을 들어놓는다(조금, 약간은). 간투사와 마찬가지로 어떤 사람의 이야기 한 문장에 어떤 부사어가 얼마나 들어가는지 관찰하다 보면 그 사람의 성향을 혈액형보다 분명히 확인할 수 있다.

발어사나 간투사, 부사어는 그 자체로는 큰 의미가 없다. 뒤나 앞에 오는 '본체'를 수식하고 강조하는 효과가 있을 뿐이다. 그 본체라는 것 또한 특별할 게 없다. 이미 스마트폰 속의 뉴스나 언론과 소셜미디어의 이슈로 많은 사람들에게 알려지면서 소비되고 말았거나, 단지 자극적이고 이목을 끌기 쉽다는 이유로 우리의 삶과 별 관련이 없으면서도 우리의 주의력을 강탈해간 것들이다.

요점은 사람들이 나누는 '그 이야기의 본질은 내용이 아니고 이야기 그 자체'라는 것이다. 대부분의 사람들은 대화를 하기 위해 적당한 화제로 '본체'를 등장시킨다. 중요한 것은 서로 이야기를, 대화를 하고 있다는 것 바로 그것이다.

대화는 지속된다. 세상이 두 쪽이 나도, 저녁을 먹은 뒤 여름밤의 산책과 카페에서의 나직한 이야기와 두런거림은 영원히 지속되어야 마땅하다. 그것은 얼마 전까지 서로 잡아먹을 듯 으르렁대던 두 나라 정상끼리의 역사적 회담 못지않게 중요하다. 비록 그것이 "아니…… 진짜…… 그래서…… 그러니까…… 아주 조금…… 굉장히…… 있잖아…… 사실은…… 말이지"로만 남는다고 하더라도. 우리의, 사람과 사람 서로 간의, 지성체 간의 대화는 무엇과도 바꿀 수 없이 귀중하고 단 한 번, 한 순간뿐인 우리의 삶이자 비전이며 성스러움에서 비루함까지 인간세의 표리를 명경처럼 반영하는 것이니.

4부

여행
뒤에
남는
것들

어느 좋은 날

그러니까 삼십여 년 전 6월의 어느 날이었을 것이다. 공휴일인 현충일이 일요일 다음날이라 연휴 기간이었다. 생애 두번째 지리산에 갔고 종주 산행에 나선 길이었다. 첫번째 산행이었던 일 년 전과 마찬가지로 혼자였다. 다행히 지리산 능선을 걷는 내내 비는 오지 않았다.

첫번째 종주 때와는 반대로 지리산의 정상 천왕봉으로 먼저 오른 뒤에 능선을 따라가다가 노고단으로 하산하는 노정을 잡았다. 체력이 충분한 산행 초기에 힘든 길을 주파해놓고 나머지는 느긋하게 가자는 계획이었다. 서둘 일도 없었고 속도는 내 마음대로 조절할 수 있었다. 그래서 혼자 온 것이었다. 그런데 바로 그 혼자라는 것 때문에 스스로의 타고난 변덕스러움을 통제할 수 없다는 게 문제였다.

종주 산행이 막바지에 다다라 노고단까지 두어 시간만 더 가면 되는 위치에서 왼쪽으로 빠지는 소로를 우연히 발견했다. 그 길 옆에 있는 무덤가에 앉아서 그 후미지고 작은 길이 있는 이유를 생각해봤다. 보통 산길은 짐승이 내고 그다음이 심마니나 사냥꾼, 나무꾼 차례가 되며 등산로는 가장 나중에 난다. 짐승이나 생업에 종사하는 마을 사람보다는 등산 인구가 훨씬 많으므로 등산로는 널찍하고 가기 편하게 만들어져 있게 마련이다. 거기까지 생각하고 나는 충동적으로 좁은 길로 접어들었다. 길 아닌 길, 남들이 좀처럼 가지 않는 길, 뭔가 모를 신비를 그늘처럼 내장하고 있는 길로 가는 게 천성이고 지금까지 좀처럼 변하지 않는 기질이기도 하다.

좁은 길은 곧 아래로 빠지며 가팔라졌다. 울창한 나무로 하늘이 보이지 않았고 두꺼운 부엽토와 나뭇잎 더미에 등산화가 푹푹 빠졌다. 십여 분쯤 내려온 뒤 잠시 멈춰서 주변을 살핀 끝에 나는 계속 가기로 결정했다. 힘들여 온 게 아까워서. 그게 또한 나라는 인간의 속성이다. 인적은 물론 새소리조차 나지 않는 산길을 한 시간 가까이 내려가자 멀리서 물소리가 들려오기 시작했다. 물소리를 듣자 목이 말라왔다. 그게 발걸음을 더욱 재촉하게 만들었다.

물소리를 따라 길에서 약간 벗어나자 눈앞이 훤해지며 절벽이 나타났고 절벽 아래로 물 떨어지는 소리가 들렸다. 절벽은 중간이 꺾여 있어서 높이를 알 수 없었지만 물소리로 봐서 그리 높을 것 같지는 않았다. 게다가 몸 하나가 통과할 만한 길쭉한 틈이 있어서 중간까지 가서 그냥 뛰어내리면 될 것 같았다.

나는 별생각도 망설임도 없이 몸을 그 틈에 밀어넣었다. 바위 모서리를 손으로 잡고 중턱까지 쉽게 내려갔다. 마침내 꺾인 부분에 다다라 아래를 내려다보니 이게 웬일인가. 남은 절벽의 높이가 10미터 이상은 될 것 같았다. 절벽 아래는 바위투성이었고 그 사이를 고사목과 가시덤불이 창 같은 가지와 가시를 치켜세우고 있었다. 한마디로 갈 길이 아니었다.

나는 왔던 길을 올려다보았다. 내려오는 것은 쉬웠지만 올라가는 건 거의 불가능해 보였다. 배낭을 벗어놓지 않는 한은. 먼저 텐트를 배낭에서 풀어서 절벽 아래로 굴렸다. 이어서 배낭을 던지려는데 오른편으로 아까는 보이지 않던 틈이 보였다. 잘하면 그리로 갈 수 있을 것 같았다. 나는 배낭을 최대한 멀리 던지고 그 틈에 달라붙었다. 그 순간 축축한 이끼에 발이 미끄러지며 몸이 절반쯤 아래로 밀려갔다.

그로부터 나는 이십여 분 동안을 그 절벽에 매달려 있어야 했다. 그 틈은 길은 길이되 사람이나 동물이 다닐 길이 아닌, 물길이었다. 내가 물이 아닌 바에야 미끄러져서 떨어진다면 곧바로 죽거나 다쳐서 천천히 죽게 될 게 뻔했다. 등산로가 아닌데 지나가는 사람이 있을 리 없어서 구원을 해달라고 요청할 대상은 하늘밖에 없었다.

하늘은 스스로 돕는 자를 돕는다. 그대로 매달려 있다가는 힘이 다 빠지고 허기져 죽을힘을 다해볼 기회가 없을지도 몰랐다. 팔을 양쪽으로 최대한 뻗쳐 틈을 밀면서 등을 절벽에 밀착시킨 채 조금씩 천천히 미끄러져내려갔다. 하늘이 나를 돕기 시작한 것은 그때부터였다. 대충 보기로는 알 수 없게 절벽은 밋밋하게 경사가 져 있었고 표면이 거칠거칠한 화강암 바위는 강한 마찰력을 가지고 있었다. 일 분에 30센티미터, 십 분에 3미터, 삼십 분에 10미터…… 그렇게 한없이 느린 속도로 미끄러져간 끝에 마침내 절벽 바닥에서 1미터쯤 되는 지점에 이르렀고 아래로 무사히 뛰어내릴 수 있었다. 10여 미터를 이동하는

데 사십 분이 걸렸으니 시속으로 0.015킬로미터, 그 느림이 나를 살렸다.

다시 태어난 경건한 느낌에 절벽 아래 꿇어 엎드렸다. 부들부들 떨리는 팔을 뻗어 바위 아래의 물을 움켜 마셨다. 세상에 그토록 달고 차고 시원하고 깨끗한 물이 있을 줄이야. 배낭과 텐트를 찾아 메고 들고 물이 인도하는 대로 따라가니 햇빛이 들어오는 계곡이었다. 세상에 그토록 맑고 따뜻하고 눈부시며 영원한 위로 같은 햇빛은 그전에도 그후에도 없었다. 그 계곡의 풍광 같은 풍광은 다시없고 그 바람과 같은 바람은 다시없었다. 그해 6월의 어느 날 오후만큼 가슴이 벅찬 오후는 달리 없었다.

이처럼 누구에게나 있는 평생 지울 수 없는 황홀한 한때는 어떤 대가든 치르고서 얻어진다. 먼저든 나중이든 간에.

눈부신 힘

2010년 6월, 나는 독일 베를린의 햇빛 속에서 부유하는 먼지처럼 천천히 움직이고 있었다. 베를린에는 6월 초부터 8월 말까지 삼 개월 동안 체류할 예정이었다. 베를린에 도착한 이후 한동안은 시차에 적응해야 하는 것처럼 새로운 환경에 스스로를 적응시키기 위해 일없이 시간을 흘려보내는 게 필요했다.

그러던 어느 날 멕시코의 화가 프리다 칼로의 전시회가 열린다는 이야기를 들었다. 인터넷으로 표를 예매하려던 차에 그 전시회를 다녀온 칠십대 남자의 이야기를 듣게 되었다. 그는 프리다 칼로의 그림에서 엄청난 충격을 받았고 다시 가볼 수 있다면 좋겠다는 생각도 하고 있지만 자신에게 주어진 한정된 시간 때문에 영원히 다시 갈 수 없을 것 같다고 했다.

전시회에는 20여 점의 작품이 걸려 있는데 한 작품당 이 분의 감상

시간을 관람객에게 허용하고 있고 한 관객이 작품을 감상하고 있는 동안 다른 사람은 그의 뒤를 지나치거나 방해하지 말아야 하는 게 규칙이라고 했다. 그는 오전 7시에 예매한 표를 챙겨서 집을 나섰으나 점심을 샌드위치로 때우면서 줄을 서 있다가 오후 3시가 지나서야 입장이 허용되었다고 했다. 집에 돌아온 건 저녁때가 다 되어서였다. 질려버린 나는 전시회를 가는 대신 인터넷으로 그림을 대충 훑어보고 프리다 칼로의 드라마틱한 삶에 관한 이야기를 읽는 것으로 시간을 '절약'했다. 어쨌든 프리다 칼로 덕분에 베를린에 또다른 흥미로운 전시가 없는지 살펴보게 되었고 베를린 필하모닉 오케스트라 근처에 있는 베를린국립회화관Gemäldegalerie에 가보기로 했다.

"13세기에서 18세기에 걸친 유럽 회화 예술의 정화가 모여 있다"는 홈페이지의 설명과는 달리 미술관 입구에서 약 1킬로미터, 그러니까 거의 미술관 전체의 절반에 해당하는 그림을 보는 동안 내 눈을 잡아끄는 작품은 없었다. 주로 독일 출신의 화가들이 그린 귀족과 가족의 초상, 어디를 그렸는지 알 수 없는 비슷비슷한 풍경화, 성인이며 순교자며 성경에 등장하는 유명한 인물을 주인공으로 하는 그림들은 넓은 면적을 차지하며 지루할 정도로 많이 전시돼 있었다. 반환점을 도는 기분으로 말굽자석처럼 되어 있는 미술관 가운데의 벽면을 돌아서고 나서 나는 처음으로 마음을 뒤흔드는 그림을 만났다.

그건 네덜란드 화가 렘브란트 판 레인이 그린 〈요셉의 두 아들을 축복하는 병상의 야곱〉이었다. 죽음이 임박한 백발의 할아버지가 어린 손자들에게 손을 내밀고 아들과 며느리가 그 모습을 지켜보고 있는 그림이었다. 그런데 그 정경이 갑자기 내 눈물샘을 치기라도 한 듯 자극하는 바람에 눈물을 쏟고 말았다. 기둥에 몸까지 의지한 채, 그들의 일가족이나 되는 듯이. 이 분이 아니라 오 분은 충분히 지났으나 그 그림 앞을 떠날 수 없었다. 내 뒤를 따라오던 단체 관람객들이 그림보다는 눈물을 흘리고 있는 나를 더 흥미롭게 관람하면서 지나갔다. 나는 대책없이 '관광'을 당하고 있다가 어디선가 한국말이 들려오는 바람에 겨우 걸음을 뗄 수 있었다. 미술관에서 나와 해가 중천에서 내리쬐는 야외 매점에서 생맥주를 한 잔 주문했다.

차가운 생맥주 한 잔을 다 마시고 나서 나는 내가 눈물을 흘린 이유는 혼자라 외로워서, 향수 때문에, 어린 시절 성당에서 렘브란트와 루벤스 같은 거장들이 그린 성화를 교재로 성경 공부를 하던 게 환기되어서 그런 것이라고 결론지었다. 일과성 사고라고 규정한 뒤 일단은 봉인해두었다.

그러나 그로부터 사십 일 뒤 뮌헨의 노이에피나코테크 미술관에서 그 봉인은 사정없이 뜯겨져나갔다. 봉인을 뜯어낸 그림은 렘브란트와 같은 나라 출신인 빈센트 반 고흐의 것으로 유명한 그림 〈해바라기〉의 옆에 있던 평범해 보이는 풍경화 〈오베르 부근 풍경: 밀밭〉이었다. 고흐가 죽기 직전인 1890년 여름에 오베르쉬르우아즈에서 완성한 작품이었다. 인적이 없는 빈 들판에 초목과 곡식이 무성하게 자라고 있고 하늘에는 구름이 떠 있었다. 거기에 사람은 아무도 없다는, 누구도 보이지 않는다는 것이 엄청난 전압을 가진 고독의 전류로 흘러 그림 속 공간을 팽팽히 대전帶電시키는가 싶었는데 다시 내 눈에서 눈물이 솟구쳐 흘렀다. 이미 한번 겪은 일이어서 나는 지나가는 사람들이 내 눈물을 공짜 관람할 수 없도록 그림 앞으로 다가가 정면으로 마주

보고 섰다. 눈물을 흘리며 깨달았다. 나는 고독했고 그 고독의 독성을 씻어내리기 위해 눈물이 필요했노라고. 또한 봉침과 같은 고독이 번잡함과 세속에 찌들어 있던 나를 치유했을 것이라고.

눈물은 은혜로운 것이었다. 스스로의 바쁜 발걸음을 멈추게 하고 돌아보게 하며, 정화된 마음으로 주변을 살펴보게 하는 신의 선물 같은 것이었다. 어떤 사람은 내 눈물이 그 나이가 되면 으레 찾아오는 호르몬 실조 때문이라고 했고 이역에서 마음이 약해져 사소한 일에도 눈물바람을 하는 것이라고도 했다. 하지만 나는 아직까지도 그 눈물이 내 인생에서 가장 기억될 만한 '분비물'로서의 자격이 있다고 믿는다.

되로 주고 말로 받는 여행

　'라오스를 생각하는 사람들의 모임'을 결성한 지 이 년 만에, 회원 열다섯 명이 라오스 땅을 밟았다. 나를 포함한 발기 회원 두 사람이 이 년 전 이맘때에 라오스를 다녀왔는데 그 두 사람은 라오스의 자연 경관이나 음식, 관광 상품보다는 단연 라오스의 아이들에게 깊은 감동을 받았다. 아이들의 천진난만함, 낙천성이 모두 인상적이었으나 결정적인 건 라오스의 아이들이 어린 시절의 나, 우리를 생각나게 했다는 것이었다. 맨발에 더벅머리, 헐벗은 몰골을 하고도 초면의 외방인에게 티없는, 무조건적인 선의에서 우러나오는 웃음을 보여주고 손을 흔드는 것을 보고 가슴이 뭉클해졌던 게 두고두고 라오스를 생각하고 그리워하고 종내 다시 가게 만드는 업보를 지게 만들었다.

　따라서 모임을 결성할 때도 '왜 그 일을 하는가. 무엇을 위하여, 언제까지 할 것인가'에서 내가 어릴 적 가장 하고 싶었던 것을 기준으로 삼았다. 그건 바로 라오스의 아이들이 제대로 된 축구공으로 축구를 하게 해주자는 것이었다.

돼지오줌통이나 새끼줄 뭉친 것을 차던 윗세대보다는 형편이 나았지만 어린 시절 나나 내 또래 아이들은 가죽 외피가 없는 고무공이나 플라스틱 공, 배구나 핸드볼 같은 다른 구기 종목에 쓰는 공을 축구공으로 썼다. 학교 대표라도 되면 제대로 된 축구공을 찰 수 있는 기회가 주어졌겠지만 내 재능은 학교 대표는커녕 학급 대표 되기에도 한참 미달이었다. 그럼에도 불구하고 축구는 무척이나 하고 싶었다. 동남아에서 해마다 열리는 메르데카컵, 킹스컵에 월드컵과 올림픽 예선이 시도 때도 없이 중계되는 판이었고 다른 어떤 종목의 스포츠보다 축구에 대한 남녀노소의 열광은 압도적인 것이었다. 누구나 축구를 좋아했고 TV와 라디오의 축구 중계를 보고 들으며 터질 듯한 가슴으로 "슈우우웃!"과 "꼬우링!"을 외치며 광분했었다. 그때의 내 모습과 같은 모습을 한 라오스의 아이들이라고 다르지 않을 것이니 다른 선물은 몰라도 축구공은 무조건 환영을 받으리라는 확신이 있었다.

라오스의 아이들 모두에게 축구공을 보내줄 수는 없는 노릇, 라오스 중부에 있는 방비앵이라는 도시 근처의 농촌 마을에 있는 재학생 127명의 초등학교를 현지 여행사의 주선으로 선정하게 되었고 매월 조금씩 모은 회비를 가지고 축구공을 사서 보내자는 데 회원들이 합의했다. 막상 알아보니 초등학생들이 차고 따라 뛸 만한 축구공값은 회원 한 달 회비인 3만원이면 충분했다. 축구공이 닳아서 못 쓰게 될 때마다 새로 사준다 해도 일 년에 열 개면 될 터인데 모인 회비는 훨씬 많았다.

"골대나 골 그물도 공 못지않게 중요하다고요. 골대가 없어서 돌덩어리 놓고 축구하다가 그 돌에 정강이를 부딪치거나 발가락을 찧어본 사람은 알죠. 금방 시퍼렇게 멍들고 얼마나 아픈지 몰라요. 골대만 있어도 안 되는 게 골 그물이 없으면 공이 뒤로 한참 달아나버리잖아요. 그거 주으러 뛰어갔다가 오는 동안 김이 다 새버리거든. 기왕 지원할 거면 축구공하고 골대, 골 그물을 세트로 지원해주는 게 좋아요."

내 주장은 축구 골대나 골 그물보다 아이들 교실에 선풍기를 달아주는 게 훨씬 시급하다는 여론에 따라 일단 보류되었다. 어쨌든 현지에 가봐야 사정을 알 터, 라오스로 출발하기 일주일 전쯤 회원들이 모였다. 그때 축구공을 가져다줄 그 초등학교에서 월남전 때 미군이 투하한 포탄 껍데기를 학교 종으로 쓰고 있는 형편이라는 게 전해졌고 긴급동의로 종을 사가자는 제안이 통과되었다. 원래 가져가기로 했던 축구공 다섯 개와 배구공 다섯 개에, 공에 바람을 넣을 펌프도 더해졌다. 또 무엇을 더 가져가면 좋을까 설왕설래가 오가던 중에 학용품 또는 영양제나 구급약, 구충제 같은 걸 사가자는 제안도 나왔다. 그중 특별히 환영을 받은 의견은 축구를 싫어할 수도 있는 여자 어린이를 위해 머리띠를 사가자는 것이었다. 총무가 말했다.

"아이들 절반이 여학생이라 쳐도 70명인데 머리띠는 한 백 개 사도 얼마 안 할 거예요. 홍대 앞 같은 데만 가도 예쁜 게 많을 거고요."

하지만 정작 공항에 일행이 모였을 때 선물로 준비된 건 종과 공뿐이었다. 머리띠를 사러 갈 시간이 없어서 못 샀고 다른 물품은 현지에 가서 정말 그들이 필요로 하는 것을 알아보고 나서 구입해주자는 쪽으로 의견이 모아졌다.

방비앵 시내에서 5킬로미터쯤 떨어진 농촌에 있는 나두앙 초등학교 교정, 낡은 대나무로 만든 교무실 앞에 서 있는 야자나무에 우리가 사 가지고 간 종이 매달리고 첫번째 종소리가 터져나왔을 때 가슴이 먹먹해졌다. 우리가 가지고 간 축구공은 곧 소똥과 잡초가 뒤섞인 운동장에 던져졌고 아이들은 공을 따라 미친듯 뛰기 시작했다. 일행 중 몇몇은 군대 축구를 하듯 아이들과 함께 몰려다니며 뛰고 공을 찼다. 바닥에 나둥그러져 소똥과 입을 맞출 지경이 되어도 웃음이 터져나왔다. 대나무를 잘라 만든 커다란 새장 같은 교실, 빗물이 줄줄 새는 교무실과 낡아 쓰러지기 직전인 칠판이 말없이 우리를 지켜보고 있었다.

일행 중 막내이자 '총무 보좌'라는 중차대한 직책을 맡고 있던 J는 키가 크고 성실, 순박한 철학도였다. 그는 우리가 어디를 가든 인원을 헤아리고 심부름과 뒷수발을 하느라 제대로 여행을 즐길 겨를도 없었는데 전체 일정의 절반이 지날 때쯤 폭포와 숲, 강이 함께 어울려 있는 코끼리 투어에 따라나섰다. 네댓 명이 코끼리를 타는 동안 다른 사람들은 인근을 산책하거나 숲속에 들어가거나 폭포 옆에서 그림을 그리기도 하면서 나름대로의 시간을 보냈다. J도 오랜만에 홀가분한 마음으로 숲속으로 가는 오솔길을 따라가며 망중한을 즐겼다. 한 시간쯤 지나 돌아갈 시간이 되었다고 생각하고 길을 돌아나오던 J는 갈림길에 서 있던 라오스 남자에게 입구가 어디 있느냐고 물었다. 그러자 라오스 남자는 자신의 등뒤를 손가락으로 가리켜 보였다. J는 남자가 가리킨 대로 한참을 들어갔으나 길이 무성한 숲에서 끊어져버린 것을 알게 됐다. 길을 돌아나온 J는 남자에게 다시 길을 물었다. 이미 다른 사람들은 다 입구에 모여 있을 시간이라 J의 마음은 초조했다. 그러자 남자는 다시 손가락으로 자신의 등뒤를 가리키더라는 것이었다. 나중에 숨이 턱까지 차서 입구로 달려나온 J는 이렇게 말했다.

"그 남자 손가락이 45도쯤 굽어 있는 걸 나중에 알았어요. 나는 그냥 손가락이 쭉 뻗어 있을 거라고 지레 생각하고 엉뚱한 방향으로 갔던 거고요."

그렇다. 손가락을 꼿꼿이 펴서 길을 가리키는 민족도 있고 손가락 끝마디를 살짝 구부려서 정확한 방향을 지시하는 사람도 있다. 그걸 무시해서는 안 된다. 그랬다가는 숨을 헐떡거리며 땀깨나 흘리게 된다.

라오스를 출국하기 하루 전, 시내를 걸어다니는데 곳곳에서 여자아이들이 직접 만들거나 어른들이 만들어주었을, 또는 공산품일 수도 있는 머리띠를, 그것도 예쁘고 개성적이고 아이들은 물론 어른들도 충분히 좋아할 법한 머리띠를 팔고 있었다. 라오스의 아이들답게 호객 같은 건 전혀 하지 않았고 천사처럼 어여쁜 미소를 지으며 우리를 바라봐주었다. 그 순수한 눈망울을 보고 있자니 가슴이 찌르르했다.

"이 아이들 때문에 여기에 또 안 오고는 못 배긴다, 정말."

요원의 불길을 바라보며

중국 헤이룽장성 곳곳의 농가에서는 거둬들인 노란 옥수수를 말리고 있었다. 샛노란 옥수수가 작은 산을 이루고 온 마당을 덮고 곳간을 그득하게 채웠다. 물론 그것을 겨울을 날 양식으로 삼는 게 아니다. 옥수수를 팔아서 양식과 생필품과 아이들 학용품도 사야 한다. 옥수숫값에 비해 옥수수를 팔아서 구입해야 할 물건은 무섭다 할 정도로 비싸다. 그래서 이곳에서 가족농 형태로 농사를 짓는 사람들은 대체로 가난하다.

옥수수 농사가 끝나고 나면 마른 옥수숫대는 잘라서 집으로 들여놓는다. 가축들 사료나 연료로 쓸 수 있을 것이다. 옥수수밭에는 옥수수의 거센 뿌리와 질긴 잎사귀, 줄기의 일부가 남는다. 그런 것들은 밭에서 좀체 썩지 않는다. 그것을 없애지 않으면 이듬해 옥수수 농사를 지을 수가 없다.

대부분의 농부들은 밭에 불을 질러서 그것들을 태움으로써 문제를 해결한다. 불탄 뒤 남은 재는 비료가 되기도 한다. 하지만 밭을 불태우면 막대한 양의 연기와 미세먼지가 발생하고 마을과 집, 사람의 안전을 위협할 수가 있으며 기후 변화에까지 영향을 미칠 수 있으므로 지방정부에서는 옥수수밭에 불을 지르지 못하게 규제를 하고 있다. 헤이룽장성 빈현의 빈안진 진청에는 붉은 바탕의 플래카드에 흰 글씨로 쓴 구호가 선명했다.

"밭작물 소각 금지! 우리의 발전과 생태계와 농업을 위하여! 옥수수를 잘 이용하면 수익을 얻지만 태우면 벌을 받는다!"

하지만 농부들은 옥수수밭에 불 지르는 일을 멈추지 않는다. 뿌리를 일일이 파낼 수도 없고 줄기와 잎사귀를 치울 일손도 없으며 비료도 농약도 부족하기 때문이다.

어스름이 밀려오는 초겨울 늦은 오후, 옥수수밭에 불을 지르는 농부들이 있었다. 쥐불놀이하는 아이들이 쓰는 것 같은 깡통에 불을 담아 끝없이 넓은 들판에 남아 있는 옥수수 잎과 줄기, 그루터기에 불을 붙이고 있었다. 거기서 나오는 연기로 빨갛게 지는 해에 햇무리가 졌다.

처음에는 앞에서 가는 차의 번호판이 보이지 않았다. 나중에는 앞에서 가는 차가 트럭인지 승용차인지 식별되지 않았다. 종내에는 새까만 어둠에 우유처럼 연기가 섞여들어 천지가 카페라테 빛깔이 되었다.

이윽고 어둠이 밀려오고 나서 달리는 차의 양쪽 차창으로 불타오르는 옥수수밭이 펼쳐졌다. '요원燎原의 불길'처럼 불은 곳곳에서 타올랐다. 옥수수가 불이 되고 연기가 되었으며 대지라는 무대 위 불길한 불의 춤으로 변했다. 헤이룽장성 성도인 하얼빈의 중심 대로에도 옥수수 연기가 들어찼다. 마스크를 쓰지 않고는 숨쉬기가 거북할 정도였다. 공포스럽기까지 했다.

내가 지난여름 휴가철에 도로변에서 사먹은 찐 옥수수, 극장에서 먹은 팝콘, 청량음료에 들어간 감미료, '치킨'의 튀김옷, 닭을 튀기는 기름, 닭이 먹는 사료가 모두 옥수수에서 나왔을 것이다. 옥수수는 어디에나 있었다. 모습이 불과 연기와 미세먼지로, 음식으로, 생필품과 학용품으로, 옥수수 그 자체로 계속 순환되고 바뀌었을 뿐.

농부들은 물론이고 우리 자신도 옥수수를 생산하는 데 드는 비료와 농약, 물뿐 아니라 부산물 처리에 옥수수값이 훨씬 넘는 비용을 치르고 있는 것은 아닐까. 옥수수가 주는 이익은 누군가가 독과점해서 가져가고 그것이 가진 엄청난 위험성과 환경 파괴라는 부작용은 잘 알아볼 수 없도록 잘게 나뉘어 지구촌 곳곳에, 우리의 삶과 후대로 분산되어 흡수되고 있는 것이다. 당장 그것을 어찌할 수는 없다 하더라도 알고는 있어야 한다, 결코 잊지 말아야 한다고 생각했다.

여행 뒤에 남는 것들

　인류는 약 오백만 년 전 동부 아프리카 남쪽의 유인원 오스트랄로
피테쿠스에서 기원했다고 전해진다. 약 이십만 년 전 오늘날 우리와
똑같은 모습의 호모사피엔스가 출현했는데 칠만여 년 전부터 아프리
카의 지각 변동과 기후 변화 등으로 서식 환경이 급속히 달라지면서
홍해를 건너 아라비아반도로 이주했다. 당시 아라비아반도는 강과 호
수, 울창한 숲, 넓은 사바나로 이루어져 있었다. 살기 좋은 곳에 정착
한 종족도 있었고 어떤 이유에선지 여행을 지속하기로 결정한 부족도
있었다. 일부는 유럽으로, 일부는 아시아로 향했고 일부는 정글과 사
막과 산악, 섬에 정착했다. 일만 이천 년 전 남아메리카 남단에 도착
한 타고난 여행자들도 있다. 일부 호모사피엔스는 동아시아에 도달해
서 이전에 이미 존재하고 있던 호모에렉투스와 유전자가 섞이며 한민
족의 조상이 되었다.

우리의 조상이 된 호모사피엔스가 지금 살고 있는 곳이 아무리 좋더라도 무조건 동쪽으로 가지 않으면 안 된다는 집단적 강박관념을 가지고 있었거나 신의 계시를 받았다 치고, 한 세대에 동쪽으로 평균 20킬로미터씩 이동했다면 여기까지 오는 데 약 750세대가 걸렸을 것이다. 한 세대를 이십 년이라고 하면 일만오천 년이다. 생존에 필수적인 것 말고 대를 이어 일만 오천 년간이나 존속할 수 있는 가치가 뭘까? 그것이 내가 오늘날 여행을 하는 이유가 아닐까?

750세대나 이어진 가치관이라면 유전자에 포함되기에 충분하다. 아니 그 가치관이 우성인 종족이 현재의 인류가 되었을 것이다. 곧 인간은 여행하는 존재인 것이다. 뒤집어 말해 여행을 하지 않는 인간은 없다. 하늘에 떠다니는 무수한 비행기, 땅을 달리는 차, 바다의 배, 자전거, 걸어가는 사람들을 보더라도 인간의 유전자에는 여행 유전자가 들어 있다는 것을 금세 알 수 있다. 여행은 유전자와 본능에 따라 움직이는 행동이다. 인간이 여행을 하는 건 영혼, 혹은 인간성에 장착된 불수의근의 작용 때문이다.

여행은 휴식이라는 점에서 우리 삶에 아주 중요하고 필요불가결하다. '열심히 일한 당신, 떠나라'라는 광고 카피가 한때 많은 사람을 떠나게 만든 적이 있었다. 많은 사람이 공감한 그 문구의 맥락에 따르면 열심히 일한 사람에게는 휴식이 필요한데 떠나는 것, 곧 여행이 열심히 일한 것의 보상이다.

떠나야 함에도 떠나지 못하고 다시 열심히 일을 해야 한다면? 일 자체의 효율도 떨어질 것이고 사고가 나게 된다. 일터를 떠나지 못하는 바람에 우리 뇌, 인간을 가장 인간답게 만드는 뇌의 전두엽, 전전두엽이 쪼그라드는 사고는 지금도 나고 있다. 전전두엽을 위해서라도, 우리가 인간답게 살기 위해서라도 쉬어야 한다. 가장 바람직한 건 쉬면서 오감을 다 만족시키고 기분 전환도 하고 정신의 근육량을 늘리면서 재충전을 하는 것, 휴식 뒤의 자신이 이전의 자신보다 더 건강하고 향상되게 할 수 있는 것인데 이러한 요구를 모두 충족시킬 수 있는 종합선물세트가 바로 여행이다.

내가 좋아하는 예술가들은 대부분 여행자였다. 그들은 조상으로부터 물려받은 유전자의 특성에 가장 충실한 삶을 살기 위해 여행을 선택했다. 타고난 여행자들은 직관력이 뛰어나고 미지에 대한 호기심, 탐구욕이 남달리 왕성했다. 볼프강 아마데우스 모차르트는 유소년기의 긴 연주 여행에서 다양한 나라, 수많은 음악가의 음악을 흡수하고 이해하여 결국 자신의 것으로 소화해냄으로써 불멸의 음악을 창조했다. 프랑스의 시인 아르튀르 랭보는 16세부터 세 번의 가출로 여행을 시작하고 기차를 무임승차했다가 감옥에 갇히기도 했으며 특유의 방랑벽으로 유럽 전역을 돌아다녔다. 이후 문학 세계를 벗어나 유럽은 물론, 중동, 자바 등지를 전전하면서 노동자, 용병, 건축 감독, 무기상 등으로 일하게 된다. 여행은 다리 절단 수술로 죽을 때까지 계속되었다.

이십대 초반 그의 시 「나의 방랑생활」을 읽었다. '난 쏘다녔네, 터진 주머니에 손을 집어넣고/ 짤막한 외투는 관념으로 변했지,/ 난 하늘 아래로 나아갔고, 시의 여신이여! 난 당신의 충실한 종/ 오, 랄랄라 난 얼마나 많은 사랑을 꿈꾸었는지!'를 암송하며 나는 전율을 느꼈다. 그 전율의 실체는 최초로 경험하는 인류적 연대감이었다.

이십대 중반에 알게 된 이후 내내 탐닉하게 된 칠레의 시인 파블로

네루다는 '영원히 호기심 많은 상습적 여행자'로 정의되어 있다. 칠레에 가서 네루다가 살다 간 흔적을 보며 나는 그처럼 될 수 있기를 열망했다. 그후로도 나는 여행의 기회가 주어졌을 때 망설임 없이 떠나고 또 떠났으며 떠나고 보았다.

그래서 무엇이 남았던가? 나는 언젠가 묻게 될 것이다. 어두워지는 시야로 허공을 바라보며 스스로에게, '너의 이번 여행은 즐거웠던가' 하고. 미리 대답을 만들어두자면 '여행은 무엇을 획득하기 위한 사업이 아니라 무엇을 잃지 않으려는 본능적인 행동일 뿐이며 그 무엇은 인간으로서의 본성이다.'

필립 한든의 『소박한 여행』(김철호 옮김, 강, 2004)에 따르면 에마 그랜마 게이트우드라는 여성이 3500킬로미터의 애팔래치안 트레일을 종주한 것이 예순일곱 살 되던 해였다. 침낭, 텐트, 등짐, 지도도 없이, 불도 거의 피우지 않고. 등산화 대신 운동화를 신었는데 다섯 켤레가 닳아 없어졌다. 이어 두 번 더 똑같은 길을 걸었고 일흔두 살이 되던 해에는 길이 3200킬로미터인 오리건 트레일을 걸었다. 언제나 혼자서.

여행에서는 에마의 운동화처럼 무엇인가 닳아 없어지고 몸무게가 빠지듯이 각자에게 주어진 시간이 치약이나 비누처럼 줄어들 것이다. 그러고도 사진이 남을 것이다. 들추어보며 추억을 되새기기에는 너무 많고 복잡다단해서 죽을 때까지 정리되지 않고 다시 들여다볼 일도 좀체 없을. 무료 클라우드 서비스의 메모리의 태반을 점유하고 있을 것이나 "아이고, 의미 없다" 하고 웃어버릴.

어떤 여행에서든 무엇이 남고 남지 않았으며 얼마만한 손해를 보았고 어떤 건 '개이득'이었으며 '가성비'가 좋았는지 따지는 건, "아이고, 부질없다!" 우리는 여행을 통해 삶을 온전하게, 제대로 사는 것뿐이니.

새벽, 개벽

5월 어느 저녁, 중국의 오랜 도시 시안 도심에서 버스를 타고 가다 어떤 건물 1층에 눈이 멎었다. 현금자동입출금기 위에 현수막처럼 가로로 긴 플라스틱 간판이 있었고 새하얀 조명이 켜져 있었으며 그 위에 초록색으로 쓰인 글자는 '24小時 自助銀行'이었다. '24소시'는 '이십사 시간', '자조은행'에서 '자조'는 '스스로 하기(셀프 서비스)'로 번역될 듯했다.

그러다 버스 창틀에 팔꿈치를 댄 채 문득 몽상과 생각에 빠져들었다. 현대라는 것, 문명적이라는 것 때문에 우리는 어둠을 무척 많이도 잃었구나. 밤을 잃었다. 잠을 잃었다. 조명과 전등, 이십사 시간 영업, 인터넷이 우리에게서 어둠과 밤과 잠을 훔쳐가는 절도단의 행동대원들이다. 더이상 어둠은 배부르게 신비를 잉태하지 못한다. 어둠은 그저 불편할 뿐이다. 고요함은 밤과 외교를 단절했다. 거룩함은 오랜 벗인 고요함을 따라가버렸다.

어린 시절 어둠이 거대한 휘장처럼 내려온 뒤 집집마다 켜진 등불은 보석처럼 아름다웠다. 띄엄띄엄 불 밝힌 외등이 마을과 골목에 내밀한 역사를 부여했다. 깊은 밤 맑은 어둠은 멀리 떨어진 마을에서 나는 개 짖는 소리까지도 바로 이웃집에서 나는 것처럼 투명하게 전달했다. 가만히 귀기울이면 들판을 가로지는 자전거의 경적 소리, 두런거리는 어른들의 말소리도 들려왔다. 별빛은 얼마나 형형했던가. 원시성의 어둠과 이내 덮쳐오는 깊은 잠, 조금만 자도 하룻밤을 내내 잔 것처럼 몸과 마음이 깨끗해지고 갱신되던 그 시절 그곳으로 향하는 마음만 간절할 뿐, 이제는 돌아가서 심신을 의탁할 밤은 어디 있는지.

예전에는 공기처럼 그저 주어지던 것을 찾으려면 이제는 비용과 시간을 들여 현대와 문명이 간섭하지 않는 곳으로 가야 한다. 왜 그게 필요한가. 문명의 중독자들은 묻는다. 그건 잠이 왜 필요한가 묻는 것과 같다. 무기력하게 누워 그저 숨을 쉬다 논리적으로 해명되지 않는 꿈이나 꾸는 잠은 경제와 생산과 효율성의 적이 아니냐고. 하지만 잠이 없으면 우리는 몰경제, 비효율의 수렁에 빠진다. 잠이 부족해본 적이 있는 사람은 안다. 우리를 무기력하게 만드는 어둠과 밤은 실은 잉태와 생산의 시간이다. 휴식과 갈무리의 공간이다.

새벽. 밤의 끝, 낮의 시작. 하늘에서는 별이, 땅에서는 인공조명이 빛을 잃고 거뭇거뭇한 생명체들이 제 모습을 드러내기 시작한다. 어둠과 빛이 교차하는 시간, 상상할 수 없는 거대한 우주의 운행과 질서가 현현하는 때에 우리는 신성을 느낀다. 신성함에 공명한다. 우리 자신 또한 작은 우주가 아니었던가. 미명의 엷은 빛이 사물에 스며든다.

새들이 날개를 퍼득이는 소리가 공중에 울려퍼진다. 풀잎마다 이슬이 맺힌다. 풀이 휜다. 이슬이 좀더 무거워지면 땅으로 굴러떨어지고 풀은 그 탄력으로 몸을 쭉 뻗어 하늘을 가리킬 것이다.

길을 떠날 사람이 일어나 앉는다. 가볍게 음식을 먹은 뒤 신발끈을 고쳐맨다. 새벽은 출행의 시간. 학자는 책상 앞에 앉기 전에 얼굴을 씻는다. 퇴계와 다산이 그랬듯 이를 딱딱 부딪쳐 머릿속 잠벌레, 입속의 벌레를 놀라게 해 쫓아낸다. 체조와 양생의 시간인 새벽. 일하는 사람들은 연장이 든 가방을 어깨에 메고 집을 나선다. 등교하는 아이를 위해 어머니는 아침을 준비하고 있다. 아직 잠에 빠져 있는 수험생, 그 다디단 잠을 빼앗을 수 없어 어머니가 몇 번이나 문을 두드리려 손을 들었다 내리는 새벽. 인간의 대지 곳곳에서 엔진 소리가 나기 시작한다. 아파트 현관에 신문이 떨어지고 슬리퍼 바람으로 현관문을 연 사람의 코에 잉크 냄새가 맡아진다. 새벽, 일상과 우주가 교차하는 시간.

한여름에도 새벽은 춥다. 사막의 열사도 새벽에는 차갑게 식는다. 거리 곳곳에 불을 피운 사람들이 보인다. 아니 사람들은 불 피운 곳으로 모여든다. 출상出喪처럼 불가피하게 이별을 해야 하는 사람들은 새벽에 서로를 향해 고개를 숙인다. 새벽에 길을 떠날 때는 언제나 눈이 와 있거나 안개가 끼어 있다. 첫번째로 발자국을 찍는 기쁨과 안개의 신비한 장막을 헤치는 설렘은 새벽이 아니면 맛볼 수 없다. 새벽은 기쁨과 설렘을 관장하는 신.

빅뱅처럼 경이롭고 고유한 순간은 언제나 짧다. 매일 새로운 하루 24시를 개벽하는 새벽 또한 숨쉴 사이조차 없이 사라져간다. 치솟은

태양이 새벽의 박명을 유리그릇처럼 깨뜨리며 쳐들어온다. 어디선가 거대한 얼음장이 무너져내리듯 어둠의 형해가 무너지고 있다.

나는 어느 여름 새벽에 태어났다고 들었다. 새벽에 태어나서인가. 어느 때부터인가 나는 새벽을 위해서라면 하루 중 새벽 이외의 시간 전부를 저당잡혀도 좋다는 생각을 하게 되었다. 짧고 불완전하고 흐릿한 한때, 그래서 인간적이고 예술적이고 자연의 본성에 가까운 그 시공간. 새벽의 정신처럼 새벽의 문장 역시 맑고 간명하다. 새벽이 준 단어는 사물 위에 단단하고 깊게 박을 수 있다. 새벽에 쓴 편지의 문장은 하나 버릴 게 없다.

밤과 어둠을 빼앗긴 채 살아갈 수는 있어도 새벽이 없으면 하루도 없다. 새벽은 알토란 같고 촛불의 심지 같고 장작에 박히는 도끼날 같은 것. 새벽을 빼앗기면 모든 것을 빼앗기는 것이다. 다행스럽게도 새벽은 아직 우리 손에 있다. 우리가 새벽의 손바닥 위에 있다.

그러기에 새벽은 귀하다. 그러기에 새벽은 신성한 것이다. 매일 오지만 매일 스스로와 하루를 갱신하는 시간, 새벽. 새벽을 위해서라면 나, 이십사 시간 내내 힘써 스스로를 도울 수 있으리.

여행의 속도

여름 초입에 친구가 남해안에 같이 다녀오자고 했다. 삼십여 년 전 갔던 기억을 되살려 거기에 가는 데만 1박 2일은 걸릴 거라고 했더니 네 시간이면 충분히 갈 거라고 장담했다. 그의 말이 맞았다. 거리는 비슷한데 완행버스를 타고 오가던 비포장 지방도가 고속도로와 4차 선으로 넓혀져 있어서였다.

덕분에 시간이 남아 이십대에 머물렀던 사찰에 들렀다. 그때 모습을 떠올릴 수도 없이 규모가 커지고 모양이 바뀌어 있었다. 발길이 닿지 않을 만큼 거대하고 깊어 보였던 그 공간이 새 건물과 수시로 벌어지는 행사, 갖가지 문자와 소리로 가득차 있었다. 도무지 내가 끼어들 자리가 없어 보였다. 기억이 들어 있을 장소가 사라지고 없으니 마음이 헛헛했다.

작년에 '가성비' 높다는 단체관광으로 백두산 여행을 다녀왔다. 가는 곳마다 사람들로 바글거렸고 허허벌판에 새로 세워진 호텔이 즐비했으며 요지마다 관광객을 상대하는 쇼핑센터가 들어차 있었다. 어떤 명소를 들르자마자 사진만 찍고 나오고 특산물이나 기능성 식품을 사는 것이 흡사 무슨 '공정'처럼 착착 진행되었다. 가장 불만스러웠던 것이 몰아치는 여행의 속도였다. 뭔가를 보고 느끼고 생각할 겨를이 없었다. 여행이 끝났을 때 "내 다시 단체관광을 가면 성을 간다"라고 일행들은 입을 모았지만 단체로 가지 않으면 갈 수 없는 여행지도 있다는 것을 모두 잘 알고 있었다. 상대적으로 편리하고 사고가 날 위험이 적다는 것도.

우리는 성장과 발전이라는 기치 아래 흙길을 포장도로로, 2차선으로, 4차선으로 바꾸었다. 고속도로 위에서 고속으로 달리는 차 안에서는 길 주변의 풍경을 볼 수 없다. 소음방지벽 때문에 보이지도 않거니와 가까이서 움직이는 물체를 잘 보도록 진화한 우리의 눈이 고속으로 달리는 동안 길 주변의 어떤 것도 제대로 포착해내지 못하기 때문이다. 무거운 배낭을 메고 느릿느릿 걷거나 자전거, 완행버스, 기차를 타고 다니던 때 여행은 여행다웠다. 마음을 내준 장면과 시간이 버스정류장보다 많았다.

속도가 여행의 질을 결정한다. 주마간산이 아닌 진짜 여행은 이동하는 시공간을 자기화하는 체험이다. 나 아닌 타자, 생소한 외부의 현상과 세계를 소화하는 동안 시간은 느리게 흐른다. 내 존재 바깥의 것을 받아들이는 과정은 우리의 마음에 깊은 밭고랑과도 같은 기억을 남긴다. 기억과 경험 그 자체가 삶의 일부분이 된다.

소화는 느린 과정을 통해 이루어지고 배설은 빠르다. 글은 천천히 완성되고 오래 남지만 말은 빠르게 휘발하고 더 선정적이고 자극적인 말에 의해 금세 지워져버린다. 감정은 빠르고 논리는 느리다. 생각 없이 일을 저지르고 보는 것은 쉽고 수습을 하는 것은 어렵다. 현혹과 선동은 사람들을 빠르게 몰려오게 하지만 오래 가지 못한다. 진실은 느리게 전해지고 헛소문은 빠르게 퍼진다. 가짜는 금방 본색이 탄로 나 버려지지만 진품의 진가는 '에이징'에 의해 드러난다. 번잡과 소란 속에서의 시간은 고요와 성찰 속의 시간보다 훨씬 빨리 흐른다.

빠르다. 세월이 빠르다. 매해 매달 매주 매일 매시가 점점 빠르게 흘러간다. 삶의 속도가 빠르다. 빠르다는 것을 실감하기도 전에 나이를 먹고 성인이 되고 중년이 되며 노년을 맞는다. '백세시대'라고 할 정도로 수명이 늘어났다지만 우리가 체감하는 삶의 길이와 질은 '인생 칠십 고래희'라고 읊조리던 시대의 칠십보다 못할지도 모른다.

나이가 들면서 시간이 빠르게 흘러가는 느낌을 받는 것은 매 순간 기억할 만한 일이나 자극, 경험이 줄어들기 때문이라고 한다. 인간세, 인간사에도 한계효용 체감의 법칙이 적용되는 것이다. 내게 한정된 자원, 한정된 주의력을 나와 내가 속한 공동체의 이익과 아무 상관도 없는 것들, 이기적인 목적을 실현하기 위해 갖가지 교묘한 말과 그럴듯한 포장으로 접근해오는 사람들, 인간의 뇌신경을 조종하는 SNS와 게임, 흑백논리에 빼앗기고 나면 공짜로 줘도 전혀 고맙지 않을 위태함, 피상성만 남을 것이다.

인생은 짧다면 짧고 길다면 긴 여행이다. 삶의 마지막 순간, 내 존재를 찬란하게 물들였을 희로애락의 어느 순간들, 사랑했던 사람들이 전혀 기억이 나지 않는다면 아마도 나는 헛되이 낭비한 삶을 뼈저리게 후회하며 내 삶이 도대체 무엇이었는지를 묻게 될 것이다. 팔백 살을 살았다는 팽조의 유언이 "내 이렇게 일찍 죽을 줄 알았다면 침을 멀리 뱉지 않(고 헛되이 기운을 쓰지 말)았을 것을!"이었다는데.

극락은 여기 어딘가에 있다

    소설을 쓰기 시작한 삼십대 중반 이후, 나는 어떤 지역, 도시를 가든 그 지역에 있는 절에 들르는 버릇을 가지게 되었다. 내가 가본 절들은 공통점이 많았다. 오래된 터에 주위가 훤하면서 고요하고 나무가 많다는 것 등등. 그런데 언제나 예외적인 것이 있게 마련이니 특정한 도시, 지역과 연관되기보다는 절 그 자체의 보편적인 아름다움과 덕성이 우연히 나를 끌어당기는 경우가 있었다. 대개 '극락'이라는 의미의 단어가 들어가는 사찰인데 이름과 상관없이 위치가, 분위기가 극락을 연상시키는 곳도 있다.

    가장 최근에 알게 된 '극락'은 경북 예천에 있었다. 삼강주막을 목표로 낙동강 자전거길을 따라 자전거를 타고 가던 중에 길을 잃었다. 세 그루의 커다란 나무가 서 있는 삼수정에 올라 잠시 숨을 돌리고 나서 아래를 내려다보니 거대한 비단 띠를 펼쳐놓은 듯한 낙동강이었다. 낙동강을 따라가는 산등성이 허리춤에 나무판자로 만든 둘레길이 나 있었고 그리로 가면 삼강주막에 닿을 수 있을 것임을 스마트폰 지도가 알려주었다. 자전거를 끌고 설렁설렁 가다보니 임진왜란 때 절 개를 지키기 위해 그곳에서 투신하여 목숨을 버린 여인들을 기리는 내용의 표지판과 바위가 나왔다. 전란 때 피난을 할 정도로 외진 곳이 라는 뜻이었다. 그러다 갑자기 둥실, 하고 동산 위에 달이 걸리듯 자 그마한 절이 산중턱에 걸려 있는 게 보였다. 외진 산속하고도 다시 더 외진 자리였다. 가파른 계단을 따라 올라가보니 눈앞에 펼쳐지는 풍 경이 그야말로 극락이었다. 강과 산, 길, 나무와 잎과 꽃, 새소리, 그 리고 무심함. 적멸寂滅이라는 단어가 어디서 기원한 것인지 알 것 같 았다.

일행과 동시에 해우소로 들어갔다 나왔을 때, 뭔가 깨달음을 얻었 다. 에너지가 다른 에너지로 전환될 때, 서로 형태만 바뀔 뿐 전환 전 후의 에너지 총합은 항상 일정하게 보존된다. 곧 내 몸이 받아들이고 소화시킨 뒤 대사하는 고체, 기체, 액체와 에너지의 총합은 현생에서 항상 일정하고 형태만 바뀔 뿐이다. 나도 모르게 오도송悟道頌이 흘러 나왔다.

"이 원리로 내가 노벨물리학상을 받을지도 모르겠는데?"

나중에 알고 보니 그 이론은 이미 오래전부터 '에너지 보존의 법칙' 으로 불리고 있었다. 삼강주막이 나올 때쯤 내 백일몽은 허망하게 깨 져버렸다. 그런데 반대편 입구의 표지판을 보니 '자전거 출입 금지'라 고 적혀 있었다.

"자전거의 이름은 스스로 구른다는 뜻을 가지고 있지만 사실상 사람이 타야만 굴러갈 수 있지. 그러니까 저 말의 뜻인즉 스스로 굴러갈 수 있는 수레의 출입을 금지한 것이고 사람이 자전거를 타고 가지 말라는 거야. 우리는 그냥 자전거를 끌고 가면 돼."

그것이 나의 새로운 깨달음이었으나 무슨 상과는 거리가 멀었다.

두번째 극락은 예천에서 그리 멀지 않은 곳에 있는 경북 문경하고도 어딘가에 있다. 옛적부터 전국에 흩어져 있는 '십승지' 중 하나로 꼽힌 마을을 찾아간 길이었다. 임도林道 비슷한 길에 차단기가 설치되어 있었는데 그게 활짝 열려 있었다. 꼬불거리는 산길로 차를 몰아 오르기를 십여 분. 산정에 살짝 못 미쳐 자리잡은 평평한 절터에 이르렀다. 고요함이 팽팽하게 들어찬 듯한 그곳에서 내 차의 엔진 소리는 유난히 시끄럽게 들렸다. 안쪽에서 스님 한 분이 나왔는데 막상 차에서 내리는 우리 일행을 보고는 놀라는 눈빛이었다. 그 절은 공부를 위주로 하고 있어 평소에는 차가 올라오는 길을 막아두는데 며칠 뒤 초파일 행사 준비를 하느라 열어놓은 찻길로 뜻밖에 우리가 먼저 올라왔다는 것이었다.

그렇다고 잘못 왔으니 그냥 도로 내려가라고 하지는 않았다. 별다른 가구나 집기가 없는 다실로 오게 하고는 차를 내주었다. 나를 뺀, 스님과 손님 사이에 오가는 대화의 내용이 실로 굉장했다. 삼라만상의 시원과 존재 이유, 인연과 미래, 그 속에서 살아가는 생명의 무상함, 궁극적인 귀일처 등 문자로 이루 다 기록하는 게 불가능할 만큼 심오하기도 했다. 차단기를 통과할 때 우리 두 사람 사이에는 이런 대화가 오갔다.

"나, 이 절 평생 잊지 못할 것 같네."

"저도요. 또 가고 싶어졌어요, 벌써."

마지막 '극락'은 십여 년 전 방송 다큐멘터리 때문에 알게 된 곳이다. 다큐멘터리로 찍을 만한 노거수老巨樹를 찾고 있었는데 도시화 되고 인구밀도가 높은 곳에서는 그런 나무를 찾을 수가 없었다. 오지를 많이 다녀서 견문이 넓은 한 친구가 그런 나무가 있는 장소를 소개해주었다. 웬만한 차로는 갈 수 없으니 사륜구동 차량에 준비를 단단히 하고 가라는 것이었다.

나무가 있는 깊은 산속까지 가는 길은 실로 험했다. 쓰러진 나무등치로 막혀 있는 곳은 톱으로 베어서 길을 내고 장맛비로 끊어진 곳은 흙으로 메우며 전진했다. 수많은 시행착오 끝에 그럴 법한 장소에 도달했으나 자그마한 절 하나가 보일 뿐 기대했던 나무는 없었다. 호미를 든 스님에게 사람들 눈에 번쩍 띌 만한 큰 나무가 어디 있는지를 물어보았다. 스님은 우리에게 어떻게 여기까지 왔느냐고 묻고 나서 한숨을 쉬었다.

"그 길은 아무나 들어오지 못하게 막아놓은 길입니다. 길이 끊어져도 일부러 고치지 않았는데 외인들이 이곳의 청정함과 고요함을 오염시키는 것을 막기 위해 그런 겁니다."

"아, 그런 줄 몰랐습니다. 저희는 방송 때문에…… 아니 유달리 크고 오래 묵은 나무가 있는지 보러 왔는데 그것만 찾으면 곧 가겠습니다."

"언젠가 비슷한 용건이라며 찾아온 사람들이 있었지요. 그 나무를 가르쳐줬더니 그 얼마 뒤 한밤중에 와서는 그 나무뿐만 아니라 옆에 있던 좀 작은 나무들까지 모조리 뽑아갔습니다. 그 나무들이 죽지 않왔다면 누군가의 집에 정원수로 서 있겠지요."

할말을 잃은 우리는 "죄송합니다"를 연발하며 돌아나올 수밖에 없었다. 돌아나오며 살펴보니 길 입구에 녹슨 자물쇠가 달린 차단기가 있었다. 그마저 고장이 나서 풀숲에 묻혀 있었던 것을 우리가 알아보지 못했던 것뿐이었다.

극락은 미래가 아니라 현생과 이승 어딘가에 형태를 바꾼 채 존재한다. 우리가 몰라볼 뿐. 나는 그렇게 믿는다.

여행이 끝나갈 때

경주에서 이스탄불까지의 '실크로드 찾아 3만리' 가운데 내가 여정을 맛보게 된 구간은 카자흐스탄, 키르기스스탄, 우즈베키스탄 세 나라였다. 이 나라들에 공통으로 들어가는 '스탄'은 우리말의 '땅', 유럽어로는 'land'에 해당한다. '땅'과 '스탄'은 어원이 같다는 주장도 있다. 아득한 옛날 북방 드넓은 초원을 누비던 우리 조상들의 말소리에는 '스' 같은 바람 소리가 섞여 있었는지도 모른다.

중앙아시아에는 이들 나라 외에도 '스탄'이 들어가는 나라로 타지키스탄, 투르크메니스탄 등이 있고 이들 나라와 국경을 맞대고 있는 아프가니스탄, 파키스탄도 '스탄' 돌림이긴 마찬가지다. 'stan' 돌림 국가와 도이칠란트, 네덜란드, 폴란드, 핀란드 등 'land' 돌림 국가 중 어느 쪽이 많고 유명한지 비교해보고 싶긴 하지만 나보다 더 궁금해할 사람에게 맡길 작정이다.

카자흐스탄과 키르기스스탄은 서로를 형제국으로 칭할 만큼 가깝고 국경을 바로 맞대고 있는데다 언어까지 별 무리 없이 통한다고 했다. 반면 우즈베키스탄은 두 나라와 국경을 맞대고 있긴 하지만 언어적으로나 문화적으로도 다소간 차이가 있다. 어느 우즈베키스탄 사람 말로는 시골서 온 칠십 먹은 자기 아버지가 생전 처음 만나는 카자흐스탄, 키르기스스탄 사람의 대화를 몇 시간 동안 듣더니 대충 뭔 말인지는 알아듣겠다고 했다는 것이었다. 곧바로 곁에 가서 끌어안고 '오, 형제여' 하고 외치면서 회포를 풀 정도는 아니더라도.

중앙아시아의 광활한 사막과 스텝 지역을 2900킬로미터나 내달리고 있는 천산산맥이 거대한 등뼈처럼 세 나라를 이어주고 있다. 평균 해발고도 4000여 미터의 준봉에 쌓인 만년설이 녹은 물이 흘러내려 계곡과 시내, 강을 이루고 이 물길이 날줄처럼 세 나라를 치밀하고 단단하게 엮어주고 있다. 씨줄로 작용하고 있는 게 내가 자세히 알아볼 것들이다. 인심, 언어, 설화, 역사 같은 것들. 눈에는 쉽게 보이지 않지만 분명히 실재하는, 좀더 인간에 본질적이고 친밀한 것들.

소비에트연방 시절 우산 살대처럼 엮여 있던 세 나라는 중앙계획경제라는 모스크바의 정책에 따라 에너지, 식량, 공업 등을 분업화해서 담당하고 있었다. 예컨대 키르기스스탄의 수도 비슈케크에서 이식쿨 호수에 이르는 구간에 소련 최대의 제분공장이 있어서 이곳으로 우크라이나 같은 곡창지대에서 생산된 밀이 기차로 운송되어 왔는데 이 공장에서 빻은 밀은 다시 주요 소비지로 기차에 실려서 흩어져갔다는 것이다. 다소간의 비용이 들더라도 동맹의 결속을 위해 '중앙'에서 배당을 해준 것인데 그건 중앙에서 능력이 있어 그 비용을 충분히 부담을 할 수 있을 때의 이야기다. 1991년 구소련 해체 뒤 세 나라가 독립하면서 분업 체계가 무너지고 나서 필요에 비해 지나치게 큰 비슈케크의 '위대한' 제분공장은 설비가 다 뜯어져 팔려나가버렸다. 지금 공장은 형해만 남고 내부는 텅 비어 있다.

그러고 난 뒤 각자 자력갱생, 자급자족을 하려다보니 곳곳에서 심상치 않은 마찰음이 생겨났다. 이를테면 독립 이전에 수력발전용 댐을 건설해서 공짜로 전력을 나눠주던 우즈베키스탄에서 독립 후에 돈을 받고 전력을 수출하자 강의 발원지에 가까운 키르기스스탄에서 반발해 상류에 댐을 건설하고 있는 식이다. 그런가 하면 카자흐스탄이 우즈베키스탄에서 가까운 도시 침켄트에서 비누나 식용유 같은 생필품을 싸게 팔아 큰 수익을 올리자 우즈베키스탄에서 침켄트로 가는 고속도로를 막아버린 일도 있었다. 이웃해 있다보니 늘 서로를 의식하고 한 비탈의 나무들처럼 키재기 경쟁을 하게 마련이다.

카자흐스탄은 화학 주기율표에 있는 모든 원소가 다 광물로 생산되고 있다고 할 정도로 다양한 천연자원을 가지고 있고 면적이 남한의 스물일곱 배로 세계 9위, 인구 1800만 명에 달하는 중앙아시아 최대 강국이다. 인구 500만 명, 일인당 GDP 1천 달러 수준의 키르기스스탄은 '아시아의 알프스'로 일컬어질 만큼 아름답고 깨끗한 나라이다. 그래서인지 '카자흐스탄은 나라가 부자이고 국민은 가난한데 키르기스스탄은 나라는 가난해도 국민은 부자다'라는 말을 키르기스스탄에서 들을 수 있었다. '군자는 청산이 있는 한 땔감을 걱정하지 않는다'는, 어릴 적 읽었던 무협지의 한 대목이 생각났다.

우즈베키스탄은 세 나라 가운데 가장 인구가 많고(2900만 명) 한

반도의 두 배쯤 되는 국토 구석구석에 역사와 문명의 유적이 화려하게 수놓아진 문화·관광 대국이다. 농산물이 풍부하고 음식과 문화가 발달해 여행자가 볼 것도 맛볼 것도 많다. 석유와 천연가스, 금 등의 천연자원과 광물이 풍부하기도 하다는데 얼마나 매장되어 있는지는 누구도 모르는 비밀이라 한다. "우리는 카자흐스탄처럼 자원이 많다고 사방에 자랑하지는 않는다. 아직 제대로 개발을 하려면 멀었다는 것만 알아두라"고 늠름하게 이야기하던 운전기사는 있었다.

실크로드는 크게 나누어 오아시스길, 바닷길이 있다. 카자흐스탄—키르기스스탄—우즈베키스탄의 행로는 전형적인 오아시스길인데 초원과 사막에 오아시스 도시가 밤하늘의 별자리처럼 점점이 뿌려져 있는 형상이다. 이 길은 연평균 강수량이 400밀리리터 미만이고 일조량이 많으며 밤낮의 기온 차이가 심하다. 이런 지역에서 생산되는 과일은 맛있고 당도가 높게 되어 있다. 특히 사과가 그랬다.

중앙아시아 세 나라에서 내가 가장 먼저 도착한 곳은 카자흐스탄에서 가장 번화한 도시인 알마티였다. 알마티는 천산산맥의 북쪽에 있는, 중앙아시아의 초원을 가로지르는 오아시스 실크로드에서 가장 큰 도시다. 알마티의 원래 이름은 '알마아타'였는데 투르크어로 〈사과+아버지(또는 아저씨)〉의 뜻을 담고 있다고 했다. 이 지역이 사과의 주산지가 아니고 오히려 남쪽의 천산산맥 너머 키르기스스탄 이식쿨 호수 주변과 훨씬 서쪽에 있는 우즈베키스탄 남부 페르가나주州에 사과가 훨씬 더 많이 나고 맛있는데 왜 하필 이런 이름이 붙었는지는 알수 없었다. 알마티의 중앙시장에서 파는 사과도 우즈베키스탄에서 수입한 것이라고 했다.

사과는 구약성경의 창세기에 등장했으니, 성경대로라면 세상이 만들어지고 나서 가장 먼저 출현한 과일이다. 사과나무는 인류가 약 1만 년 전부터 농경, 정착 생활을 하기 시작하면서 접붙이는 기술을 개발, 적용한 과목이다. 포도, 호두, 살구 같은 대개의 과수는 메소포타미아 지방에서 최초로 재배된 흔적이 남아 있다. 지금 우리가 먹는 사과의 원종은 유럽에서 6세기경에 실크로드를 통해 도입됐다 하니 실크로드로 실크만 오간 건 아닌 것이다.

실크는 보기에 아름답고 가볍고 낙하산을 만들 정도로 튼튼하지만 겨울의 강추위를 막아주지는 못했다. 그러니 추운 지방에 사는 사람들보다는 꾸미기 좋아하는 부자들이 많은 로마나 비잔틴 같은 대도시에 비단을 운송해서 팔았다. 비단을 팔고 돌아오는 길에는 보석이며 씨앗, 묘목도 가져왔을 것이다.

이런저런 값나가는 물건을 가지고 몇만 리나 되는 먼 길을 가는 카라반隊商은 말과 낙타, 양 등 가축이 1만 마리, 인원이 300명이 넘는 엄청난 규모였다고 한다. 내가 어릴 때 나고 자란 마을 세 개쯤이 한꺼번에 이동했던 셈이다. 등에 짐을 실은 낙타는 하루 이동 거리가 불과 오십 리, 20킬로미터였다니 실크로드를 오가는 데는 삼 년이 넘게 걸렸다. 무슨 일이 없었겠는가. 먹고 마시고 입고 벗고 자고 또 입고 씻고 사랑에 빠지고 결혼하고 아이를 낳아 기르고 장사를 하고 바가지를 씌우고 쓰고 친구를 사귀고 적과 싸우고 도망치고 화해하는 일이 벌어졌을 것이다. 그렇게 실크로드 몇 번 왔다갔다하면 인생이 끝났을 것이다.

기원전 138년, 중국의 한무제는 구사일생으로 서역을 다녀온 장건을 통해 하루에 천 리를 달리며 피처럼 붉은 땀을 흘린다는 한혈마 이야기를 듣고는 스스로의 기마부대를 무장시키기 위해서 지금의 우즈베키스탄 페르가나 지방인 대완국에 가서 그 말을 가져오게 했다. 중무장을 하고 수만 리나 되는 사막과 고개를 건너고 넘어온 한나라 원정군을 맞은 대완국 사람들은 한혈마를 성안으로 끌고 들어가서는 한나라 군사가 단 한 명이라도 성벽을 넘어 들어오면 말을 모조리 죽여버리겠다고 선언했다. 결국 한나라 군대는 말 수십 마리를 얻어가는 것으로 만족할 수밖에 없었다. 한혈마가 실제로 피가 섞인 땀을 흘리는 것은 아니고 말이 땀을 흘릴 때에 말의 피부 아래에 기생하던 세균의 작용으로 땀이 붉게 염색되어 방울방울 흘러내리는 것이라고 한다. 세균의 존재를 알지 못하던 옛사람들 눈에는 피땀을 흘려가며 달리기에 열중하는 명마로 보였을 것이다. 그러니 실크로드는 '말길Horse Road'도 되는 셈이다.

원정 이야기가 나온 김에 중국 당나라 때 고구려 유민의 후예로 알려진 고선지 장군에 대해서 좀 알아봤다. 그는 1차 서역 정벌에서 높이 4600미터의 파미르고원의 탄구령을 넘어 동로마, 아라비아 등 실크로드 선상에 있는 72개국의 항복을 받았는데 탄구령의 높이는 한니발과 나폴레옹이 넘었다는 알프스산맥보다 무려 2000미터나 더 높아서 '고선지가 한니발, 나폴레옹보다 위대하다'는 말도 있다 한다. 2차 정벌에서는 석국石國이라고 불리던 지금의 우즈베키스탄 수도 타슈켄트까지 쳐들어와서 투르크인 국왕 투둔車鼻施을 포로로 잡았다가 나중에 처형을 해버렸다. 당군을 이끈 고선지 장군은 지금의 키르기스스탄에 있는 탈라스강 유역에서 벌어진 탈라스 전투에서 사라센 연합군에 패배했는데 이때를 기점으로 중앙아시아 실크로드의 지배권이 중국에서 이슬람권으로 넘어갔고 중국의 제지술이 서방으로 전해졌다고 한다.

그러고 보면 중앙아시아 실크로드는 '정복자의 길'이기도 하다. 알렉산더가 서방에서 동방으로 쳐들어오고 고선지와 칭기즈칸이 서방으로 쳐들어가고 티무르가 다시 러시아, 인도, 소아시아를 통합하는 거대 제국을 만들었다. 실크로드가 없었다면 그들 정복자들도 없었을 것이다. 실크로드의 적자인 정복자들에 의해 실크로드와 오아시스 도시들은 포도송이처럼 흥미진진한 역사와 이야기를 알알이 얻게 되었다. 물론 이름 없는 무고한 희생자들의 피와 땀이 사막의 모래알처럼 그 길 위에 뿌려졌을 것이다.

중앙아시아 초원 카자흐, 키르기스, 우즈벡(나라 이름이 길다보니 자꾸 줄여서 쓰게 된다) 세 나라의 언어는 우리말의 뿌리이기도 한 알타이어에 바탕을 둔 투르크어이다. 우즈베키스탄과 국경을 맞대고 있는 타지키스탄은 지금의 이란, 곧 페르시아어에 바탕을 둔 타지크어를 쓰고 있다. 이란에 가까운 우즈베키스탄에서도 사마르칸트를 비롯해 여러 도시의 사람들이 타지크어로 의사소통을 하고 있기도 하다. 실크로드가 여러 길로 분기하는 우즈베키스탄에 사는 사람들은 우즈벡어, 타지크어, 러시아어 등 기본적으로 서너 가지 언어를 쉽게 구사한다. 실크로드는 '말言語의 길'임이 분명하다.

한때 구소련에 속했던 중앙아시아의 '스탄' 계열 나라들은 자기 나라의 문자가 없어서 러시아 문자인 키릴문자를 국가 공용 문자로 쓰고 있다. 유난히 친서방적인 우즈베키스탄은 요즘 라틴문자를 쓰고 있는데 완전히 정착한 상태가 아니라서 혼란을 겪고 있는 중이다. 타슈켄트 역사박물관에서 보니 이 지역에서 맨 처음 쓰인 글자는 기원전 5~6세기의 아람문자였다. 이어 그리스문자, 산스크리트어, 호라즘문자, 투르크문자, 아랍문자, 라틴문자, 키릴문자 등등이 도입되고 쓰였다.

왜 자체적인 문자를 창안하지 않았을까. 실크로드를 통해 오가는 사람들이 갖고 오는 문자를 빌려 쓰면 되니까 굳이 만들 필요가 없어서? 허다하게 교체되는 정복자들이 자기네 문자를 강요하기도 했을 것이다. 실크로드는 전 세계에서 가장 많은 문자가 왕래한 '문자의 길'이다.

실크로드 서쪽으로 대상隊商, 말馬, 말言, 비단이 갔으면 뭐가 왔을까. 일단 보리와 밀이 왔다. 보리, 밀은 대맥大麥, 소맥小麥이라고 쓰는데 '맥麥'이라는 글자의 윗부분이 '(그것이)서쪽에서 왔다來'는 언어적인 증거이다. 후추, 호밀, 호두의 공통점인 '호胡' 또한 서쪽 지방에서 온 것임을 암시한다. '호胡(오랑캐)'라는 글자의 속내는 정체를 잘 모르는 아득히 먼 곳에 사는 족속이라는 의미이다.

밀이 서쪽에서 동쪽으로 오니까 밀로 만드는 음식의 대표격인 국수가 다시 서녘 땅으로 향했다. 천산산맥 너머 동쪽 땅에 사는 위구르족의 라흐만(국수)이 키르기스스탄이나 우즈베키스탄에서는 우리의 자장면처럼 인기 높은 일상 음식이다. 그러니 실크로드는 '보리길' '밀길' '국수길(굳이 영어로 하자면 'Noodle Road')'도 될 것 같다.

키르기스스탄에는 쿠미스라는 국민음료가 있다. 말젖으로 만든 막걸리 같은 것인데 쿠미스를 닷새쯤 더 발효시키면 아이라라는 요구르트 음료가 된다. 조용하고 깨끗한 산간의 유르타(천막집)에서 이걸 하루 다섯 잔씩 먹으면서 일주일에서 한 달간을 보내는 해독 프로그램이 요즘 젊고 부유한 전문직 종사자들에게 인기라고 한다.

키르기스스탄의 속담에 '손님은 신의 선물이다'라는 것이 있다. 손님을 극진히 접대하면 축복이 온다고 여겼기 때문인데, 옛적부터 실크로드로 온 손님들이 다 좋은 손님은 아니었을 것이다. 우즈베키스탄의 히바 같은 사막도시에서 밤만 되면 문을 다 잠가버리는 이유가 사막에서 강도떼가 습격해올 것에 대비하기 위해서라고 한다. 실크와 사상, 언어, 종자가 오가던 길을 따라 툭하면 무력을 앞세운 정복자들이 쳐들어와 파괴와 살상을 감행했다. 그 폐허 위에 자신들의 문화적, 생물적 유전자를 뿌려놓고 가는 데 '초대하지 않은 손님'들이 저지르는 만행이었다. 그런 손님마저 극진히 대접해야 한다는 일상의 금언은 겉으로는 친절하고 상냥하되 속으로는 절대 굴하지 않고 동화되지 말자는 강인한 기질을 상징하는 것으로 여겨졌다.

카자흐스탄 알마티의 동쪽으로 삼십여 분 차로 달리면 에시크라는 지역이 있다. 에시크박물관에는 카자흐스탄 전역에 있는 거대 고분들과 거기에서 출토된 부장품, 혹은 모조품이 전시되어 있었다. 문자가 딸려 있지 않은 그 유물들은 실물로 존재한다는 증거는 있되 변호인도 판사도 없는 채로 기억상실증에 걸린 자신의 존재 증명을 구해 법정에 서 있는 원고 같았다. 분명한 것은 그게 거기에서 나왔다는 것뿐이었다.

에시크박물관 뒤쪽에 있는 무덤에 오르려다보니 무덤 발치에 모여 있는 김장배추만한 크기의 돌들이 눈에 띄었다. 근처 풀밭에는 달리

바위나 돌이 보이지 않으니 누군가 일부러 모아놓은 게 틀림없었다. 땅을 파고 시신을 묻은 뒤 그 위에 돌을 쌓아서 만드는 '적석총積石塚'은 아득한 옛날부터 한민족이 공통적으로 가지고 있던 무덤 양식이었다. 돌이 흔치 않은 초원에서 굳이 돌을 쌓아 무덤을 만들었다면 무덤을 만드는 방식의 교류, 또는 공통점이 우리와 이들 사이에 있었다고 봐야 한다. 무덤의 양식뿐 아니라 금제 장식품 등등이 우리 민족과 겹치는 게 아주 많았다. 문제는 두 나라의 고분 사이에 버티고 있는 천년 가까운 시차, 그리고 암흑 같은 무역사, 기록의 부재였다. 그래도 그 무덤들을 만든 사람과 우리 민족이 한 조상에서 출발한 것이라는 직감을 하는 데는 큰 장애가 되지 않았다.

에시크박물관에는 암각화도 많았다. 산양, 말, 성교하는 인간 등을 바위에 새겨놓은 것으로 카자흐스탄, 키르기스스탄, 우즈베키스탄에 걸쳐 수십 곳에서 암각화가 발견되고 있다. 문자가 없던 사람들이 그림으로나마 자신들을 표현하려고 애썼던 흔적이다. 바위에 원료가 뭔지 모를 붉은 광물을 갈고 개어 채색을 하면서 나름대로의 미학을 추구했을 터이지만 그건 결국 존재 증명이었다. 실크로드는 '암각화의 길'이자 '존재 증명의 길'이었다. 아득히 먼 옛날에도 인간은 소멸과 소모의 불안과 싸우기 위해 새기고 쓰고 이야기를 해왔던 것이다.

반면에 내가 현상과 인화에 돈이 안 드는 디지털카메라로 마구 찍어대는 사진은 호기심과 기억의 뇌세포를 갉아먹고 있었다. 카메라의 인위적인 셔터 소리가 기억을 하려는 의지조차 빨아버리는 맷돌 소리 같이 들렸다.

카자흐스탄 알마티의 중앙시장에는 '김밥의 천국'이 있었다. 이곳에는 고려인 여인 수십 명이 머리에 우리 머릿수건 같은 히잡을 쓰고 앉아 채 썬 당근, 오이, 지단, 어묵 같은 김밥 재료를 산더미처럼 쌓아 놓고 천국의 음식 같은 김밥을 말아서 팔고 있었다. '카자흐스탄 김밥'은 1991년 카자흐스탄이 독립하고 한국과의 교류가 활발해지면서 카자흐스탄에 들어왔다고 한다. 알마티에 있는 한국음식점의 간판에도 비빔밥, 육개장 등 한국을 대표하는 음식의 사진과 함께 당당히 김밥 사진이 올라 있었다.

김밥에서 가장 중요한 재료인 김은 내륙 국가인 카자흐스탄에서 생산되지 않아 한국과 중국에서 들여온다. 쌀은 구소련 시절 연해주에서 중앙아시아로 강제 이주 당한 고려인들이 정착한 우슈토베 등지에서 생산에 성공해 부족함이 없다고 한다. 처음 알마티에서 김밥을 먹었을 때 얼마나 맛있었던지 나중에는 그 김밥 생각만 해도 입에 침이 고일 정도였다.

카자흐스탄 김밥이 맛있었던 이유는 카자흐스탄에서 김밥을 먹게 될 줄 몰랐다는 의외성 때문이고 그 김밥이 어릴 때 내가 먹던 김밥과 비슷한 느낌을 주었기 때문이었다. 카자흐스탄 김밥은 도입 시기인 1990년대 초반에 비해 크게 달라진 게 없으니 소풍 가서 김밥을 먹던 나의 성장기와 상대적으로 가까운 셈이었다. 맛을 결정짓는 요소는 참기름이었다. 김밥을 비빌 때 넣는 참기름, 김에 바르는 그 참기름. 카자흐스탄에서 재배, 수확되는 참깨는 풍부한 일조량과 적절한 토양, 싼 가격으로 김밥에 아낌없이 투하되고 있었다. 그 결과로 어릴 때 내가 먹던 김밥과 아주 가까운 맛을 냈던 것이었다.

알마티의 호텔에서 짧은 머리의 고려인, 아니 청년을 보았다. 한국

어디에 데려다놓아도 이상하게 보이지 않을 사람이었다. 몸이 마르고 키가 큰 백인계 안전요원들이 대다수인 곳에서 그는 나름대로 자리를 차지하고 있는 것으로 보였다. 그는 소매 단추를 자주 들여다보는 버릇을 가지고 있었다. 그의 양복은 몸에 잘 어울리는 것처럼 보였고 와이셔츠 역시 깨끗하고 잘 맞는 것 같았다. 그는 입구로 들어오는 모든 사람에게 직업적인 의심의 눈초리를 보내고 있었다. 저녁 무렵 호텔 로비에서 수십 명의 미녀들이 외쳐대는 구호와 그녀들 사이에 떠다니는 꽃다발로 정신이 혼미할 때를 빼고는. 그녀들이 왜 그러는지는 잘 모르면서 그는 웃고 있었다. 자연인으로서 웃는 건지 평소 무뚝뚝한 얼굴의 근무자에서 잠시 일탈을 해 그래도 된다는 뜻인지, 아무런 판단을 하지 않고 젊고 아름다운 여자를 좋아하는 젊은이답게 마음에서 우러나오는 대로 미소를 짓고 있었던 건지도 모른다.

갑자기 내 머릿속에 이상한 질문이 떠올랐다. 그래, 너희는 도대체 어디로 갈 거니? 너희의 미래는 어떨 것 같니? 우리 세대가 이 세상을 완전히 망가뜨리고 소모해버린다면 너희는 당연히 우리를 원망하겠지. 그때 지금처럼 세대 간, 국가 간, 지역 간, 종교 간, 인종 간, 양극화된 빈민과 부자 간의 상호 혐오 범죄가 일어날까? 폐허 외에는 아무것도 없다 하더라도? 그렇겠지. 여전히 그러겠지. 우리가 지금 이대로 가만히 있는다면. 누군가는 또 독점적으로 이익을 보고 권력을 잡고 무자비하게 행사할 것이고.

카자흐스탄에서 키르기스스탄으로 가는 길, 봉숭아물을 들인 듯 붉은 개양귀비와 샛노란 유채꽃이 피어 있는 초원 사이로 난 고속도로를 달리고 달렸다. 연평균 강수량이 우리나라의 3분의 1도 안 되는 지역인데 마침 빗방울이 떨어지고 있었다. 주룩주룩 내리는 집중호우가 아니라 방울방울 떨어지는 인색한 비였다. 이 지역 사람들은 그런 비를 '새가 오줌을 누듯 오는 비'라고 불렀다. 어쨌든 그런 빗방울 덕분에 초원이 사막이 되지 않고 푸른빛을 띠고 있는 것이었다.

카자흐스탄, 키르기스스탄 사이의 국경을 통과하자마자 내 눈에 들어온 것은 키르기스스탄의 빼어난 산천경개가 아니라 카자흐스탄으로 출국하기 위해 끝없이 길게 늘어선 사람들이었다. 두 나라 간에 빈부의 격차가 크기도 하지만 카자흐스탄의 입국 심사가 까다롭기 때문에 줄이 그렇게 길어진 것이었다. 줄 서 있는 사람들은 난민까지는 아니더라도 행색이 추레한데다 저마다 허름한 옷가지며 살림이 들었을 꾸러미를 들고 있어서 왜인지 모르게 코끝을 찡하게 만들었다.

어쩌다 누구는 국경 이쪽에, 누구는 국경 저쪽에 태어나서 이렇게 운명이 갈리는가. 누구는 금수저를 물고 태어나고 누구는 다리 밑에 태어나서 평생을 처음부터 타고난 조건에 구애되어 살아가야 하는가. 카오스. 초기 조건의 민감성. 이런 단어까지 머릿속에서 대중없이 명멸하니 심사가 복잡할 수밖에 없었다.

북방에 오면 자작나무가 가로수처럼 흔히 널려 있을 줄 알았는데 실상은 달랐다. 러시아어로 벨료자라고 부르는 자작나무를 대신하고 있는 나무는 상수리나무나 회화나무 같은 것이었다. 그리고 압도적으로 많은 것이 사시나무였다. 그곳 말로는 테레키라 불렸다. 테레키는 활엽수 큰키나무로 내가 어릴 적 식목일에 현사시나무니 은사시나무니 하여 어지간히 많이 심었다. 영어로는 'aspen'인데 그 범주는 아주 넓어서 포플러와 미루나무에 백양까지 모두 포괄하고 있다. 언뜻 보면 벨료자와 테레키는 껍질이 희고 모양이 곧게 쭉 뻗었으며 잎이 많이 달린 게 비슷하게도 생겼다. 바람이 불 때마다 벨료자와 테레키는 작고 많은 이파리를 사시나무 떨듯 흔들어댔다.

도시 거리의 가로수로 서 있을 뿐 아니라 대부분의 국도변, 마을에까지 열 지은 기둥처럼 서 있는 테레키는 어린 시절 내가 신작로를 걸어 학교를 오갈 때 짙은 그늘을 드리우고 수많은 이파리를 흔들어 응원가를 불러주던 미루나무를 떠올리게 했다. 또한 "이곳이 낙원이구나"하고 중얼거리게 만들었던 안데스산맥 동쪽 오아시스 도시 산폐드로의 미루나무를 떠올리게 만들었다. 만일 낙원에 심을 나무를 내가 고를 수 있다면 나는 테레키를 고를 것이었다.

산유국인 카자흐스탄은 물론 석유가 거의 나지 않는 키르기스스탄에도 외국산 중고차가 많이 굴러다녔다. 세 걸음 이상은 말을 타고 다니는 유목족의 전통이 말에서 차로 승용 수단이 변천하면서도 온존된 게 아닐까 싶을 정도였다. 그중에는 1978년에 러시아에서 처음 생산되었다는, 고물을 넘어 골동품에 가까운 승용차 라다도 있었는데 어떻게 굴러갈까 궁금증을 자아낸다는 것 외에는 별다를 게 없이 그냥저냥 털털거리며 잘도 다니고 있었다. 트럭은 극악무도하도록 지독한 매연을 뿜는데다 비포장도로에 연막탄을 터뜨리듯 먼지를 불러일으켰다.

키르기스스탄의 차량 보유 대수는 인구 열 명 중 두 대로 전 세계 평균에 비해서 훨씬 높다고 했다. 기름값도 휘발유 기준 리터당 800원쯤으로 결코 싸지 않았다. GDP 1천 달러의 나라라는 걸 생각하면 그토록 차에 목숨을 거는 건 종교적 차원의 관습, 가치관 때문이라고 이해할 수밖에 없었다.

카자흐스탄의 알마티도 침볼락산에서 바라보면 매연이 목을 둘러싼 머플러처럼 도시를 두르고 있지만 키르기스스탄의 수도 비슈케크는 최고봉이 7349미터인 텡구리봉을 비롯한 천산산맥, 이식쿨 호수를 비롯한 수많은 호수와 계곡을 거느린 천혜의 자연환경을 가진 나라라고는 믿기 어려울 정도로 공기가 좋지 않았다. 유럽이나 일본에서 중고차로 팔려온 차들, 낡은 러시아산 승용차와 저질 트럭과 버스가 내뿜는 매연 때문이었다. 그러고 보니 세계에서 가장 공기가 나쁜 곳이 네팔의 수도 카트만두라는 말을 어디서 들은 기억이 났다. 낮은 소득 때문에 중고차를 타야 하고 질 낮은 기름을 써야 하는데 높은 산이 공기의 흐름을 방해해 매연이 고여 있을 수밖에 없다는 것이었다. 그런 매연과 소음도 견딜 만한 것으로 느껴지게 만드는 것이 천산산맥이 머리에 이고 있는 만년설이었다.

그 설산에서 눈이 날아왔다. 아니, 먼지였다. 아니, 테레키에서 날리는 꽃가루였다.

환경이 좋은 나라가 선진국이다. 좋은 환경은 경제력과 부유함의 상징이다. 환경이 나쁜 나라는 선진국이 아니라는 뜻이다.

키르기스스탄에서는 올림픽이나 아시안게임의 투기 종목에서 뛰어난 선수를 많이 배출했다. 이웃의 우즈베키스탄, 카자흐스탄과 마찬가지로 전사와 용사의 나라여서 그런 듯했다. 말을 타고 산에 오르다 말이 힘들어하자 말을 번쩍 들어 어깨에 올려맨 채 정상에 올라갔다는 전설이 있는 용사 코좀쿨의 동상이 식당 앞에 서 있었다. 고선지 장군이 당나라 군대를 이끌고 원정을 나섰다가 사라센 연합군과 동서

양 간의 대회전을 벌인 곳이 비슈케크에서 남서쪽으로 190킬로미터
쯤 떨어진 탈라스 강변이었다. 당나라 군대에 협조적이었다가 사라센
연합군측으로 돌아서서 당나라의 패배에 결정적인 역할을 한 돌궐 부
족이 있었는데 코좀쿨이 그 부족과 연관이 있었을까. 모를 일이었다.
고선지는 고구려인이 아니고 멸망한 고구려 유민의 2세이니 당나라
사람이었다.

키르기스스탄의 수도이자 인구 60만이 모여 사는 비슈케크에는
'24시 약국' 간판이 많이 보였다. 가혹한 자연환경에 일교차가 큰 기
후라 사람들이 감기를 비롯해 여러 가지 병에 걸리는데 병원에 갈 수
도 없어 약국이 병원 역할까지 하느라 이십사 시간 운영한다고 했다.
1970~80년대에 내가 살던 구로수출산업공단 배후 동네에는 한밤중
이고 새벽녘이고를 불문하고 툭하면 약국 문을 두드리는 소리가 났
었다. 사는 게 힘들고 짜증이 나니 사소한 일로도 치고받고 싸우다가
소독약이며 연고를 사러온 사람도 있었고 감기, 몸살, 배탈, 기침으
로 오는 사람도 있었다. 두통, 복통, 치통, 생리통, 근육통, 관절통 같
은 통 자 돌림의 증상으로도 약을 사러 왔다. 원인을 제거하기보다는
증상을 해소하기에 급급했으니 약국은 언제나 문전성시를 이뤘고 약
사가 약국이 세 들어 있던 집을 통째로 사서 빌딩을 짓는 경우도 있
었다. 예나 지금이나 한국 사람들은 약을 잘 믿고 많이들 먹었더랬
다. 쥐약, 농약, 사약, 보약…… 우리가 그렇게 많이 먹은 약들, 뿌려
댔던 약들은 우리 몸이며 땅, 물, 대기에 축적되어 있을 것인데 지금
의 키르기스스탄보다 훨씬 진한 농도이지 않을까. 그런 걸 측정하고
통계를 내서 국민에게 세세히 알려주는 정부가 있다는 이야기는 듣

지 못했지만.

이천 년 전, 비단을 가지고 말을 사러 오던 중국 사람들은 지금은 키르기스스탄에서 철광석을 수입해 가고 있었다. 그 철광석에서 뽑아 낸 철을 가지고 자전거, 농기구 등등의 철제 제품을 만들어서 되판다 고 했다. 물론 철광석에 비할 수 없이 높은 가격으로.

키르기스스탄에서 아버지는 아타, 어머니는 아파라고 불렀다. 할아 버지는 총아타, 할머니는 총아파였다. 웬만큼 사는 집안의 아들은 아 버지에서 7대조까지의 이름을 모두 외운다고 했다. 그러니까 아타, 총아타, 바바, 부바, 쿠바, 조토, 제테까지 함자를 외우는데, 여자친구 집에 인사를 하러 갔을 때 미래의 처가 어른들이 "자네, 조토와 제테 함자가 어찌 되나?" 하고 물었을 때 어물거리면서 제대로 대답을 하 지 못하면 '가정교육이 좋지 않은 집의 자식' 취급을 받았다고 했다. 그런데 여성은 총아파 이상의 호칭이 없었다. 물론 이름도 외우지 않 았다.

이식쿨 호수 위에 구름이 둥실 떠 있었다. 구름 사이에 반달 모양의 하얀 낮달이 선명하게 걸려 있기도 했다. 멀리 보이는 천산산맥의 만 년설 역시 같은 빛이었다.

이식쿨 호수의 물은 하늘빛, 코발트블루, 에메랄드블루, 짙은 청색 등으로 푸른색의 변주가 다양하게 일어나고 있었다. 깊이와 햇빛, 플 랑크톤의 농도 등으로 때와 장소에 따라 빛이 바뀐다고 했다. 사람들 이 사는 집의 사립, 창문틀 등도 하늘빛으로 칠해져 있었다. 아름다운 그 빛은 시간에 따라 바랜 정도만 다를 뿐 대체로 비슷비슷하게 닮았 다. 서로와, 이웃과, 또 자연과. 그저 서로를 닮았다는 것만으로도 따뜻함과 평화로움이 느껴졌다.

끝없이 따라오고 있는 천산天山. 하늘에 닿도록 높아서 천산일까, 하늘이 내어서 천산일까. 혹은 보이지 않는 하늘의 산이 데칼코마니처럼 만년설을 사이에 두고 지상에 쌍둥이 형상으로 만들어진 것이어서?

부라나는 한때 이슬람, 불교, 기독교 세 종교가 한군데 모여 음식을 나누고 예배하고 기도하고 쉬고 대화하던 장소였다고 한다. 지금은 무너진 왕의 무덤과 지진으로 일부만 남아 있는 미나레트(아랍어의 '마나라'에서 유래하며 '빛을 두는 곳, 등대'의 의미. 이슬람 예배당인 모스크, 혹은 마스지드의 일부를 이루는 첨탑으로 이슬람의 사제 '무아딘'이 매일 올라가 기도할 것을 권유하는 '아잔'을 외치는 곳)를 중심으로 드넓은 초원에 말과 무시무시한 회청빛 가시를 단 관목, 크즈갈닥이라고 부르는 양귀비를 닮은 선홍빛 꽃들이 야생화처럼 널려 있을 뿐이었다. 이따금 독일어, 프랑스어를 쓰는 가이드를 대동한 나이든 관광객들을 태운 버스가 와서 머물다 가곤 했다. 언젠가는 동남아, 중국, 일본, 유럽을 다녀온 한국 사람들을 그득 태운 버스들이 여기에도 와서 사람들을 내려놓지 싶었다.

먼저 사람들의 시선을 한눈에 잡아끄는 미나레트에 올라갔다. 경기도 여주 신륵사의 모전석탑을 닮은 모양으로 높이는 25미터인데 45미터의 원래 높이에서 절반가량 살아남았다고 했다. 탑 내부로 들어가는 입구는 철제 사다리가 연결된 2층인데 들어가는 입구가 아주 좁았다. 체구가 작은 사람이 어깨를 펴고 간신히 통과할 수 있을 정도에 불과했다. 들어가자마자 직각으로 꺾이는 통로는 캄캄하기까지 해서 모두들 핸드폰의 플래시를 켰다. 스마트폰이 있는 나는 '플래시 앱'을 구동시켰다. 계단참 중간에 작은 창이 있어 그곳으로 빛이 약간 들어오고 있을 뿐으로 별다른 준비가 없이 온 사람들은 네발로 가파른 계단을 기어오르게 되어 있었다. 짐승이, 아니 걸음마를 떼기 전의 아기가 된 기분이 들었다. 절대자에 대한 공경심을 자아내고 암살의 위험을 방지하기 위해 일부러 가파르게 만들었다는 캄보디아 앙코르와트의 계단만큼 심한 경사도였다. 좁기까지 하니 중간에 멈추면 그야말로 빼도 박도 못하게 되는 셈이었다. 그 와중에 인체의 장기에서 음식물 소화 과정에서 생성된 가스가 인체의 뒤쪽에 배치된 배기구를 통해 발사되면 곤란하겠다는 생각이 들었다. 생각을 하지 않았으면 좋았겠지만 생각을 하는 순간부터는 앞에 가는 사람의 인내, 선의에 맡길 수밖에 없는 상황이었다. 이러니 언제 어디서나 '줄'을 잘 서야 하는 모양이다.

탑 위에 올라서니 일망무제의 들판이 펼쳐졌다. 천산의 산자락이 보이고 드넓은 벌판에 말을 달리는 한 사내의 모습과 노란 유채꽃밭이 보였다. 탑 아래에서 탑 위를 올려다보는 사람들도 있었다. 올라온 보람이 있었다. 올라오지 못했다면 경험하지 못했을 느낌을 받고 또다시 보기 힘들 풍경을 덤으로 받았으니까.

내려가는 길은 상대적으로 쉬웠다. 아래에서 기다리는 사람들의 말소리가 들려왔다. 그들도 줄을 잘 선 편이었다. 먼저 간 일행이 서두르고 있었으니. 산도産道와 같은 계단로를 지나 밖으로 빠져나오자 눈부신 햇살이 맞아주었다. 기다리던 사람이 "(제대로 올라가서 보는데)성공했느냐"고 영어로 물었다. 일행 중 한 사람이 "메리 크리스마스, 해피 뉴 이어"라고 대답했다. 내가 '크리스트'도 '해年'도 아니지만 확실히 한 단계를 통과한 듯한 느낌을 주었다.

그런데 땅바닥에 내려서자 다리에 힘을 줄 수가 없는 것이었다. 몇십 미터도 안 되는 계단길이 그렇게 힘들었던가? 안 쓰던 근육을 썼던가? 그렇게 긴장을 했나? 모를 일이었다. 확실한 것은 다리에 힘이 없다는 것이었다. 모두들 웃었다. 비실비실 쓰러지며 마주 웃었다. "우리는 (웃다가) 다 쓰러졌다"는 표현 그대로였다. 부라나의 미나레트, 아니 전 세계 곳곳에 산재한 미나레트에 올라갔다 오면 그 말이 무슨 뜻인지 확실히 알게 될 것이었다.

한때 모스크가 있었던 구릉 아래에 전사자의 무덤을 눌러두던 바위들이 모여 있었다. 전쟁중에 사망한 전사의 시신을 적국에서 가져가는 것을 모욕으로 여겼기 때문에 그런 식으로 시체의 유출을 방지했던 것이라고 했다. 확실히 그곳은 전사의 땅, 용사의 자존심이 느껴지는 나라였다.

이식쿨 호수의 대표적인 여름 휴양지 촐폰아타는 고구려의 첫 도읍지인 졸본성卒本城과 발음이 비슷하다고 하여 재야 사학자 가운데 일부에서 고구려의 첫번째 도읍지가 촐폰아타라고 주장하기도 했다. 고구려는 역사적으로 기원전 37년에서 기원후 3년 사이에 현재의 중국 요녕성 환인현에 있는 오녀산성으로 추정되는 졸본성에 도읍지를 정했다. 촐폰아타와 그곳과의 지리적 거리는, 옛날 사람들의 기준으로 보면 서로 다른 세상이라고 해도 될 정도로 아득하다. 촐폰은 샛별(금성)이라는 뜻이고 아타는 아버지, 혹은 아저씨라는 뜻인데 고구려의 졸본이 어떤 뜻인지는 확실히 알려져 있지 않다. 어쨌든 졸본과 촐폰의 발음상의 유사성을 가지고 아득한 거리를 지척으로 만드는 상상을 하는 존재인 인간은 언어의 동물이 맞다.

촐폰아타를 비롯해 이식쿨 호수 주변의 땅과 다차(러시아식 별장)를 대거 사들이고 있는 사람들은 카자흐스탄 부자들이었다. 이식쿨 호수는 카자흐스탄 최대의 도시 알마티에서 천산산맥을 넘어오면 직선 거리로 불과 80킬로미터밖에 안 된다고 했다. 옛적에는 말을 타고 넘어다니기도 했다고 한다. 문제는 3천 미터를 넘는 눈 쌓인 고개를 넘는 것인데 카자흐스탄 쪽에서는 터널을 뚫어서라도 차도를 연결하고 싶어하는 사람과 그랬다가는 알마티 인근의 카자흐스탄 여름 휴양지들에 망조가 들 것을 우려하는 사람으로 나뉘어 진척이 잘 되지 않고 있다. 돈이 없는 키르기스스탄 사람들은 그냥 그러나보다 하고 카자흐스탄 쪽의 처분에 맡기고 있는 형국이었다.

1985년 9월의 '뉴욕 플라자 합의' 이후에 일본의 엔화가 초강세 추세로 진입하자 일본인들이 손에 엔화를 움켜쥐고 전 세계를 돌아다니며 땅과 집을 사들여 사실상 몇몇 도시를 일본의 소유로 한 적도 있었다. 바이칼 호수 주변의 가게와 집, 땅이 그랬다고 하고 캐나다 록키산맥의 휴양 거점 도시 밴프도 일본인들이 접수했다는 식이었다. 그런데 일본인이 들어가는 자리에 꼭 따라 들어가 경쟁에서 승리하고 살아남는 사람들이 있으니 그게 한국인이라는 것이었다. 일본인이 견디지 못하고 떠난 자리에 떡하니 주인 노릇을 하고 있는 경우는 나도 몇 차례 보았다. 이를테면 인도 남부의 도시 첸나이 같은 곳의 식당 주인이며 캐나다 록키산맥 산록의 호텔 주인.

이식쿨 호변을 한 바퀴 두르는 400여 킬로미터의 도로를 하염없이 달리고 또 달리던 중에 문득 누가 물었다. 아니 내가 물었던가, 그냥 머릿속에 그런 질문이 떠올랐던가.

"만약에 이식쿨 호수 주변의 이 넓은 땅을 한국 사람들한테 주고 어떻게 해보라고 하면?"

"맨 먼저 별장을 짓고 펜션을 짓겠지. 그다음에는 만년설 위에 사철 스키장을 만들고. 동양의 알프스니 뭐니 이름을 달아서 관광지로 개발하고 자기들끼리 땅을 사고팔고 하면서 엄청나게 값을 올려놓을 걸. 만년설 녹인 물을 생수로 팔고 이식쿨 호수 물을 끌어다가 수박, 참외 농사도 지을 거고 소나 양 같은 가축도 엄청나게 사육하겠지. 호수에는 가두리 양식장을 만들고. 지금 있는 온천에 초대형 사우나를 짓고 칠성급 호텔을 때려짓겠지. 이식쿨 호수에는 유람선이 떠다니고 물고기는 씨가 마르고."

"됐네. 벌써 다 해본 것 같으니까 그만두자고."

나중에 한국에 와서 들으니 실제로 한국에서 이름이 웬만큼 알려진 사람이 그 비슷한 일을 추진하다 뭔가 중간에 틀어져서 쉬고 있다고 했다.

나는 지금 만년설이 쌓인 천산산맥의 거봉들이 둘러싸고 있는 이식쿨 호수변에 있는 의자에 앉아 자판을 두드리고 있다. 탁자에는 이식쿨 호변의 사과나무 과수원에서 난 사과 두 알이 등을 맞대고 놓여 있다. 하나는 작고 빨간데 하나는 전체적으로 노란색이면서 붉은 점이 연지곤지처럼 찍혀 있다. 맛은 좀 푸석푸석한 편이다. 좋게 말하면 부드럽다고나 할까. 우리나라 사과, 내가 좋아하는 품종인 홍로에 비하면 이른바 사각거리는 식감이 많이 떨어지고 당도 역시 낮은 편이다.

홍로가 나오기 전의 품종, 일본에서 개발된 부사의 맛에 가까운 것 같기도 하다. 물기가 적고 당도가 낮은 대신에 오래 저장을 할 수 있다고 했다. 지금은 저장 기술이 발달하고 냉장 창고를 가동하는 농업용 전기가 값이 싸서 품종 자체의 저장성에는 과거처럼 구애받지는 않는다. 이곳은 우리와 형편이 좀 다른 것 같다. 전기가 부족한 게 아니라 사과값이 워낙 싸서(플라스틱 양동이 하나로 250솜, 그러니까 5천 원 정도밖에 안 하니까) 저온 냉장을 하지 않는 것 같았다. 제철에는 사과 천지라는 마을에서 사과를 보기가 아주 어려웠다. 8천 원 정도를 지불하고 이식쿨 호수 특산이라는 훈제 송어를 함께 샀다.

재미있는 것은―이런 식으로 말하면 대개 재미없게 설명이나 훈계조로 가버린다는 게 문제지만―목욕탕에 온도계가 있다는 것이다. 언뜻 보니 섭씨 24도였다. 이 동네는 7~8월 한여름에는 영상 40도까지 올라간다고 한다. 한겨울에는 천산산맥이 냉장고, 아니 냉동고 역할을 해서 남부 나린 지역 같은 데는 영하 40도까지 떨어지기까지 한다는 것이다. 이 나라의 연중 기온의 범위가 영상 40도에서 영하 40도가 되는데 목욕탕의 온도계는 한겨울에 참고하라고 달아놓은 것 같았다. 이식쿨 호수 주변은 겨울에도 그리 춥지 않고 안쪽 도시 카라콜에 아주 유명한 스키장이 있다고 했다. 그곳의 숙박 시설이 오래되어서 마음에 들지 않는 사람은 여름 휴양지인 이곳 촐폰아타로 와서 자고 간다는 것이다. 촐폰아타의 최고급 호텔이라 해도 우리나라로 치면 중급 이하지만.

학교에서 집으로 돌아가는 아이들이 있었다. 볼이 사과처럼 빨갛고 키가 그리 크지 않은, 우리와 같은 알타이어족으로 짐작되는 아이들이. 재미있는 것이 또하나 있는데, 왜 이토록 가혹한 환경에서 사과나무를, 아이들을 키우며 살고 있느냐 하는 의문이다. 못 견디게 추우면 굳이 집안에 1~2톤씩 석탄을 쌓아두지 말고 벽 두께를 40센티미터나 되게 집을 짓지 말고, 창을 이중창으로 할 것 없이 따뜻한 남쪽 지방으로 가서 사는 게 어떨까. 어차피 유목민족의 후예들인데 살기 좋은 곳을 찾아 떠돌아다니는 게 뭐가 어렵겠는가. 도대체 왜 안 그러는 걸까? 일 년에 절반은 손님도 찾아보기 힘든 휴양지에서 숙박업소를 운영하고 가게를 열고 송어를 훈제하는 사람들은 도대체 왜 그럴까? 답은 어렵지 않았다. 주어진 환경을 받아들이고 순응하며 사는 것뿐.

그런가 하면 키르기스스탄의 수도 비슈케크의 마트에만 가도 없는 게 없었다. 우리의 라면까지 종류별로 진열되어 있었다. 이제 세계화 덕분에 가난은 전 세계적으로 평준화되었고 상위 특권층 1퍼센트 역시 전 세계에 골고루 퍼져서 잘살고 있을 것이고 이 체제는 영원할 것이고(최소한 영원하게 느껴질 것이고) 가난한 자는 천국에서나 위로받을 수 있을 것 같다. 그런 암울한 느낌을 받은 채 다시 국경을 넘을 준비를 했다. 여전히 키르기스스탄은 지상의 낙원처럼 여겨지고 있는 채로.

비슈케크의 공항에서 타슈켄트행 비행기를 타기까지 엑스레이 검색을 받은 것만 세 차례였다. 왜 이렇게 까다로운가, 뭐 얼마나 중요한 걸 가지고 나갈 거라고 이러나 싶었다. 그런데 그건 우즈베키스탄에 비하면 양반이었다. 우즈베키스탄에서는 비행기도 아닌 기차를 타는데도 다섯 번의 검사를 받았다. 역 광장. 역사 입구 엑스레이 검색대. 승강장 입구 표 검사. 승강장 진입시. 기차 타기 전. 출국하는 비행기를 탈 때는 과연 내가 이 나라를 제시간에 빠져나갈 수 있을까 하는 생각이 들 정도로 서류며 절차가 복잡했다. 고액권 달러와 같은 국부가 유출이 될까 싶어서 그런 거라고 들었다.

또한 알마티가, 혹은 비슈케크가, 혹은 타슈켄트가 언젠가 세계에서 가장 녹화가 잘되어 있는 도시로 무슨 상을 받았다는 이야기도 들었다. 이런 이야기는 디테일이 부족한 게 보통이다. 그런 적이 있다는 걸로 충분하다. 알마티, 비슈케크, 타슈켄트에서는 나무에 대한 특별한 관심은 없어 보였다. 신기한 건 연중 강수량 400밀리미터 정도에서 이만큼 훤칠하고 무성하게 잘 자라는 나무들이었다. 천산산맥의 만년설에서 끊임없이 물을 공급해주니 가뭄 걱정은 안 하겠지만 고개를 들어 한참 바라보아도 과연 저 눈(녹은)물이 내 입술을 적시기까지, 나무뿌리에 닿기까지 내가 살아 있을까 싶은 생각이 드는 것도 사실이었다. 어쨌든 겨울이 연중 육 개월 이상, 일교차가 25도가 넘는 이곳에서 생명으로 살아간다는 것은 간단한 일은 아닐 성싶었다.

우즈베키스탄은 석유와 천연가스, 금 등의 천연자원과 광물이 풍부한데 문제는 그걸 개발할 기술이 부족하다는 것이라고 한다. 그래서 우즈베키스탄 사람들은 스스로를 '배고픈 부자'에 비유한다.

"어떤 부자가 돈을 많이 벌어서 금과 보석으로 바꾼 뒤 상자에 넣고 자물쇠로 단단히 잠갔다. 그러고는 그 위에 올라앉아 있으면서 흐뭇해하는 게 일인데 제대로 먹지도 못하고 옷을 사고 몸을 돌보는 데도 돈을 아껴서 늘 헐벗고 초췌한 행색을 하고 있었다. 이웃이 보다 못해 '당신은 어째서 보물을 깔고 앉아만 있는 거요? 그것으로 배부르게 먹고 마시고 아름다운 옷을 입은 뒤 친척과 이웃을 불러 즐겁게 잔치를 벌이는 게 어떻소? 그게 제대로 사는 게 아니겠소?' 하고 물었다. 그러자 부자는 자신도 그러고 싶은데 보물상자의 열쇠를 잃어버려서 어쩔 수가 없노라고 대답했다. 이웃은 다시 '그럼 그 상자를 부숴버리면 되지 않습니까?' 하고 물었다. 부자의 대답은 이러했다. '사실은 이 상자 자체도 대단히 비싼 보물이라오. 아까워서 부술 수가 없소.' 그뒤로도 부자는 여전히 헐벗고 배고픈 채로 살아갔다고 한다."

김밥은 우즈베키스탄에서도 먹을 수 있었다. 우즈베키스탄에는 우리 교민이 3천여 명밖에 되지 않지만 식당은 이십여 개에 달한다고 했다. 전 세계의 중국음식점 숫자와 관련해 나온 통계에 의하면 인구 1천5백 명당 식당 한 개가 유지될 수 있다. 정상적인 기준으로는 이십여 개의 식당이 장사가 되려면 타슈켄트에 거주하는 한국 교민이 3만 명은 돼야 한다. 한국음식점이 우즈베키스탄에 왜 그렇게 많으냐 하면 한국에서 오는 관광객이 많고 현지 사람들이 한국음식을 좋아하기 때문이라고 한다. 카자흐스탄 알마티의 호텔에 있는 도시 소개 책자에도 "알마티에는 전 세계 여러 나라의 맛있는 음식을 먹을 수 있는 식당이 많다"고 하면서 한식을 일식, 중식, 이탈리아, 프랑스 요리에 앞서 첫번째로 놓고 있었다.

러시아에서 채소를 재료로 나물 반찬을 만들어서 크게 성공한 고려인들이 많다는 걸 보면 한국인의 피에는 맛있고 몸에 좋은 음식을 만드는 유전자가 들어 있는 게 아닌가 싶다. 우리 음식이 얼마나 다채롭고 정교한가. 특히 나물을 잘 다루고 김치, 장, 젓갈 같은 발효 방면 기술로는 세계 최고가 아닌가.

우즈베키스탄의 한식당에서는 내 또래의 남자와 그의 후배인 듯한 남자들 서넛에 아름다운 우즈베키스탄 아가씨가 한 사람 끼어 만들어진 일행을 볼 수 있었다. 우즈베키스탄에서 한식당에 두 번 갔는데 갈 때마다 같은 비율의 일행 한두 팀이 꼭 앉아 있었다. 내 연배의 남자가 일행의 리더인지 경비를 모두 부담하는지 그야말로 좌중을 석권한 채 이야기를 쉬지 않는데 한국말을 못 알아듣는 우즈베키스탄 여성은 그래도 김밥이 제일 먹기 쉬웠는지 김밥만 포크로 찍어서 먹고 있었다. 김밥이 다양한 재료로 만들어지는 것처럼 그 구성원들도 다양해 보이는데 서로 섞여 있으면서도 전혀 안 어울려 보인다는 게 묘했다. 남자들은 골프를 치다 온 듯 얼굴이 붉게 타 있었다. 새벽에 나가서 골프를 치고 뜨거운 햇빛을 피할 겸 점심을 먹고 호텔 방에서 한잠 자든가 하면서 좀 쉬었다가 다시 라운딩을 나갈 계획을 짜고 있었다. 그렇게 볼 게 많고 먹을 것도 많고 갈 데도 많은 우즈베키스탄에서 한국 남자의 관심사는 두 가지인데 골프(만년설 녹인 물로 만든 잔디밭 골프장이라니!), 그리고 몸에 좋다는 상황버섯이었다. 실크로드에는 비단을 만들어내는 누에의 음식인 뽕잎을 따기 위해 뽕나무를 많이 심었는데 요즘 사람들은 실크에는 그다지 관심이 없고 뽕나무에 달리는 상황버섯에 죽자고 달려들고 있다는 것이었다. 상황버섯은 항암 효과에 성인병 예방, 노화 방지 효과까지 있다니 그럴 만하지 싶었다. 그런 약효가 버섯 한 종류에서 나온다는 것을 믿을 수 없긴 했다.

우즈베키스탄과 투르크메니스탄, 카자흐스탄이 나란히 국경선을 맞대고 있는 부하라에서 히바에 이르는 북서쪽 지역에는 엄청난 양의 석유가 매장되어 있다. 식당에서 들고 온 한인신문에 아랄해에 가까운 도시 누쿠스의 한국식당을 판다는 광고가 나 있었다. 거기에 우리

나라 기업도 들어가서 자원 개발을 하고 있다. 실크로드는 거기서도 더 서쪽으로 뻗어 투르크메니스탄으로 들어간다. 또하나의 길은 세계에서 가장 아름답다는 도시 사마르칸트에서 샤흐리잡스로, 페르시아로 뻗어간다.

타슈켄트공항에서 국내선 비행기를 타고 부하라로 가기 위해 비행기 출발 시각인 12시 10분보다 두 시간 일찍 국내선 공항에 도착했다. 사람과 짐을 태운 차는 새로 지은 공항 청사에서 200미터쯤 떨어진 곳에 멈추었고 뙤약볕 아래를 가방을 끌거나 들고 걸어서 이동해야 했다. 사람보다 시설, 건물, 도로, 기념물, 법, 체제를 우선시하는 구소련의 정신적 유산이 작용한 것이려니 하고 이해하려 했다. 기분 좋은 건 아니었으니 좋게 생각되지는 않았다.

공항 입구 검색대는 국제선에 비해 다분히 형식적이어서 쉽게 통과했다. 안디잔, 사마르칸트, 우르겐치, 테르메제 등 동서남북 여러 도시로 출발하는 항공편 사이에 부하라행 항공편도 끼어 있었다. 이렇게 타슈켄트를 기점으로 비행기를 타고 대략 한 시간 걸리는 도시를 왔다갔다하면서 여드레쯤 다니면 우즈베키스탄의 유명 관광지를 다 가볼 수 있다고 했다.

별생각 없이 공항 청사 1층에 있는 의자에 앉아 좌석 배치를 하고 짐을 부치는 수속이 시작되기를 기다리고 있었다. 한 시간이 지났다. 수속은 시작되지 않았다. 다른 항공편은 속속 출발했다. 다시 한 시간 반이 지났다. 여전히 부하라행 항공편 수속은 시작되지 않았는데 우르겐치로 가는 비행기에 탑승할 단체 관광객이 한꺼번에 모여들었다. 우르겐치를 거쳐 중세 실크로드 오아시스의 분위기가 고스란히 남아 있는 히바로 가보려고 했으나 몇 달 전에 예약을 했어야 한다는 이야기를 듣고 포기한 참이라 그들이 몹시 부러웠다. 상당수가 연세가 지긋하고 행동이 느릿느릿한 유럽 노인들로 생애 마지막 기회에 히바로 여행을 하는 것처럼 보였다.

아침을 부실하게 먹고 점심때가 다 되어오니 배가 고팠다. 훈련을 받거나 여행을 다닐 때 가장 큰 낙이 먹는 것이라지만 배가 고픈 건 여행자에게 가장 큰 고통이자 서러움과 불만의 근원이다. 공항에는 매점도 없었고 식당이라는 간판 아래의 두꺼운 나무문은 굳게 닫혀 있었다. 자판기가 있었는데 과자와 초콜릿, 물과 코카콜라 같은 음료수와 함께 놀랍게도 봉지라면을 팔고 있었다. 그것도 닭고기맛, 소고기맛 하여 두 종류나. 그런데 그 라면을 조리할 수 있는 조리 시설이 보이지 않았다. 뜨거운 물이 나오는 생수통이 있었지만 그것으로 어떻게 할 수 있을 것 같지 않았다.

"군대 라면을 먹을 때처럼 봉지를 뜯어서 뜨거운 물을 부으면 어떻게 될까?"

일행과 의논을 해봤지만 전설의 군대 라면을 먹어본 전방부대 현역병 출신이 없다보니 그게 가능할 것 같지도 않았다. 게다가 젓가락이나 포크가 없었다. 여행 가이드와 통역을 맡은 현지인 이선생이 접수대로 가서는 자판기 라면을 어떻게 조리하는 건지 물어보았다. 친절하게도 밖으로 나와 자판기 앞에까지 온 항공사 직원은 고개를 갸웃거리고 어깨를 으쓱거리더니 결국 두 손을 활짝 펴보였다. 그냥 말로 '모르겠다'고 하면 간단할 것을.

그렇게 시간이 지나 마침내 접수대 위의 모니터에 부하라행 항공편

수속이 시작되었다는 표시가 생겨났다.

"이럴 거면 왜 국제선도 아니면서 출발 두 시간 전부터 오라고 한 건지 모르겠네."

모르는 것을 이해하려 애쓰며 줄줄이 가방을 끌고 접수대 앞에 갔더니 먼저 온 사람들이 접수를 하고 있었다. 그런데 출발 시각이 두 시간 뒤인 오후 2시 10분으로 슬그머니 바뀌어 있는 것이었다. 이 선생이 들고 있는 항공사 전자티켓에는 분명히 12시 10분이라고 되어 있었다. 이선생이 앞서 접수를 마친 육십대 여성 일행에게 원래 출발시간이 2시 10분인 줄 알고 나왔느냐고 물어보니 그들은 잘 모르겠다고 대답했다. 모르는 게 아니라 아는 대로 대답하기 싫은 것 같았다. 아니, 항공사 직원 앞에서 그런 수상쩍은 문답이 오가는 것을 미안해하는 것 같았다. 이선생은 이번에는 항공사 직원에게 왜 시간이 변경되었는지 물었다. 항공사 직원은 원래부터 그랬다고 대답했다. 우리 일행을 제외하고는 모든 승객들이 바뀐 시간에 대해 적응을 마친 것처럼 보였다. 따져 묻는 사람은 그나마 우리밖에 없었다. 항공사 직원은 우리를 오래 상대하는 게 힘겨워서, 혹은 귀찮아서 그러는지 우리 앞에 서 있던 다른 승객을 무시하고 우리의 가방을 먼저 화물 계량대에 올려놓게 했다. 우리 앞에 서 있던 승객은 아무런 항의도 하지 않고 서 있기만 했다.

무슨 영문인지도 모르고 두 시간을 더 지체한 뒤 우리는 러시아산 프로펠러 항공기에 탈 수 있었다. 다시 영문도 모른 채 활주로에 그냥서 있는 비행기 안에서 삼십 분을 더 기다렸고 냉방이 되지 않는 비행기 안에서 땀을 줄줄 흘리며 시간을 보내기 위해 이미 다 읽은 여행

안내책자를 읽고 또 읽었다. 맨 뒤에 비행기에 탄 건장한 두 남자는 들지도 못할 무거운 짐을 통로 뒤쪽으로 질질 끌고 갔다. 비행기가 이륙한 시간은 출발 예정 시각에서 두 시간 삼십 분 뒤, 우리가 공항에 도착한 지 이백칠십 분 만이었다.

비행기는 빼먹은 시간을 만회하려는 듯 프로펠러 비행기치고는 제법 빠른 속도로 날아가 사십여 분 만에 부하라의 상공에 이르렀다. 그런데 착륙을 하지 않고 공중에서 선회하면서 단축한 이십 분을 또 까먹었다. 기장의 안내 방송에 따르자면 관제탑에서 착륙 명령이 떨어지지 않아서라니 내가 뭘 어쩌겠는가. 겨우 비행기 바퀴가 땅에 닿고 나서 비행기가 멈추기도 전에 사람들은 하나 빠짐없이 자리에서 일어서서 짐을 챙겨들었다. 맨 뒷자리에 있던 여자가 커다란 가방을 통로에 질질 끌고 앞으로 나가서는 이미 통로를 점령한 다른 짐 때문에 더 이상 갈 수가 없게 되자 길을 꽉 막은 채로 다른 사람들의 눈총을 모르는 체하며 서 있었다. 그런 걸로 미루어 우즈베키스탄 사람들이 다른 나라, 민족보다 성격이 느긋한 것 같지는 않았다.

하지만 비행기 문은 비행기가 멈춘 뒤에도 쉽게 열리지 않았다. 물론 그동안은 냉방이 안 되었고. 우여곡절 끝에 문이 열렸지만 예상대로 커다란 가방을 가진 여자는 계단을 내려갈 때 남의 손을 빌리지 않으면 안 되었다. 아무도 그 여자를 도와주려 하지 않았다. 차라리 비행기 안에서 살림을 차릴망정 그 여자가 전에 보인 행태에 대해 부작위의 보복을 충분히 가하기 전에는 손끝 하나 까딱할 생각이 없다는 것이 사람들의 결연한 표정에 드러나 있었다. 결국 항공사 직원 두 명이 합세해 고집 센 노새 같은 가방을 끌어내리고 나서야 행렬이 움직이기 시작했다.

활주로에서 공항 청사까지 승객을 태워 갈 버스는 비행기에서 모든 승객이 내리고 버스에 탄 뒤에야 출발했다. 결과적으로 일찍부터 짐을 들고 서 있었든 가방을 앞으로 끌고 나와 새치기를 했든 마찬가지로 같은 버스를 타고 가게 된 것이다. 섭씨 38도의 날씨에도 냉방을 전혀 하지 않는 버스였다.

버스가 공항 청사에 근접하자 우리가 타고 온 프로펠러 비행기의 두 배쯤 되는 커다란 제트 비행기가 서 있는 게 보였다. 비행기 근처에는 검은색 승용차가 다섯 대쯤 서 있었고 양복을 입은 남자들과 전통 복장을 입은 여성들, 관악대가 도열해 있었다.

"외국에서 누가 전용기를 타고 왔나봅니다. 부하라주 주지사가 나와 있네요. 전송을 하고 있는 것 같아요."

이선생이 말했다. 우리가 버스에서 내리고 공항 청사에 들어가기 직전에 그 비둔한 제트 비행기가 움직이기 시작했다. 이선생이 부연해서 설명했다.

"이제 이해가 되네요. 외국에서 주요 인사가 오는 바람에 우리가 탈 정기 항공편이 제시간에 못 뜨고 못 앉게 된 것 같습니다."

나는 전혀 이해를 할 수 없었다. 외국에서 온 제트 비행기가 비행장만한 크기가 아니라면 정기 항공편이 뜨지 못할 이유가 있는가. 혹시 보안이나 경호 때문에 그런다면 국내선 정기 항공편에 탄 승객들이 수상한 사람들이라도 된다는 말인가. 정기 항공편의 예정 도착 시간보다 두 시간 뒤에 출발하는 비행기에 탄 사람에 대한 전송, 거창하게 말해 의전 때문이라고 한다면 자그만 국내선 프로펠러 비행기나 그 비행기에 탄 누추한 승객들이 그 자리를 더럽히기라도 한단 말인가.

인도의 무슨 주지사가 타고 왔다던 제트기의 거대한 몸뚱이가 내 시야에서 사라져버리고 난 뒤에도 내가 탄 비행기의 화물은 나오지 않았다. 크기나 무게로 보아 규정상 수화물로 탁송했어야 할 짐을 비행기에 들고 탄 사람들은 이미 나가버린 지 오래였다. 예상과 이해의 범주를 한참 넘는 시간이 흐른 뒤에 가방을 찾을 수 있었다. 이번에는 앞줄에 선 사람이 가방 숫자에 비례하는 숫자의 화물 탁송 딱지를 가지고 있지 않다는 게 문제가 되었다. 그 사람이 자신과 일행의 온몸을 샅샅이 수색해 화물 딱지를 찾아낼 때까지 공항 보안 담당 공무원은 마냥 뒷사람을 기다리게 했다. 그렇게 해서 공항 청사를 빠져나오고 나서도 그림자 하나 없는 뙤약볕 아래를 지나 마지막 검색대가 있는 관문을 통과해야 네 시간 전부터 기다리고 있던 대절 택시에 탈 수 있다는 것을 알게 됐다. 알고 싶지도 않았지만 그 택시는 그날 하루 전세를 낸 것이라 그날 자정이 지날 때까지는 마냥 기다리고 있을 수도 있었다.

택시에 타자마자 가장 먼저 우리가 점심을 예약해둔 음식점으로 가야 한다고 이선생은 말했다. 그때 시간은 점심이 아니라 저녁을 먹을 때가 다 된 4시 30분이었으나 예약해둔 점심은 먹어야 한다는 것이었다. 미리 선불을 해서 그러는지 취소를 할 수 없어서 그러는지 차려놓은 음식이 아까워서 그러는지 자세한 이유는 말해주지 않았고 너무 지쳐서 캐물을 힘도 없었다. 게다가 6시에 저녁 예약을 해두었기 때문에 점심을 배부르게 먹을 수도 없었다. 그렇다고 제때에 점심을 못 먹어 허기진 참에 맛있는 음식을 앞에 두고 눈만 멀뚱멀뚱 뜬 채 자제하기도 어려웠다. 식당 주인은 타지크인, 그의 아내는 고려인이라 했는데 메인 요리인 양고기 샤슐릭보다 반찬 격으로 나와 있는 샐러드가 입에 더 잘 맞았다.

식사를 하는 둥 마는 둥 마치고 여장을 풀기 위해 호텔로 향했다. 호텔 주인은 현직 우즈베키스탄 대통령의 큰딸(옛적의 표현대로라면 '큰 영애')이라고 이선생이 설명했다. 대통령의 둘째딸('작은 영애')은 미국에서 디자인을 전공했고 국내는 물론 중국 베이징 등에서 패션쇼를 수십 회를 열었으며 최근에는 가수로 데뷔했는데 프랑스의 유명 배우와 뮤직비디오를 찍었다고 했다. 방송에는 수시로, 자신이 나가고 싶으면 나갔기 때문에 우즈베키스탄 사람이라면 모를 수가 없는 유명인이었다. 흥미로운 것은 그녀가 방송에 나오면 다른 연예인은 출연을 자제당한다는 것이었다. 우즈베키스탄 말고 다른 나라에도 '자제당한다'는 말이 있는지 모르지만.

그녀의 언니인 대통령의 큰딸이 운영하는 호텔이라니 아마도 부하라를 대표하는 호텔이 틀림없는 것 같았다. 그런데 우리가 묵을 호텔 부근에 이르렀을 때 문제가 생겼다. 호텔로 가는 길이 경찰의 통제로 막혀 있는 것이었다. 도로를 막는 바리케이드 앞에 서 있는 경찰관은 무전기를 휘두르며 단호하게, 호텔 쪽으로는 들어갈 생각 하지 말고 돌아서 가라고 운전자들에게 명령을 내리고 있었다.

"왜 이러는 거죠? 호텔이 바로 저기 보이는 것 같은데 차에서 내려서 가방을 끌고 가면 안 되겠어요?"

내가 묻자 이선생은 아마도 아까 공항에서 출발한 주요 인사가 우리가 가고자 하는 호텔에 묵었을 것인데 아직 통제가 풀리지 않은 것 같다고 했다. 걸어갈 수도 있지만 오히려 그게 이상하게 보일 수 있으니 일단 기다려보자고 하는 것이었다. 그러자 구소련 해군 하사관 출신이면서 군살 하나 없는 탄탄한 몸매의 타지크인 운전기사가 차를 세우더니 문을 열고 내렸다. 이삼 분쯤 뒤에 그는 차에 다시 올라 차를 후진시켰다. 길을 돌아가려나보다 싶었는데, 경찰관이 차량 통제 바리케이드를 자동차 몸체 더하기 깻잎 한 장 너비만큼 여는 게 보였다. 우리를 태운 차는 즉시 기어를 드라이브 모드로 바꿔 그 사이를 번개처럼 통과했다. 거울을 보니 우리 뒤를 따르려던 다른 차가 가차 없이 제지당하는, 아니 자제당하는 게 보였다. 우리가 탄 차가 텅 빈 4차선 도로를 F1 경주에 단독 출전한 스포츠카처럼 질주하는 중에 이 선생이 운전기사와 뭔가 이야기하더니 배를 잡고 웃기 시작했다.

"지금 대통령의 큰딸 호텔에서 중요한 외국인이 참석하는 행사가 있어서 경찰관이 도로를 통제하는 거랍니다. 우리 운전기사가 지금 자신의 차에 타고 있는 사람들이 중요한 외국인 손님으로 바로 그 호텔의 행사에 가는 길인데, 행사에 제때 참석 못해서 문제가 생기면 당신이 책임을 질 거냐고 했대요."

요령 있게 말한다면 그 말이 거짓말은 아니었다. 내가 외국인인 건 맞으니까. 중요하고 중요하지 않고는 정하기 나름이지만 나는 아주 가끔 나를 중요하다고 보고 있다. 때로는 꿈속에서도.

인구 3천만인 우즈베키스탄에 무려 130여 개의 언어가 있다고 하여 놀라는 내게 이선생은 구소련에는 250개 언어가 있었고, 키르기스스탄도 80개 언어가 있다고 말했다. 우즈벡어는 우리와 같은 알타이어계에 속하는 투르크어인데 여기에는 터키어, 위구르어, 카자흐스탄어, 키르기스스탄어, 아제르바이잔어, 투르크메니스탄어 등이 함께 속해 있다. 투르크어에 속하는 언어끼리는 20~40퍼센트 정도 소통이 되고 하나의 어군에 속하는 사람이 다른 투르크어를 금세 배운다고 한다.

우즈베키스탄에서 중요한 역할을 하는 외국어는 러시아어로 중앙아시아 여러 나라에서도 통한다고 한다. 웬만한 사람은 모국어 외에 두세 개 국어를 하는 게 보통이었다. 아버지가 아랍계, 어머니가 타지크계이고 자신은 구소련 해군 출신으로 북한에도 다녀온 적이 있다는 운전기사는 아랍어, 타지크어, 러시아어, 우즈벡어에 약간의 우리말도 할 줄 알았다. 그의 말에 따르면 우즈베키스탄의 언어 가운데 보편적으로 흔히 쓰이는 외국어는 '거짓말'이라고 했다. 나는 거짓말은 대부분의 나라에서 모국어의 위치에 있지만 국수주의 때문에 지위가 인정되지 않고 있다고, 거짓말은 '인류어'라고 대꾸해줬다. 고려인 출신인 이선생은 우즈벡어, 남북한 한국어, 러시아어에 영어까지 완벽하게 구사했다. 그의 여권에는 출신 민족이 'Koreys'라고 분명히 적혀 있었다.

중요한 외국의 인물이 이미 가고 없어 한적한 분위기인 호텔 방에 짐을 놓자마자 뛰다시피 하여 저녁 예약 장소인 '나지르 지반베기' 메드라사(이슬람 신학교)로 향했다. 교육도시로 이름난 부하라에서도 가장 크고 유명한 신학교 안마당에 마련된 공연장이었다. 실제의 신학교는 번잡함을 피해 다른 곳으로 이사를 갔다고 했다. 드넓은 뜰에 식사가 차려져 있었고 전통음악에 맞춰 전통무용을 공연했다. 그와 함께 실크로 만든 화려한 전통 복식을 차려입은 패션쇼도 진행됐다.

실크로드의 음악은 뭐랄까, 하늘로 올라가는 하늘거리는 실크 옷감처럼 느껴졌다. 척박한 곳에서 살아가는 사람들이 가질 법한 애조가 있었고 수없이 지나가는 손님들에 대한 접대 문화와 배려가 느껴지기도 했다. 춤에서도 마찬가지의 애조가 묻어났다.

거기서 한국인 단체 관광객을 만났다. 나이가 지긋한 그들은 대부분 부부 동반으로 온 것처럼 보였다. 남자들은 자리에서 일어나 무대 가까이로 가서는 춤추는 여인들이 보여주는 실크 소재 여성복 패션쇼와 전통무용을 전문가용 DSLR 카메라로 찍느라 여념이 없었다. 그러는 사이 자리에 앉은 사람들 사이에서는 공연중인 여자들의 용모와 옷차림, 춤과 음악에 대한 품평이—촌스럽고 야하다는 촌평과 자신이 어느 나라를 얼마나 많이 돌아다녔는지 경쟁적으로 자랑하는 이야기가 대부분이었다—이어졌다. 그들의 말소리는 같은 공연장 저녁식사 테이블 앞에 앉아 있던 200명이 넘는 다른 나라 사람들에 비해 훨씬 크게 들렸다. 그 사람들 목소리가 두드러지게 커서라기보다는 말뜻을 내가 알아들으니 그랬을 것이다. 외국인들의 이야기는 식당에서 밥 먹는 데 그다지 방해가 안 됐다. 알아듣지를 못하니까.

하지만 춤추는 여인들은 눈부시게 아름다웠다. 처연하기까지 했다. 오래된 벽화, 그림에서 걸어나온 듯 어여쁘고 하늘에서 무슨 잘못을 저질러 하계로 귀양을 온 양 속세의 사람이 아닌 것 같았다. 동서양이 혼합된, 아니 동서양을 초월한, 아니 동서양에 새로운 미적 기준을 제시하는 듯한 아름다움. 다정하면서도 기품이 있고 클래식한 느낌.

호궁을 닮은 전통악기는 모래를 닮은 음색으로 쉬지 않고 멜로디를 뿜어냈다. 여인들의 구부러진 손끝은 캄보디아의 압살라 춤을 닮았고 실크로 감싸인 채 흔들리는 허리는 밸리댄스를 연상시켰다. 그들의 얼굴에는 미소가 담겨 있었다. 세속의 미인들의 꾸며진 새침함이나 무표정함은 없었다. 천연스러운 미소였다. 결국 나는 어린 시절 한 마을에 살던 아리땁고 다정한 누나들을 떠올리고 말았다.

공연이 끝난 뒤 일행 중 한 사람이 그 절세의 미인들과 기념사진을 찍고 싶다고 하기에 가까이 갔다. 그들은 생각보다 이목구비와 몸이 컸다. 두꺼운 무대화장을 하고 땀과 때에 절은 무대의상을 쉴 틈도 없이 갈아입는 바람에 지쳐 보였고 배가 고팠는지 허겁지겁 음식을 먹고 있었다. 그러면서도 미소로 사람들을 맞고서는 사진을 같이 찍고 있었다.

결과적으로는 그들과 가까이서 음식 냄새와 체취를 교환하고 우렁찬 웃음소리를 듣고 소매 끝을 스친 것이 멀리서 바라만 보다 가는 것보다 나을 것이라는 결론을 내렸다. 이런 게 실크로드다. 이게 실크로드의 맨 얼굴이라고. 그들의 얼굴은 내 뇌리에 인쇄된 것처럼 강렬하고 선명하게 남았다. 아련한 슬픔과 함께. 그 슬픔은 가슴을 찢는 괴로움을 수반하는 게 아니라 인생의 무상함을 깨달은 사람들이 공유하는 대비大悲의 슬픔이었다.

다음날 아침 7시, 호텔 건너편 종합운동장으로 짐작되는 곳에서 울려나오는 확성기 소리에 잠을 깼다. 새마을운동을 하던 시절, 새벽부터 귀가 찢어져라 하고 크게 확성기로 노래를 틀어놓은 마을길과 거리에 나와 체조를 하고 빗자루질을 하던 때가 떠올랐다. 마이크를 잡은 남자의 목소리는 육군훈련소의 교관과 만담 잘하는 노래자랑대회 사회자를 섞어놓은 듯 기름지고 때로 위협적이었다. 창문을 열자 소리는 훨씬 더 커져서 날아가는 새도 떨어뜨릴 듯했다. 그 소리를 자명 종 삼아 자리에서 일어났다.

맑은 햇살 아래 야트막한 처마를 잇대고 수채로 그린 정물화처럼 고요에 잠겨 있는 부하라 시내가 내려다보였다. 시내 한복판쯤에 부 하라의 상징인 높이 46미터의 칼랸 미나레트가 서 있었다. 1220년에 부하라를 침공한 칭기즈칸이 수많은 미나레트를 다 때려부수게 한 뒤 그 하나만 남겼다고 하는.

부하라의 신학교 정문을 바라보면 아랍어로 이런 글귀가 새겨져 있 다.

"사람들은 두루 친분을 나누어야 한다."

오아시스에 살며 사철 외부인, 이국에서 온 나그네와 대상을 맞고 보내는 민족다운 가치관이다. 이런 걸 우즈벡 민족의 '도스트릭'이라 고 한다. '우정' '친분'으로 번역되는. 중앙아시아 초원과 사막의 실크 로드는 인류애의 길이고 우정의 길이기도 했다. 왜 그랬을까. 여행자 와 순례자에게 친절을 베풀고 차와 과자를 대접하며 잠자리를 내주는 것 모두 절대자로부터 지은 죄의 사함을 받기 위한 언동일 수 있다. 마치 불교에서 수행자에게 시주를 함으로써 업장을 소멸시킨다는 기 대를 품게 하는 것과 비슷하다.

부하라에는 이런 속담도 있다.

"노예처럼 일하고 왕처럼 휴식하라."

우즈베키스탄의 이슬람 전통 순례(델리쉬)에는 성지인 메카를 다 녀오는 대大하지와, 타슈켄트, 사마라칸트, 부하라, 샤흐리잡스 등을 순례하는 소小하지가 있다. 대하지에 비해 소하지는 중앙아시아의 중요 성지를 순례하는 말 그대로 대체 규모의 순례이고 소하지라는 편리한 개념이 생겨난 것은 사실 얼마 되지 않았다고 한다.

이슬람교도나 순례자가 머리에 쓰는 터번의 중요한 용도가 뭘까. 더위를 피하기 위해서일까? 바람과 직사광선을 막기 위해서? 자기들 끼리의 표식? 가장 큰 이유는 순례 도중 갑자기 죽었을 때 머리에 쓰고 있던 길이 2미터가량의 터번을 풀어 그 자리에서 장례식을 지내는 데 있다고 한다.

순례자가 멜리쉬를 다녀오면 호자라는 호칭이 붙는데 여기에는 '장로' 또는 '덕망 높은 어른'이라는 의미가 깃든다니 비로소 사람다운 사람 대접을 받는 셈이다. 가장 유명한 호자는 나스랫딘 호자인데 그의 어록에 이런 게 있다.

"나스랫딘이 나이가 들어 머리가 하얗게 되었을 때 부인이 세상을 떠났다. 그런데 호자는 다시 결혼하기를 바랐다. 친척들이 물었다. '장로시여, 이제 당신은 머리가 희게 되었고 인생의 만년을 맞으셨습니다. 굳이 다시 결혼을 할 필요가 있요?' 호자의 대답은 이러했다. '그대의 말도 맞소. 하지만 인생에서 겨울을 맞으면 더욱 따뜻한 것을 찾게 되는 법이지.'"

미나레트는 밤에 길을 찾는 대상과 순례자에게 사막의 등대와 같은 역할을 했다. 키르기스스탄의 부라나와 마찬가지로. 또한 아잔(이슬람에서 하루 다섯 번의 기도 시간을 알리는 부름, 무아딘에 의해 제창된다)을 알리는 확성기 노릇도 했다. 아잔은 "알라는 위대하다(4회)"라는 문구에 이어 "나는 알라 외에는 신이 없음을 증언한다(2회)" "나는 무함마드가 알라의 사도인 것을 증언한다(2회)" "자, 예배를 하러 오라(2회)" "자, 성공을 원하거든 기도를 하러 오라(2회)" "알라는 위대하시다(2회)" "알라 외에 신은 없다(1회)"라고 선언하는 기도문으로 이루어져 있다. 새벽 예배에서는 "예배는 졸음을 물리친다"는 문구가 들어가기도 하고 시아파의 아잔은 "자, 선행을 위해서 오라"라는 문구가 추가되기도 한다. 이러한 외침과 기도는 주변의 작은 미나레트에 퍼져나가고 그 미나레트에서 다시 아잔이 울려퍼지게 하는 동심원 효과를 불러일으켰다. 그래서 무슬림의 기도는 지역과 시차를 뛰어넘어 전 세계에서 하루 이십사 시간 계속되고 있다고 한다.

중앙아시아에서 가장 높고 위대한 첨탑인 칼랸 미나레트에는 아잔 말고도 두 가지 기능이 더 있었다. 하나는 '왕이 이리 명하셨다' '콩을 배급해준다'는 식의 포고나 공지사항을 알리는 데 쓰였다는 것이다. 또하나는 높이 때문에 생겼는데, 19세기 후반까지만 해도 칼랸 미나레트에서 사형이 집행되었다는 것이다. 사람들은 아르크(성채) 아래에 조성된 레기스텐 광장에 나와서 죄수를 처형하는 광경을 지켜보았다. 꼭대기에서 자루에 담겨 아래로 집어던져진 사형수는 죽지 않으면 다시 죽을 때까지 던져지고 또 던져졌다고 한다.

4헥타르(40000제곱미터, 12100평)의 면적에 흙을 쌓고 또 쌓게 하여 터를 다진 뒤 그 위에 궁궐을 만든 왕, 하렘에 수백 명의 후궁을 데려다놓고 세계 각국의 왕들과 사신을 교환하고 선물을 주고받으며 안부를 묻고 본 적도 없는 형제국 나라 왕의 호의에 가슴이 뜨거워지고 하며 살던 게 재미있었을까. 부럽지는 않았다.

사막은 척박하고 물이 부족한 초원은 생명체에게 잔혹하다. 음식과 물을 찾아 움직이고 또 움직여야 살 수 있다. 움직임은 결핍이 운명처럼 부여된 족속의 살기 위한 몸부림이다. 평화를 공짜로 얻을 수는 없으니까.

자원 부국의 현재와 미래는 불안하다. 자원이 언제 고갈될지 알 수 없기 때문이다. 생산된 자원이 효율적으로 분배되고 사람들의 생활 수준을 높이며 제대로 재투자되고 있는지 확실하지도 않다.

우즈베키스탄에서 대부분의 사람들은 1천 숨짜리 고액권 다발을 가방에 넣고 다녔다. 신용카드는 무슨 핑계를 대든 받지 않으려 했다. 달러 또한 고액권을 선호했다. 택시를 타도 현찰 한 다발, 밥을 먹어도 현금 한 뭉치이고, 호텔에 투숙하려면 현금이 가득 든 종이가방을 준비해야 했다. 국가 경제 전체가 암시장처럼 현금으로만 거래하며 돌아가는 것을 캐시 이코노미Cash Economy라고 하던가.

우즈베키스탄의 실물경제는 그렇게 나빠 보이지 않았다. 캐시가 계속 오가는 게 보여서 그런지도 모른다. 캐시 이코노미가 성할수록 정부의 규제를 벗어난 지하경제가 창궐하기 마련이다. 국민이 정부를 못 믿고 집에다 현찰이나 금을 쟁여두기 때문에 일어나는 현상이다. 경제가 제대로 돌아갈 리가 없다. 하지만 우즈베키스탄 사람들이 가지고 있는 낙천성과 상냥함, 친절 때문에 그런지는 몰라도 체감 경기는 좋아 보였다. 물론 거기에도 명암이 있었다.

부하라의 도크(아케이드처럼 이어진 종합시장)에서 카펫을 파는 대형상점을 만나는 일은 어렵지 않다. 어떤 가게에서는 'Only looking(구경만 하세요)', 또는 'Where are you from?(어느 나라에서 왔나요)' 같은 말로 손님에게 말을 붙여서 가게로 끌어들인다. 가게 입구 가까운 곳에서 직녀의 후예들이 하루종일 쇠창살 우리 속 동물처럼 쭈그리고 앉아 자수며 카펫을 짜고 있다. 그들이 동물과 다른 점은 핸드폰을 끼고 있다는 점이다. 누가 이따위 직업을 만들었는가 싶게 화가 나는 노동 착취의 현장이다. 가로 1미터, 세로 1.5미터짜리 카펫을 짜는 데 석 달이 걸린다고 한다. 물론 그보다 작은 것도 있긴 하다. 카펫은 실크로 직접 짠 것이라 가볍기 그지없다. 이리저리 흔들 때마다 각자 다른 빛깔을 내기도 한다. 화장실 앞 발닦개로 쓰기에는 좀 아까워 보인다. 유심히 가게 내부를 살피고 있는데 스마트폰을 들고 온 주인이 카펫을 800달러에 주겠다고 했다. 고개를 흔들자 "디스카운트!"를 외치면서 얼마든지 깎아주겠다는 것이었다. 그럼 저 젊은 여성들의 임금은 어찌 될까. 그걸 어떻게 얼마나 깎을까. 내가 이 카펫 위에 발을 올려놓고 이마를 올려놓고 몸을 누일 때 어떻게 저 대추나무 가지처럼 굽은 어깨를 생각하지 않을 수 있을까. 제값을 쳐주고 산다 한들 가지고 갈 수도 없었다. 더이상 상대하지 않고 햇빛과 그늘의 경계가 칼날처럼 날카로운 바깥으로 나왔다. 걷다보니 어이가 없었다. 도대체 나는 누구인데 여기 와서 이런 일로 스스로에게 화를 내고 있는가.

중앙아시아의 실크로드에 있는 오아시스 도시들에는 예나 지금이나 손님이 많다. 한때 우즈베키스탄의 사마르칸트를 중심으로 번성한 소그드왕국 사람들은 동서양의 무역을 중계하는 타고난 장사꾼으로 명성을 날렸다. 사마르칸트의 어느 향신료 가게 주인은 자신의 소그드인 조상들이 대대로 장사를 이어와 육백오십 년이나 향신료 취급을 해왔다고 자랑했다. 소그드 상인들은 낙타와 말을 끌고 타고 고구려와 신라에도 무시로 드나들었으니 한반도에서 생산된 비단을 비롯한 갖가지 물산을 가져다가 페르시아와 로마에 팔아서 많은 이익을 남겼을 것이다. 물론 그 반대도 성립했다. 경주에 한반도나 인근에는 없는 문양, 조각이 수두룩한 게 그 증거이다.

사마르칸트 소그드왕국의 7세기 유적에서 신라 혹은 고구려인으로 추정되는 인물들이 벽화에서 발견되어 화제가 된 적이 있다. 19세기 말에서 20세기 초까지 부하라왕국의 왕실 경호대에 조선인들이 있었고 그들은 조선 왕실에서 파견되었다는 구전까지 들었다. 오늘날 비행기로 일곱 시간이 걸리는 거리라도 그 당시 절박한 필요가 있다면, '돈이 되는' 일, 큰 이익이 있다면 서슴없이 사람을 오가게 만들 수 있었다는 증거이다.

큰 이익의 예로는 자동차가 있다. 우즈베키스탄에는 1990년대에 대우자동차 현지 공장이 만들어졌고 지금은 미국 GM의 쉐보레 브랜드를 생산하고 있다고 하는데 내 눈으로 보기에 우즈베키스탄의 도시, 오아시스, 초원, 고갯길 막론하고 굴러다니는 차의 팔 할은 대우, 쉐보레 차종으로 보였다. 간간이 현대, 기아 차종이 보이길래 물어보았더니 대답이 이랬다.

"차는 비행기로 실어올 수가 없으니까 한국에서 생산된 자동차가 우즈벡까지 오려면 해로나 육로로 와야 해요. 먼저 동해로 차를 실어와서 러시아 연해주를 통관하면 러시아, 카자흐스탄 두 나라를 거쳐 차를 우즈벡으로 들여올 수 있어요. 어차피 천산산맥을 넘어야 하고 두 나라를 통과하는 데 세금이 많이 들어요. 서해를 통해 중국을 거치면 더 복잡하죠. 중국은 성마다 허가를 받아야 하고 키르기스스탄을 거쳐서 와야 하니까 돈도 돈이지만 서류가 엄청나죠. 차라리 아랍에 미리트의 두바이로 비행기 타고 차를 가지러 가는 게 나아요. 거기서 통관을 한 뒤에 차를 직접 몰고 이란, 타지키스탄을 거쳐 오면 됩니다. 동해로 오는 거에 비해서 차종에 따라 백오십만원 정도 싸니까 그렇게 하는 사람들이 많죠."

중앙아시아 삼국에 살고 있는 한국의 교민은 어림잡아 만 명 언저리지만 오가는 사람의 숫자는 수십 배에 달한다고 한다. 우즈베키스탄의 경우는 국적항공사가 취항하고 있고 카자흐스탄의 알마티에도 정기편이 있으며 최근에는 세 나라 모두 무비자 입국이 가능해졌다.

길을 걷다가 아이들에게 듣는 인사말 가운데 가장 흔한 것이 '곤니치와'였다. 길손에게 관심을 보이고 인사를 잘 건네는 실크로드 연변 사람들, 특히 소년, 소녀들은 먼저 '곤니치와'로 대화를 시도하는 게 일반적이다. 그런데 그런 인사에 흔쾌히 마주 인사하는 일본인은 보이지 않았다. 일본인들이 간간이 보이기는 하는데 그들은 어쩐지 접촉을 기피하는 느낌이었다. 일본인 여행객들은 단체, 혹은 남자들끼리 여행하기보다는 여성들이 두세 명씩 어울려 다니는 게 보통이어서 그런지도 몰랐다. '곤니치와'는 낮에 하는 인사이지만 오전에도 곤니치와, 저녁에도 곤니치와였다.

'곤니치와'가 통하지 않으면 '니 하오'가 등장했다. 언제 어디서나 중국인에게 통할 수 있는 인사인데 역시 그에 대답하는 중국인은 보지 못했다. 중국인 관광객 자체가 거의 없었다. 결국 우즈벡의 소년, 소녀들과 가장 많은 대화를 나누는 사람들은 한국인으로 보였다.

'곤니치와'라는 말을 들으면 한국인들은 "No, I am a Korean!" 하고 일본인으로 오인되는 것을 결사적으로 거부하는 경우가 많았다.

골프 치느라 바쁘고 아까운 시간에 잠시 짬을 내어 관광에 나선 듯한 남자들마저 "야, 곤니치와가 아니고 안녕하세요야! 안녕하세요, 해 봐!" 하고 외국어 교사 노릇을 하기까지 했다. 물론 아이들은 아무것도 알아듣지 못하고 그저 웃을 뿐이었다.

우즈베키스탄에서는 소년, 소녀들이 같이 사진을 찍자는 제안을 많이 했다. 외국인에게 호의적이고 사진을 찍는 것을 좋아하며 기념으로 남겼다가 친구에게 자랑도 하는 등등의 이유라고 한다. 샤흐리잡스에서는 대학생들이 우리를 둘러싸고 정복왕 티무르에 관한 이야기를 열정적으로 들려주기도 했다. 알렉산더, 칭기즈칸보다 더 위대한 티무르에게 샤흐리잡스는 고향이자 세계 정복의 원점이기도 했다고. 내게 더 중요하게 기억된 것은 시장에서 만난 여인들이 앞니를 황금으로 도금한 것, 고개를 넘어가던 차가 너무 빨라서 곧 추락하거나 비상하리라는 예감에 몸무게가 다소 줄었다는 것이었다.

우즈베키스탄의 남자들은 카자흐스탄, 키르기스스탄의 남자들에 비해 한국에 대해 훨씬 더 잘 알고 있다. 많은 남자들이 한국에 가서 몇 년씩 일을 하며 돈을 벌어 고국에 송금한 경험이 있기 때문이다. 대부분은 삼 개월에서 일 년 사이의 연수 비자를 받아 한국에 가지만 이 년에서 오 년까지의 장기 불법 체류로 이어지는 경우가 많다고 했다. 그 사이에 송금한 돈으로 아파트를 장만하고 동생들 교육도 시키고 한 것 같았다. 그때 배운 한국말을 밑천으로 한국에서 오는 여행객을 태운 차를 운전해 번 돈으로 다시 가족을 부양하고 남은 동생들을 뒷바라지하는 경우도 많다고 했다.

관광객이 많이 다니는 관광지에서 관광을 한 것은 거의 기억에 남아 있지 않다. 별로 유명하지도 않은 곳에서 혼자 다니거나 고생을 했던 여행지에서의 경험은 존재의 일부가 되어 오래도록 남는데. 관광이라는 게 몇 시간, 며칠을 두고 음미해야 할 명소를 바쁘게, 무슨 납세의무를 다 하듯 주마간산으로 찍고 가는 것이라 그런가, 자신만이 가질 수 있는 무엇인가가 남지 않는다.

내가 태어나 살던 곳과 전혀 느낌이 다른 장소 여기저기를 둘러보고, 사람들을 스쳐지나고 공기를 호흡하고 흙을 디뎌보고 음식을 먹고 마시고 펄럭이는 빨래를 보고 골목을 드나들고 계단을 오르내리고 비포장도로를 시속 120킬로미터로 내달리는 차에서 손아귀가 아프도록 손잡이를 쥐어도 보고 따가운 햇빛에 온몸을 그을리고 미나레트의 낮은 천장에 머리를 부딪쳐 바닥에 나뒹굴고 눈앞에 번갯불이 번쩍이는 경험을 하면서 나는 낙원에 대하여 조금은 말할 수 있게 되었다.

산너머에 있는 낙원에 가려면 검문소를 통과해야 한다. 낙원에 들어가려는 사람들은 몸과 짐, 수레까지 샅샅이 조사를 받는다. 혹시 낙원과 유사한 경험, 황홀경을 체험하게 해줄 이상한 약초 따위를 가지고 있지나 않은지 알아내기 위한 것이다. 검문소 옆에는 마약을 탐지하는 돼지가 있는데 돼지는 후각이 사람보다 수천 배 뛰어난 개보다도 더 민감한 코를 가지고 있기 때문에 개를 대신하고 있다 한다. 또한 돼지는 개보다 훨씬 더 열심히 마약을 탐지하는데 마약이 나온다면 돼지에게 큰 보상이 주어지기 때문이다. 돼지가 좋아하는 큰 보상이 뭔지는 모른다. 관문을 지나면 당신은 이제 천천히 낙원으로 향하는 고개를 오르게 된다.

고개는 경사가 느린 이등변삼각형 모양의 산봉이 중첩된 산맥에 있다. 맑은 물이 흐르는 계곡이 있고 길 양쪽에 서 있는 미루나무가 바람에 무수히 작은 잎을 흔들고 있다. 눈이 늘 웃는 표정인 당나귀가 미루나무 아래로 천천히 지나다닌다. 계류 옆 넓은 풀밭에는 소와 양들이 풀을 뜯고 있다. 때가 되면 소들은 알아서 각자의 집으로 돌아갈 것이다. 반면 양들은 길눈이 어두워 제 집을 찾을 줄 모르고 양치기 없이는 집에 돌아갈 수 없다고 한다. 그래서 양떼 사이에 길눈이 밝은 염소를 몇 마리 섞어놓는다고 한다. 저녁이 되면 염소가 양들을 집으로 인도할 것이다.

고갯마루에 올라서니 낙원이 새하얀 양털구름 아래에 있는 게 보인다. 그곳은 알려진 대로 미인의 천국이다. 어느 나라에 미인이 많다는 것은 용모에 따라 삶의 방향, 삶의 질이 결정되는 경우가 많이 생긴다는 뜻이다. 인간 전체가 아니라 인간이 가지고 있는 일부의 특성을 대상화해서 과도 평가하고 그 가치에 따라 비인간적이고 금전적인 척도를 인간에게 적용하는 것이다. 그렇다면 불평등, 불공정과 차별의 문제는 필연적으로 생겨나게 되어 있다. 그것 또한 인간의 낙원이 가지고 있는 특성이다. 소그드 출신 당나라 시인 이백이 읊었듯 "그곳은 따로 있는 세상, 우리 인간세와 다르다別有天地非人間"라고 해도 낙원에 천사와 악마가 아닌 인간이 사는 한 모순과 차별이 있는 법이리라.

그곳은 또한 과일의 천국이다. 다른 나라에서는 볼 수 없는 큰 체리가 1킬로그램에 우리 돈으로 1,500원 남짓인. 그곳은 또 음식의 천국이기도 하다. 음식의 재료는 주로 고기지만 쌀과 밀 같은 곡물도 풍부한 편이다. 국수인 라흐만, 플롭이라 불리우는 볶음밥, 양고기로 만든 구이 샤슬릭과 쇠고기채소볶음 디말라마, 수뻬(수프)로 대표되는 진미를 맛볼 수 있다. 그곳은 가축의 천국이다. 일요일이면 수천수만 마리의 말과 소, 양이 모여드는 거대한 장이 선다. 금과 은 같은 값진 광물, 석탄, 석유, 천연가스 같은 지하자원의 천국이다.

그곳에는 자유가 있다. 스마트폰으로부터의 자유, 소셜미디어로부터의 자유, 전혀 새롭지 않은 뉴스로부터의 자유가 있으니 자유의 낙원, 천국이라 할 만하다. 그곳은 결국 두고 온 나의 고향, 내가 유년기를 보낸 시공을 그대로 빼닮았다. 아프고 나쁘고 힘들었던 기억은 깨끗이 제거되고 평온함과 아름다움, 따뜻함, 사랑, 그리움으로 가득한 세계.

낙원에서 나가려 한다면 다시 고개를 올라가야 한다. 길은 그다지 좋지 않다. 과속을 하다가는 전복이 되거나 바퀴가 빠질 수도 있을 것이다. 유감스럽게도 운전대를 잡은 사람은 내가 아니다. 천사도 악마도 저승사자도 아니고 그저 여행자를 실어나르는 젊은, 스피드를 좋아하는 운전기사일 뿐이다.

고개 정상에 이르기 직전 불쑥 꽃다발을 든 소년이 나타난다. 주황색 나리꽃 스무 송이쯤으로 만든 꽃다발이 소년의 손에 잡힌 채 흔들리고 있다. 그건 마치 낙원이 소년의 모습을 한 사자를 보내 이별을 고하는 것 같다.

낙원에서 현실로 되돌아가려면 다시 검문소를 통과해야 한다. 하지만 이번에는 별다른 수색을 하지 않는다. 개도 돼지도 졸고 있다. 세속으로 가는 길은 순식간에 통과할 수 있다.

낙원을 빠져나가면 또다른 낙원이 이어질 것이다. 누구에게나 어린 시절이라는 낙원이 있으니까. 낱낱의 사람이 가진 그 낙원은 언제나 평화롭고 안전하다. 하지만 우리는 그곳에 다시는 돌아갈 수 없다. 낙원이 어디 있는지 알고 끊임없이 그 낙원을 희구하지만 그곳에 되돌아갈 수 없다는 것이 인간의 슬픈 운명이다. 그래서 우리는 또다른 낙원을 찾아 여행을 떠나고 또 떠나는 것인지도 모른다.

근데 사실 조금은 굉장하고 영원할 이야기
ⓒ 성석제 2019

1판 1쇄 2019년 11월 11일
1판 2쇄 2019년 12월 12일

지은이 성석제
펴낸이 염현숙
책임편집 김영수 | 편집 강윤정 김봉곤
디자인 고은이 유현아 | 마케팅 정민호 박보람 나해진 최원석 우상욱
홍보 김희숙 김상만 오혜림 지문희 우상희
제작 강신은 김동욱 임현식 | 제작처 한영문화사

펴낸곳 (주)문학동네
출판등록 1993년 10월 22일 제406-2003-000045호
주소 10881 경기도 파주시 회동길 210
전자우편 editor@munhak.com | 대표전화 031) 955-8888 | 팩스 031) 955-8855
문의전화 031) 955-3576(마케팅) 031) 955-2679(편집)
문학동네카페 http://cafe.naver.com/mhdn | 트위터 @munhakdongne
북클럽문학동네 http://bookclubmunhak.com

ISBN 978-89-546-5851-5 03810

www.munhak.com